최가우 희곡집 3

은행나무꽃

최기우 희곡집 3

은행나무꽃

평민사

차례

1. 은행나무꽃 ⋯⋯⋯⋯⋯⋯⋯ 7

2. 조선의 여자 ⋯⋯⋯⋯⋯⋯ 69

3. 수상한 편의점 ⋯⋯⋯⋯⋯ 127

4. 교동스캔들 ⋯⋯⋯⋯⋯⋯⋯ 197

5. 누룩꽃 피는 날 ⋯⋯⋯⋯⋯ 255

• 덧대는 글(작가의 글) ⋯⋯⋯⋯⋯ 312

은행나무꽃

- 2014년 전국연극제 희곡상·작품상(은상) 수상
- 2014년 전북연극제 희곡상·최우수작품상 수상

제작: 까치동
연출: 전춘근
출연: 김수진·김정훈·백진화·신유철·이부열
이한구·이희찬·정경선·정진수·진유혜

공연 현황
- 2014년 4월 16일 군산예술의전당(군산)
- 2014년 5월 21일~22일 한국전통문화의전당(전주)
- 2014년 6월 16일 군산예술의전당(군산)

때

조선 초(1401년~1402년)

곳

전주(현 전주한옥마을)

등장인물

이화, 최덕지, 개똥할매, 김막동이, 따박골네, 최직지, 최담,
봉실댁, 판쇠, 한구, 이도령

프롤로그 〈설렘〉

- 가을빛 은행나무. 열매가 탐스럽다. 은행나무는 극이 진행되면서 각기 다른 형태로 나타난다. 극의 시작과 끝은 풍성하게 자란 은행나무이다. 봄(1막)은 작은 나무로 시작하지만, 여름(2막)과 가을(3막)을 나면서 조금씩 성장한다. 겨울(4막)이 되면 죽는다. 그러나 자손(새끼 은행나무)을 남긴다. 그 자손이 자라서 지금의 은행나무가 된 것이다.

- 갓을 쓴 사내들이 양반걸음으로 거들먹거리며 나온다. 은행나무를 지나치다가 깜빡했다는 듯 뒷걸음으로 온다. 옷매무시를 가다듬고 공손히 인사한다. 다시 거들먹거리며 가려다 은행나무 눈치라도 보는 양 얌전한 걸음으로 나간다. 몇몇은 몰래 은행잎을 주워 품고 간다.

- 한 여인이 주위를 살피며 나온다. 아무도 없음을 확인하고, 은행나무를 붙들고 한바탕 곡을 한다. 은행나무의 기운이라도 받으려는 듯 조심스레 비손하며 은행나무바라기를 한다. 하압, 큰 숨을 들이쉰다. "한 숨통, 두 숨통, 세 숨통…."

(E・이화) 사람들은 제 앞에 서면 늘 두 손을 가지런히 모으지요. 제가 무슨 신통한 힘이라도 있는 줄 아는 모양이에요. 저는 그저 다가오는 이들에게 그늘이 되어줄 뿐인데 말이죠. 아주 작고, 아주 낮은….

· 바람이 분다. 은행잎이 더 크게 흔들린다. 첫사랑의 설렘과 같은.

  암전.

1막 〈봄〉

1막 1장 〈모심기〉 (들, 낮)

- 모심기가 한창인 전주의 어느 논. 풍물 소리가 멀리서 가까이서 들린다.
- 따박골네·봉실댁·한구·판쇠 등 마을 사람들이 자연스럽게 들어와 모를 심는다. 이내 노래를 메기고 받는다.

따박골네 (멀리 보고) 아따, 겁나게 머네. 이걸 언제 다 헌디야.

봉실댁　그믄 노래라도 한 자락 헐 것이요?

따박골네　그믄, 그리까?

　　○노래 〈오늘아침 차린상에〉
　(따박골네)　오늘아침 차린상에 (사람들: 어럴루 상사디여)
　　　　　　　　그뭣이가 올랐던고 (사람들: 어럴루 상사디여)
　　　　　　　　전라도라 완산고을 (사람들: 어럴루 상사디여)
　　　　　　　　음식맛이 기똥차서 (사람들: 어럴루 상사디여)
　　　　　　　　차림새는 풍신나도 (사람들: 어럴루 상사디여)
　　　　　　　　밥한사발 뚝딱일세 (사람들: 어럴루 상사디여)

- 봉실댁이 더 빨리 나간다.

아따아따 저년봐라 (사람들: 어럴루 상사디여)

뭣헌다고 앞선다냐 (사람들: 어럴루 상사디여)

내방구가 독한것을 (사람들: 어럴루 상사디여)

기언시야 맡을거냐 (사람들: 어럴루 상사디여)

따박골네 (엉덩이를 봉실댁에게 들이밀며) 뿜빠라붐빠 뿜빠바! 내 방구 냄새 어뗘? 오늘 아침 참에 뭐 먹었는지 알것어?

한 구 (일어서며 성내고 부산하게) 시방, 뭣 허는 겨? 바뻐 죽것는디.

따박골네 (무시하고 봉실댁에게) 혼자 서둔다고 나락 한 짐이라도 더 준당가? (판쇠 눈치를 보며) 자네 논이믄이사 천 리라도 앞서간다지만.

봉실댁 월당 어르신 논일허는디, 니 논 내 논이 어디 있당가요?

따박골네 글키야 허지. 왜놈들 난리통서도 우리가 뉘 덕에 이만치라도 먹고사는디.

• 김막동이가 대나무-못줄(두꺼운 대나무의 마디마다 꽃을 엮어 꼬리를 단)을 들고 급히 나온다. 판쇠가 반겨 맞는다. 판쇠는 "맞구만요."를 자주 반복한다. 맞장구 형식이지만, 그의 호응구는 때로는 즐겁고, 때로는 슬프고, 때로는 분노에 차 있다.

김막동이 (흥분해서) 내가 아조 아조 거시기헌 생각이 나부럿네.

• 김막동이가 논을 횡단하며 못줄을 놓고, 한쪽 끝을 잡는다. 못줄을 위아래로 흔들며 조금씩 움직인다. 못줄에 매달린 색색의 꼬리들이 날린다.

김막동이 자네들 심은 꼴을 잘 봐봐. 워낙에다가 삐뚤삐뚤허잖여. 근디, 이 줄을 양쪽서 잡고 쪼깨씩, 쪼깨씩, 움직이믄선 모를 심으믄, 모 간격이 일정허니, 참말로 좋을 것 아닌가? 내 말이 어뗘?

한 구 (성내고) 시방, 뭣 허는 겨? 바빠 죽것는디. 참이나 드셔.

판 쇠 맞구만요.

따박골네 (한심한 듯 보며) 아따, 막동 아재 일허기 싫구만. 지금 양쪽서 이 줄 잡아줄 사람이 어딨다요? 살쾡이 손이라도 빌려야 헐 판잉만. 없는 사람들은 그저 손이 보배여.

김막동이 고것이 아니랑게. (점잖게) 예전이사, 논이다가 직접 씨를 뿌렸지만, 월당 어르신 말씀 듣고 모를 요만씩 허게 길렀다가 옮겨 심응게, 얼매나 좋아. 그믄 그 공덕을 알고, 모 한 개라도 귀허게 잘 싱가야 헌다, 그 말이여. 그리야 소출도 늘고.

판 쇠 맞구만요.

따박골네 맞긴 뭔 지랄 났다고 맞어? 소출 는다고 어쩔 것이여? 거 둬 가는 것이 황소만 헌디.

봉실댁 관속 나리님들헌티 거시기라도 챙겨 드리믄 쬐께 낫다고 허등만요.

따박골네 챙겨? 뭐가 있어야 챙기지. 시방, 이방, 호방, 육방들을 어찌 챙겨? 서방도 못 챙기는디.

김막동이 아무리 그리도, 우리는 그런 말 허믄 안 되는 것이네, 잉. 이성계 장군님의 조선 대국이 들어선 뒤에 우리가 얼매나 좋아졌냐, 이 말이여.

따박골네 좋긴 뭔 지랄 났다고 좋아?

- 개똥할매가 구부정한 몸을 이끌고 들어온다. 판쇠가 반겨 맞는다.

김막동이 우리 고을도 한양멩키로 동서남북에 사대문이 생긴다고 안 혀. 완산고을이 임금님 할아버지가 살았던 고을이라고 혀서, 그 머셔, 승, 승, 거시기.

개똥할매 (들어오며) 승격!

김막동이 잉. 그려, 승격. 승격됐잖여. 완, 완, 완, 산, 거시기?

개똥할매 완산유수부.

김막동이 잉. 그려, 완산유수부. (개똥할매 보며) 잘났네, 잘났어.

봉실댁 (김막동이 보며) 그리도 겁나게 유식해지셨네요.

따박골네 서당 개 삼 년이면 풍월을 읊는다, 글안혀?

김막동이 그믄, 내가 개여?

판 쇠 맞구만요. (눈치 보다) 아, 아니구만요.

따박골네 임금님 할애비가 살았든, 그 할애비가 콧구멍으로 방구를 뀌었든, 우리 같은 평민들은 암것도 변한 것이 없어, 암것도. 암것도.

김막동이 거참, 말허는 싸갈머리하고는….

봉실댁 지도, 완산보다는 전주가 더 좋든디요. 다들 아직도 전주라고 허잖여요.

김막동이 모르는 소리 말어. 우리는 이 나라를 건국허신 임금님과 한편이랑게.

개똥할매 한편 먹을라믄 월당 어르신네랑 묵어야지.

봉실댁 맞어요. 월당 어르신이 전주에 오싱게 참말로 좋구만요. 그런 기품 있는 댁하고 가찹게 산게요.

김막동이 어디 우리 같은 사람들 입에 함부로 올릴 수나 있는 집안

인가?

봉실댁 (개똥할매 보며) 참, 할매. 시방 도련님 신행 오신다고 안 혔어요? …. 남원, 이람선요?

김막동이 아조, 남원고을 명문가라듬만.

봉실댁 개똥할매 말 들어 봉게, 집안이나 인물은 그닥 그려도 말본새가 참말로 귀티가 난다데요. 공자왈 맹자왈도 허시고요. (개똥할매가 눈짓을 하면, 풀이 죽고)

따박골네 오매. 여자가 남자맹이로 벼슬길 나설 것도 아니고 공자왈 맹자왈 혀서 뭣 헌대?

김막동이 뭣 허기는. 우리 덕지 도련님이 책 보시다가 공자왈 허시믄 맹자왈 허시고, 맹자왈 허시믄 공자왈 허심선 도란도란 야그도 나누고 그라지. 자고로 남자는 여자가 어떻게 보필 허는가, 허는 것에 달려 있다고 안 혀?

따박골네 근디, 그리 점잖으면, 첫날밤은 어찌 치르셨으까, 잉? "서방님, 이러시면 아니 되옵니다."

판 쇠 맞구면요. 우리 도련님이 공부만 허시던 글방샌님인디, 새아씨꺼정 점잖으시면 참말로 큰일이구면요.

따박골네 암만 그리도, 청춘 남녀가 곱게 지내던 안 혔을 거시고….

· 따박골네가 주변 소품을 활용해 신랑과 신부 인형을 만든다.
· 혼례 알리는 흥겨운 음악(혹은 주변 사람들 입장단)

따박골네 판쇠야, 니가 도련님이다, 잉.

판 쇠 하늘 천, 따 지, 가마솥에는 누룽지.

따박골네 아이, 서방니임.

판 쇠　누룽지, 누룽지는….

따박골네　(넘치게 애교를 떨며) 서방님? 서방님?

판 쇠　음, 공자께서, 누룽지는, 박박 긁어야 더 맛나다고 혔던가?

　　• 따박골네가 신부 인형을 들고 우는 흉내를 낸다.

판 쇠　공자님도 처자식이 있고, 맹자님도 처자식이 있고, 에라, 모르겠다.

개똥할매　예끼, 이놈. 판쇠야, 장난도 어지간혀야지.

판 쇠　맞구만요.

개똥할매　여그는, 여그 막동이헌티 맽기고 너는 후딱 들어가라. 도련님, 인자 서방님이라고 히야긋고만. 막내 서방님, 내외간에 오실 때가 다 됐다. 새 마님 오시는디, 마당부텀 다시 씰어야지. 어여.

판 쇠　맞구만요.

　　• 개똥할매와 판쇠가 들어가고.
　　• 멀리 최덕지와 이화가 보인다. 봉실댁이 최덕지를 과하게 반긴다.

봉실댁　저어기 저 날망에 기신 분이 우리 도련님 아녀요?

따박골네　신행 오는 사람들이 말 타고 가마 타제, 저렇게 걸어온당가, 명문댁이서.

봉실댁　그렇것지요? 근디, 저그서 광채가 나는디. (한숨) 그나저나 아까 죽겠네요.

따박골네　뭐이?

봉실댁　덕지 도련님이요. 그 잘난 도련님을 넘 주는디 안 아까요?

따박골네　글안혀도 전주천 냇가서 울고 자빠진 처녀들이 수두룩허다등만.

김막동이　하이고오. 지랄들 허고 자빠짓네. 뭐, 그런다고 도련님이 지 꺼이 되간디?

따박골네　그려. 좀 추잡스럽긴 허지?

봉실댁　추잡시러도 나는 그런 서방님이랑 딱 하루만 살믄 원도 한도 없것네요.

따박골네　긍게 말여. 아따, 새 마님은 얼매나 좋을까. … 진짜로 좋기는 헐랑가?

한　구　(성내고) 시방, 뭣 허는 겨? 바뻐 죽것고만.

따박골네　나는 월당댁이나 가야긋네. 우리 자식새끼들 거둬 먹일라믄 다 델꼬 가야긋고만. (큰 소리로 부르며 나간다) 내 새끼들 어딧다냐? 일녀야, 이녀야, 삼녀야. 끝순아, 서운아. 귀복아, 귀동아, 귀남아, 귀, 귀, 아홉째 이름이 뭐더라? 막둥아.

봉실댁　(최덕지 쪽을 한참 보다가) 오매, 도련님 맞는갑네요. 광채가 나는구먼요. 전주서 저렇게 광채 나는 분은 우리 도련님밖에 없당게! 근디, 어째 저리 걸어오실까요? 근디, 저 앞에 여자는 누구여? 차림새는 새색신디.

김막동이　(멀리 보고) 새색시? 설마…. 내 평생 신행 옴선 땅에 발 붙이고 오시는 마나님은 못 봤응게.

봉실댁　오매, 오매, 이쪽을 치어다보시네요.

• 김막동이와 봉실댁의 시선을 따라 관객의 시선도 자연스럽게 신행 오는 최덕지와 이화에게 옮겨진다.

1막 2장 〈신행〉 (들, 낮)

- 호젓한 천변. 물소리 경쾌하다.
- 발걸음이 가벼운 이화. 그 뒤를 최덕지가 주위를 의식하며 따른다. 자꾸 걸음을 멈추고 덕지 옆에 붙으려는 이화가 부담스럽다.
- 최덕지는 낡은 부채 한 자루를 들고 있다. 덕지는 늘 부채를 애지중지 가지고 다니며 다양하게 활용한다.
- 이화는 최덕지와 대화를 나누면서도 가만히 있지를 못한다. 꽃을 따기도 하고, 먼 곳에 정신이 팔리기도 한다. 그 모습이 최덕지는 못마땅하면서도 사랑스럽다.

최덕지 이제 그만 가마에 오르는 것이 어떻소?

이이화 저 물줄기 좀 보세요. 계속 우리를 따라왔어요.

최덕지 (웃으며) 우리가 저 물줄기를 쫓아온 것이오.

이이화 저기 흰 옥들 좀 보세요. 푸른 물이 바윗돌에 부딪쳐서 흰 옥처럼 부서지고 있어요.

최덕지 집에 거의 다 왔소. 어서 가마에 오르라니까요.

이이화 서방님, 서방님이 사는 완산고을은 너무 아름다워요. 저기 낚싯대를 든 아이들 좀 보세요. 어떤 물고기를 잡았을까요? 우리 가서 구경해요.

최덕지 (놀라며) 신행 오는 신부가 어디를 간단 말이오? 그런 법은 없소.

이이화 (따라 하며) "그런 법은 없소.", 조선에 신행 오는 신부 법도 있더이까?

최덕지 (주위를 살피며) 어서 가마에 오르시오.

이이화   조금만. 조금만 더 걷고 싶어요. 가마에서 작은 창으로 보는
         것보다 이렇게 두 발을 땅에 붙이고 보는 것이 더 좋답니다.

   • 이화가 두 팔을 벌리고 한껏 공기를 들이마신다.

최덕지   (이화의 행동을 말리며) 보는 눈이 많소. 체통을…. 저기 논에
         도 사람들이 많지 않소. 구경은 다음에 하고 우선 가마에
         오릅시다.

이이화   자꾸 가마에 오르라 하시면 첫날밤에도 서책을 보셨다고
         다 이를 겁니다.

최덕지   (깜짝 놀라 어쩔 줄 몰라 하며) 결국은…, (헛기침) 부인 뜻대로 되
         지 않았소.

이이화   어머, 제 뜻이라니요. (부끄럽지만 당당하게) 음양의 이치이옵니
         다. … 헌데, 서방님. 꼭 첫날밤에도 책을 보셔야 했습니까?

최덕지   그날까지 꼭 읽어야 할 부분이 있었소.

이이화   헌데, 서방님은 어찌하여 책 읽는 일을 그토록 즐겨 하시
         게 되었습니까?

최덕지   어렸을 적부터 내 눈에 보이는 것은 서책뿐이었소. 두 형
         님은 내가 어릴 적 이미 출사를 하셨고, 얼마 전에 셋째 형
         님마저 출사하지 않았소? 이제 나 혼자 남았소.

이이화   (최덕지를 흉내 내며) "내가 서둘러 출사를 하는 것이 부모님
         께 예를 다하는 것이오.", 아! 재미없다.

최덕지   재미있자고 하는 말이 아니오. 나는 아버님이 원하시는 제
         학의 뜻을 꼭 이루고 싶소.

이이화   그래도 가끔은 주위를 둘러보셨으면 해요. (바람을 느끼며)

완산의 바람은 청신하달까? 완연하달까?

최덕지 아버님은 17세에 사마시(司馬試)에 합격하셨고, 이듬해인 18세에 혼인을 하셨습니다. 올해 기어이 제 혼인을 치르신 연유는….

이이화 아버지들끼리 약속하셨다고 들었어요. 10년이나 차이가 나는데도 함께 공부를 하셨다지요? 하하하. 헌데 자식을 어떻게 날 줄 알고 약속했을까요? 제가 남자였거나, 서방 님이 여자였다면 어쩌죠? 하하하.

최덕지 그게 재미있소? 어제도 말했지만, 나는 관직이 먼저요. 혼 인은 뜻이 없었소.

이이화 서방님, 관직에 오르는 것보다 더 중요한 것이 있습니다.

최덕지 그게 무엇이오?

이이화 혼인으로 부부의 연을 맺었으니, 우리 두 사람이 서로 마 음을 나누는 것이 먼저이지요.

- 이화, 적당한 곳에 자리를 잡고 앉으면, 최덕지는 서성인다. 이화가 최 덕지를 끌고 와 곁에 앉힌다. 최덕지는 뒤에 따르던 무리에게 멀리 가 라는 손짓.

이이화 서방님, 이 부채는 뭔가요?

최덕지 이것 말이오? 하하하. 사내라면 부채 한 자루는 꼭 지니고 다녀야 하는 것 아니겠소? (펼치고) 멋지지 않소?

이이화 네. 정말 멋있네요. 그런데 부채보다는 제 손을 먼저 잡아 주셔야 하는 것 아닌가요?

최덕지 이 부채는 말이요, 우리 둘째 형님이 쓰시던 부채라오.

이이화	둘째 형님이요?
최덕지	나주목에서 판관으로 계시지요. 둘째 형님은 나의 우상이라오. 서책이며, 붓과 벼루, 모두 형님이 보내 주셨지요. 집에 가면 더 보여 드리리다.
이이화	우리가 함께 살 집은 어떻게 생겼습니까? 봄에는 어떤 꽃이 피나요? 가을에는 어떤 열매가 맺히나요?
최덕지	은행나무가 있소.
이이화	아! 은행나무.
최덕지	공자님이 은행나무 아래에서 후학을 가르쳤다는 고사가 있지 않소. 아버님이 공자님의 마음을 받들라는 의미로 은행나무를 심었다고 들었소. 형님들도 그곳에서 공부를 하셨고….
이이화	얼마나 되었어요?
최덕지	(습관처럼) 위로 두 형님은 십 년도 전에 출사를 하셨고,
이이화	아니요. 그거 말고 은행나무요.
최덕지	어머님께 듣기로는, 불혹의 나이에 아이 가진 것을 기뻐하시면서 은행나무를 심었다고 하셨소. 그 아이가 바로 나라오.
이이화	서방님의 미래를 빌면서, 새로운 생명을…. 그럼 그 은행나무가 서방님 나무네요?
최덕지	그런 셈인가? (한쪽을 가리키며) 저어기 보일지도 모르겠소.
이이화	(멀리 보다가) 이를 어쩌나. 나무가 너무 많아요. (반갑게) 아! 저어기. 저 나무. 연둣빛이 유난히 반짝이는 저 나무 아니에요?

• 최덕지가 일어나 살피면, 이화와 나란히 서서 같은 곳을 보게 된다. 이

모습이 마냥 좋은 이화.

최덕지 (일어나 살피며) 맞는 것 같소. 저 많은 집과 나무 속에서 어
떻게 알았소?

이이화 은행나무가 우리에게 손짓을 하고 있잖아요. 어서 오라고.
반갑다고. 서방님, 은행나무는 암나무와 수나무가 있대요.
(비밀스럽게) 암나무와 수나무가 가까이 마주 서서 사랑을
나눈답니다. 서로 바라보고 서야 열매가 열리지요. 서로 바
라보기만 해도 솟아나는 사랑…. 사람도 그렇겠지요? 서로
마주 보아야 인연이 더 깊어지겠지요. 서방님, 우리도 마주
서서 바라보아요.

• 이화는 싫다고 손사래 치는 최덕지를 기어이 앞에 세운다.
• 새소리, 물소리, 간드러지고. 최덕지의 손이 은행나무 이파리처럼 떨
린다. 최덕지, 감정을 참지 못하고 이화를 끌어안는다. 암전.

2막 〈여름〉

2막 1장 〈백중〉 (은행나무 앞, 낮)

- 초여름. 백중. 매미 울음이 깊다.
- 꽹과리, 장구, 북, 징 등 풍물 소리가 요란하다. 김막동이, 봉실댁, 따박골네 등 무리의 농군들이 어깨를 들썩이며 지나가다가 잠시 멈춘다.

김막동이 올 백중에는 우리 완산고을 사람들 배가 터지것어. 월당 어르신이 돼지를 시 마리나 내셨지 뭐여. 보리 가마니도 시 가마니나 내시고.

봉실댁 이 댁은 참말로 복받을 거여요.

따박골네 복이야 지금도 넘치고 넘치지. 그 잘난 아드님들 좀 봐봐. 인물 좋아, 성격 좋아, 학문 높아….

봉실댁 너무 높아서 탈이랑게요. 손이라도 닿아야 어떻게 혀 보든지 허지요.

따박골네 아따, 봉실댁 꿈도 야무지네.

- 개똥할매가 나온다.

봉실댁 (놀라서) 새 마님 나오셨어요.

따박골네　개똥할매고만. 우리가 너무 떠들어서 나오셨능감만.

개똥할매　서방님 공부허신게 조신허게 딴 디로 지나가야지.

김막동이　긍게 말여. 기냥, 이 사람이 꼭 이리로 가야 헌다고, 어찌케
　　　　　 나 졸라대든지.

　　• 이화가 나온다. 모두 공손히 인사하면, 이화도 공손히 인사한다.

이이화　괜찮아요. 오늘은 마을 사람 모두가 함께 먹고 노는 날이
　　　　 잖아요.

김막동이　글안혀도 월당 어르신 덕에 잘 먹고 잘 놀고 있구만요.

봉실댁　(조심스럽게) 덕지 도령, 안에 기신가요? (슬쩍) 참말로 좋지요?

이이화　네?

봉실댁　두 분 금실 좋다고 소문이 자자허당게요.

이이화　네에. 좋아요.

따박골네　(봉실댁에게) 지금이 딱 좋을 때 아녀. (이화 얼굴을 살피고) 진짜
　　　　　 로 좋긴 좋은가 보네요, 잉. 새 마님 얼굴에 꽃이 피었으니.

이이화　꽃이요? 어떤 꽃이 피었어요?

개똥할매　(사람들이 당황스러워하면) 그냥 말이 그렇다는 것이지요.

이이화　어떤 꽃이 피었을까? 서방님께 여쭤봐야겠네.

따박골네　아따, 그른 서방님이 말씀해 주실랑가요? 요렇게 빠짝 쳐
　　　　　 다봄선? 히히. 오매, 오매, 오매.

이이화　네. 우리 두 사람은 늘 마주 보고 있거든요.

봉실댁　왜 마주 봐요?

따박골네　몰라 물어? 마주 봐야, 잉, 잉, 알잖여?

김막동이　점잖으신 새 마님 앞서서 채신머리없이. (개똥할매가 가라고

손짓하면, 서둘러서) 어여 당산 아래로 가자고. 우리 서방님 공부허셔야 헝게.

이이화 저도 곧 서방님이랑 구경 갈게요.

다같이 (이구동성) 뭣을?

개똥할매 귀경이요?

따박골네 우리 같은 사람들 노는디 뭣 헐라고?

이이화 마을 장정들이 씨름도 하지 않나요? 너무 재미있을 것 같아요. 조금 이따 봬요.

- 이화, 뭔가를 작정한 듯 들어가고. 개똥할매도 따라 들어간다.

김막동이 (놀리듯이) 우리 서방님 공부허셔야 헐 텐디. 월당 어르신 아시믄 혼내실 것인디. 글안혀도 얼라리꼴라리들만….

봉실댁 (질투 어린 투로) 대갓집 마님이 어째 우리랑 같이 놀라고 그러시까요?

따박골네 아따, 놀기는 무슨. 그냥 말로 그라는 것이지.

봉실댁 그거 봤지요?

따박골네 뭐?

봉실댁 새 마님이랑 덕지 도련님이랑 손잡고 다니신 거요.

따박골네 완산고을 사람치고 안 본 사램 있으까?

김막동이 그뿐이 아니여.

- 김막동이 몸으로 둘의 애정 행각을 과하게 표현한다.

봉실댁 지체 높으신 댁 마님이 그러셔도 될랑가요? 보는 사람 맴도 생각을 혀 주셔야지요. 어떻게, 허고 싶은 대로, 기냥….

따박골네 어쩌것어. 혼례 치른 지 몇 달 안 됐응게, 지금이 한창 좋을 때 아니것어?

봉실댁 지체 높으신 분들이랑 우리랑 달라야 허는 거 아녀요?

김막동이 얼라리꼴라리에 달릉 게 뭐 있것어? 어여 가드라고.

- 따박골네가 은행나무에 큰절한다. 봉실댁이 궁금해하면 몰라도 된다는 듯 손사래를 치고는 함께 나간다. 암전.

2막 2장 〈꿈〉 (방, 낮)

- 최덕지가 이전의 반듯한 모습과는 달리 누워서 천장을 보고 있다.

최덕지 (흥얼거리며) 맹자 왈, 천시 불여지리, 지리 불여인화라. 이게 뭔 말이냐, 허믄, 하늘의 때나 땅이 주는 이로움보다 사람이 화합하느니만 못하다, 했으니….

이이화 (들어오며) 서방님, 우리 나가요.

- 이화가 급하게 들어오면, 최덕지가 갑자기 일어나 책상에 앉는다.

이이화 흥, 처음에는 샌님 같더니만. …. 지금은 한량 같아요. 한량!

최덕지 한량? 것 참 좋은 말이오. 헌데, 한량보다는 건달이 어떻소?

이이화 건들건들 부는 바람이 되고 싶으십니까? (한숨 쉬며) 서방님. 서방님은 아무도 찾지 않는 외진 곳에서, 그저 한 사람의

　　　　　　촌로가 되어 근근이 살아간다면 어떠시겠어요?

최덕지　아무도 찾지 않는 곳은 싫소. 백성들의 노랫소리가 들리고. 아, 붉고 흰 꽃들이 만발하면 더 좋겠지.

이이화　벼꽃이 피고 감자꽃이 피어야 백성들의 노랫가락이 나오지요.

최덕지　어느 누가 그 하찮은 것들을 거들떠보겠소?

이이화　화려한 꽃들은 한바탕 비가 퍼붓고 나면 허무하게 떨어져 내리고 말지요.

최덕지　부인 말도 옳소. 그러나 세상은 그렇지 않소.

이이화　제가 보는 세상은 그렇습니다. 사대부의 시문보다 백성들의 태평가가 나라를 더 강성하게 하는 것 아닙니까?

최덕지　그렇소. 그러나 나는, 한 사람의 촌로가 되고 싶지도 않고, 허무하게 떨어지는 꽃잎이 되고 싶지도 않소. 형님들처럼 출사를 해서 한양으로 간다면 어디 그럴 시간이나 있겠소?

이이화　관직에 오래 있다고 해서…. 서방님, 서방님의 진짜 꿈은 무엇인가요?

최덕지　(시답잖게) 꿈? 뜬금없이 웬 꿈 타령이오?

이이화　훗날 어떤 사람이 되고 싶냐, 하는 물음입니다. 어서 대답해 보세요.

최덕지　그야, 아버님과 형님들의 뒤를 이어 벼슬길에 나서는 것이지.

이이화　벼슬은 해서 무엇 하시려고요?

최덕지　몰라 묻소? (폼을 재며) 새로운 임금께서 등극하신 지 얼마 되지 않았소. 지금은 혼란을 수습하고 제반 제도의 기틀을 다져야 하는 중요한 시기 아니오?

이이화　맞습니다. 그래서 저는 서방님이 삼정승에 오르는 것도 좋겠지만, 그보다는 여러 향리를 돌면서 백성들의 아픈 사연들을 들어 주었으면 좋겠어요.

최덕지 나는 아직 서생이오. 책을 더 읽어야 하오.

이이화 책을 많이 읽는다고 백성의 아픔을 아는 것은 아닙니다. 백성들 생활 가까이에서 그들과 많은 이야기를 나눠야지요.

최덕지 하하하. 내 둘째 형님이 나주목에서 판관 벼슬을 하지 않소. 형님께 배우면 되니 걱정하지 마시오.

이이화 그게 배운다고 되는 겁니까?

최덕지 그럼 어찌해야 하오?

이이화 쉽습니다. 오늘 같은 날 밖에 나가서 마을 사람들과 함께하시면 됩니다.

최덕지 하하하. 그들에겐 그들의 길이 있고, 나에겐 나의 길이 있소.

이이화 우리 집안의 길은 재물을 풀어서 사람들을 배불리 먹이는 것뿐인가요? 아버님처럼요?

최덕지 무슨 말이 하고 싶은 거요?

이이화 사람들과 어울리는 방법은 아주 간단합니다. 우선 신발을 신으세요.

• 최덕지가 이화의 말에 따라 신발을 신는다.

최덕지 이제 됐소?

이이화 잘하셨어요. 이제 대문을 활짝 열고, 나가세요. 귀를 쫑긋, 사람들 소리가 들리는 곳으로 향하시면 됩니다. 자, 어서요.

• 최덕지 나가면 이화가 뒤를 쫓는다. 암전.

2막 3장 〈씨름판〉 (들, 낮)

- 따박골네, 봉실이, 김막동이, 판쇠, 한구 등이 들어와 씨름판을 벌인다.
- 김막동이와 한구는 무대 전체를 휘돌면서 한바탕 재미난 씨름판을 벌인다. 으라차차. 기운 소리 요란하다. 결국 김막동이 승리.
- 그 사이 최덕지와 이화가 나와서 구경한다.

김막동이 (환호하며) 씨름은 기술로 허는 것이 아녀. 힘이지, 힘. 덤빌 사람 또 있는가?

이이화 (손을 들고, 최덕지를 가리키며) 여기, 여기 있어요!

- 이화가 최덕지에게 씨름판에 참가할 것을 권한다. 최덕지는 난처하다.
- 사람들은 말도 안 되는 일이라고 동시에 아우성치며 손사래를 친다.

한 구 (성내고) 시방, 뭣 허는 겨? 이것이 말이 되는 거여?

판 쇠 맞구만요, 말이 안 되는 거요.

봉실댁 덕지 도련님 다치시믄 어쩐대요.

따박골네 (사람들 말을 정리하고) 아따, 참말로 신기헌 일도 다 보것네. 높은 댁 자제께서 어찌 우리 같은 사람이랑 같이 노실라고 헐까, 잉.

김막동이 이건 말도 안 되는 겁니다. 귀헌 서방님이 어떻게 우리 같은 사람이랑…. 아랫것하고 씨름하는 상전이 어디 있대요?

이이화 아랫사람 윗사람이 어디 있나요? 모두 똑같은 사람인데요.

- 이화의 말에 다른 사람은 손사래를 치지만, 김막동이는 격하게 놀라며

"똑같은 사람?" 말을 따라 한다.

이이화　여러분, 오늘은 마을 사람들이 모두 다 같이 모여서 노는 날 아닌가요?

김막동이　아녀요, 아녀. 오늘은 우리 같은 사람들만, 긍게, 일허는 사람들만 노는 날이에요.

이이화　이렇게 생각하면 되잖아요. 농부는 농사짓는 것이 일이지요? 선비는 글을 읽는 것이 일이지요? (마을 사람들이 맞장구를 치면) 서방님은 어떻게 생각하세요?

최덕지　부인, 아무리 그래도….

판 쇠　맞구만요. 그리 생각허믄 그게 맞구만요.

이이화　서방님, 설마 질 것 같아서 빼는 것은 아니시겠죠?

• 이화의 말에 최덕지가 김막동이의 허리를 잡는다. 김막동이는 말도 안 된다고 뿌리치면서도 황망하다.

김막동이　그믄, 이렇게 된 이상 잡아브리야긋고만. (사람들 보고, 작게) 모두 똑같은 사람잉게.

• 허리를 맞잡은 두 사람 빙빙 돈다. 김막동이가 너무나 허무하게 쓰러진다.

최덕지　(화내며) 지금 이것은 나에게 져 준 것 아닌가?

판 쇠　맞구만요. 져 준 것이고만요.

김막동이　그냥 이긴 걸로 허시지요.

최덕지　(화내며) 제대로 다시 하거라.

- 씨름이 시작되지만, 또다시 김막동이가 져 준다.

최덕지　이것은 나를 욕보이는 것이다. 지금은 윗전과 아랫전이 아
　　　　니라, 사내 대 사내로 맞잡은 것. 다시 한번 그랬다가는 경
　　　　을 칠 것이다.

이이화　(놀라서, 덕지에게 다가와 귓속말로) 말씀을 조심하셔야지요. 당
　　　　신 형님이 판관이지, 당신은 그냥 한량, 아니, 건달이십니
　　　　다. (최덕지 무시하고)

- 김막동이가 먼저 최덕지 허리를 잡는다. 둘은 여러 차례 돈다. 김막동
  이가 이긴다.
- 사람들은 김막동이를 타박하면서 걱정한다.

따박골네　서방님이 발을 헛짚어서 겨우 이긴 것이구만. 안 그려?

김막동이　(뻘쭘하다) 그, 그렇지, 뭐.

판　쇠　맞구만요. 우리 서방님이 장사시구만요.

최덕지　하하하. 판쇠야, 그만 됐다.

이이화　어때요? 재미있으시죠?

최덕지　하하하. 재미있구려. 인화(人和). 사람이 화합한다는 것이,
　　　　사람들과 더불어 논다는 것이 바로 이런 것인가? 하하하.

- 쓰러진 최덕지가 호탕하게 웃자, 사람들이 안심하며 함께 웃는다. 암전.

2막 4장 〈호통〉 (방, 낮)

- (E) 천둥과 번개.
- 한쪽에서 관리(나주 판관) 복장을 한 최직지가 나타나서 노려본다.
- 마을 사람들은 놀라서 흩어지고, 최덕지와 이화만 남는다. 최덕지는 형님을 보고 반가워서 달려가지만, 최직지는 차갑게 고개를 돌리며 외면한다.
- 최직지 앞에 무릎 꿇는 최덕지. 그 옆에 서 있는 이화.

최덕지   형님, 기별도 없이 언제, 오셨습니까?

최직지   (무시하고, 나지막하게) 지금 무엇을 하고 있었던 것이냐?

최덕지   (자랑하듯이) 백성들과 인화의 도를 경험하고 있었습니다.

최직지   인화, 인화라…. (이화 보고) 제수씨는 돌아가신 아버님을 정말 많이 닮은 것 같군요.

이이화   (조심스럽게, 눈치 보며) …. 정말… 이에요? 정말, 제가 아버지를 많이 닮았나요?

최직지   소싯적에 잠시 뵌 적 있지요. 그때도 아랫것들과 참 격의 없이 지내셨는데….

최덕지   (큰 소리로) 형님!

최직지   아버님이 일찍 돌아가셔서 부친과는 조금 다를 줄 알았는데, 피는 속일 수 없는 모양입니다. 하하하.

최덕지   (당황해서) 형님. 형님답지 않습니다.

최직지   (최덕지 보고 성내며) 너는 조용히 있어라. 나이가 어리다고 해도 지아비인 것을, 어찌, 아녀자 하나 간수하지 못한단 말이냐.

이이화 저는 아주버님 말씀을 이해하지 못하겠습니다. 사람들과 허물없이 지내는 것이 어찌….

최직지 허물없이 지내는 것과 체통이 없는 것은 다른 것입니다.

이이화 아주버님, 말씀이 지나치십니다.

최덕지 (이화에게) 잠시 나가 있으시오. (이화가 나간다)

최직지 정말 똑같구나. 똑같아.

최덕지 형님, 왜 그런 말씀을 하시는지….

최직지 (크게 화내며) 네, 이놈! 치마폭에서 허우적거리고 있다지? 네놈의 행실이 완산유수부를 넘어 전라도에 파다하거늘. 이제는 집에서 부리는 머슴 놈들과도 어울리느냐? 체통 머리 없이.

최덕지 그것이 아니라, 천시불여지리면 지리불여인화라, 사람들과 어울려 지내는….

최직지 언제까지 가문에 먹칠을 하려느냐? '군군신신부부자자'라 했다.

최덕지 임금은 임금다워야 하며, 신하는 신하다워야 하고, 아비는 아비다워야 하고, 자식은 자식다워야 한다. 공자님 말씀 아닙니까?

최직지 맞다. 사대부는 사대부다워야 하며, 양인과 노비와 기생도 모두 자신의 본분이 있느니라.

최덕지 형님, 말씀이 옳습니다만….

최직지 (화를 삭이고) 네가 지금 해야 할 일이 무엇이냐? 너도 우리의 뒤를 따라야 하지 않느냐?

최덕지 …. 제가 경솔했습니다.

최직지 아버님께 조용한 절을 알아보시라 말씀드렸다. 그곳에서 학문에 정진해라.

최덕지   혼례를 치른 지 얼마 되지 않았습니다.

최직지   내 뜻을 거역하려느냐?

최덕지   홀로 남겨진 사람은 어찌합니까?

최직지   그것이 아녀자의 도리니라.

- 절망에 빠져 고개를 숙이는 최덕지.
- "그것이 아녀자의 도리니라." 최직지 마지막 말이 메아리처럼 무대를 맴돈다.
- 다시 천둥과 번개. 암전.

3막 〈가을〉

3막 1장 〈비손〉 (방·들, 밤)

개똥할매 (홑청을 걷고) 이제 다 됐습니다요.

이이화 또 다른 일 없어?

  • 개똥할매가 다리미를 꺼내 놓으면, 이화가 나선다.

개똥할매 마님, 왜 이러세요? 마님은 몸도 약하신데 그만 쉬시지요.

이이화 아니야. 나도 해 보고 싶어. 딱 한 번만 해 보면 안 될까?

개똥할매 오늘은 책도 안 읽으시고, 서방님헌티 서찰도 안 쓰시고, 왜 이르신대.

이이화 오늘 같은 밤에는 나도 뭔가 다른 할 일이 있었으면 좋겠어.

개똥할매 (조심스럽게) 보고 싶으세요?

이이화 (고개를 숙인다) ….

개똥할매 태기라도 있으믄 얼매나 좋을꼬….

이이화 내일은 장독대를 닦을까?

개똥할매 장독대요? 아서요, 아서. … 서방님 보고 싶으시면 (기도하듯 두 손을 모으고) 이렇게 하세요.

이이화 장독대에 물 한 사발 떠 놓고 비손을 하라고?

- 개똥할매가 지긋이 웃고, 앞에 놓인 천을 들어 기도하는 아낙네 모양을 만든다.

이이화　달님에게 기도하는 거야?

개똥할매　해야지요. 저 은행나무 아래에서.

이이화　은행나무? 아, 저 은행나무가 우리 서방님 나무라고 했지?

- 개똥할매가 인형의 팔을 벌리고, 큰 숨을 들이쉰다. 한참 있다가, 숨을 내쉰다. 인형과 이화가 한 몸으로 움직인다. 이화에게 기도를 알려 주는 장면이지만, 실제로는 개똥할매의 기도다. 부질없이 세상과 인연이 끊어져 버린 사람들과 그 인연을 서러워하는 사람들에 대한 경배다.
- 비장한 음악이 잔잔하게 깔린다.

개똥할매　이렇게 서서 두 팔을 넓게 벌리고,

개똥할매　몸이 멀어지믄 마음도 멀어진다고 허지만, 그거야, 서로 마음이 닿지 않아서일 테고. 좀 못 본다고 어디 그게 대숩니까? 왜놈들 쳐들어와서 서방 잃고 자식 잃고 사는 여편네들도 숱허고, 높으신 분들 뒤주 속 쥐만도 못허게 자식들 굶겨 죽이고도 살고, 생때같은 남편이 상전헌티 매 맞아 죽어도 살고, 보고 잪고, 보고 잪어도 생목심 못 버리고, 그냥 다들 그리 삽니다요. 간절하고, 간절한 바람이 있으믄…, 우리 어머니, 어머니의 어머니는 꼭 이렇게 허셨지요. 마님, 뭐 하십니까, 소원을 말씀하셔야지요.

이이화　(감정을 잡지만 쉽지 않다) 비옵니다, 비옵니다, 달님에게 비옵니다…. 못 하겠어.

개똥할매 그래도 하셔야지요. (다시 행위를 반복하며) 절박하고, 절실하
 믄, 하늘님도 그 뜻을 아시것지요.

이이화 비옵나니, 비옵나니, 달님이시여. 우리 서방님이, 우리 서
 방님이….

• 음악 소리가 커진다.

개똥할매 우리 마님, 이 땀 좀 봐. (땀을 닦아 주다 놀리며) 마님! 아까 비
 손하실 적에 설마, "우리 서방님, 우리 서방님. 보고 싶어
 요. 제발 또 도망 나오세요." 이렇게 비신 건 아니지요?

• 담 쪽에 최덕지가 고개를 내민다.

최덕지 부인, 부인.

개똥할매 옴마야! 이를 어쩐다니. 어찌, 이런 건 금세 들어주신대. (나
 간다)

• 두 사람, 얼싸안는다. 이들의 만남과 나눔은 짧은 춤사위처럼 보인다.
 두 사람의 사랑춤이 절정에 이르고.

• 한쪽이 밝아지면 최직지가 있다. 최직지의 등장에 최덕지와 이화는
 춘향이와 이몽룡이 헤어지듯 서럽게 조금씩 멀어지며 각각의 공간에
 선다.

최직지 (나지막하지만 단단히 화가 난 목소리, 이화에게) 사대부 집안에는
 없는 법도입니다.

이이화   아주버님, 사람이 사람을 그리워하고 좋아하는 것인데 그 게 무슨 잘못입니까? 하물며 부부지간인데요.

최직지   아녀자의 도리를 모르십니까?

이이화   네. 아녀자의 도리는 모르겠습니다. 그러나 사람이 지켜야 할 도리는 알고 있습니다.

최직지   이처럼 말대답을 하는 것도 아낙네의 도리는 아니지요. 저 는 지금 무척 후회하고 있습니다. 아버님이 고집을 부리셨 어도 이 혼사를 말렸어야 하는 건데 말입니다.

- 서러운 이화. 대화를 포기하고 고개를 숙이고 나간다.

최직지   (덕지에게) 너에게 실망했다.

최덕지   저는 형님이 왜 이러시는지 모르겠습니다.

최직지   사대부로 태어났으면 사대부의 삶이 있는 법. 한낱 금수 같은 것들과 어울려 지내는 것도 모자라서 마누라 치마 속 에 파묻혀 있다니. 언제까지 어린아이처럼 굴 것이냐?

최덕지   반성하겠습니다. 그러나 전 어린아이가 아닙니다.

최직지   그래? 그렇다면 사내의 원대한 꿈은 어디로 사라져 버린 것이냐?

최덕지   전, 여전히 형님들 뒤를 따르고 싶습니다. 헌데, 오늘 형님 의 역정은 이해할 수 없습니다.

최직지   하하. 그래. 나도 너를 그런 집안과 혼례를 시킨 아버님을 여전히 이해하지 못하겠다.

최덕지   형님 왜… 제 아내를 미워하십니까?

• 최직지가 품에서 여러 장의 편지를 꺼내 뿌린다.

최직지　보거라. 네가 나에게 보낸 편지들이다. 백성 모두가 자신의 땅을 일구는 나라를 바란다고? 우리 토지를 백성들에게 나눠 주자는 것이냐?

최덕지　저는 백성이 나라의 근본이고, 나라도 임금도 백성을 위해 존재할 때 가치가 있다는 맹자님의 말씀을….

최직지　맹자? 맹자가 천한 것들에게 땅을 골고루 나눠 주라고 그러더냐? (화를 가라앉히고) 고려가 왜 망했는지 아느냐?

최덕지　형님은 조선의 관리 아닙니까? 어찌 그런 말씀을….

최직지　고려와 조선을 말하는 것이 아니다. 한 나라의 흥망성쇠를 가르치려는 것이다. …. 고려가 망한 것은 바로 너 같은 생각을 한 사람들 때문이야.

최덕지　무슨 말씀이십니까?

최직지　그래. 너에게 무슨 잘못이 있겠느냐? 모두 네 부인의 생각이겠지. 그래서 내가 남원에서 온 그 처자를 우리 집안사람으로 받아들일 수 없는 것이다.

최덕지　아닙니다. 이제 그것이 제 생각입니다. 사대부의 시문보다 백성들의 태평가가 나라를 더 강성하게 하는 것 아닙니까? 백성 모두가 자신의 땅을 일구는 나라. 제가 보고 싶은 세상은 그렇습니다.

최직지　이런 고얀 놈. 네가 언제부터 정도전의 가르침을 따랐단 말이냐?

최덕지　누구의 가르침을 따르는 것이 아닙니다.

최직지　네 부인은 우리 집안과 어울리지 않는 사람이다. 헤어지거라.

- 최직지의 말에 덕지가 터덜터덜 밖으로 나간다. 안타깝게 바라보는 이화.
- 최덕지와 최직지가 사라지면 이화가 나와서 은행나무에 비손한다.
- 뻐꾸기 울음 요란하다. 암전.

3막 2장 〈밤마실〉 (은행나무, 밤)

- 이슥한 밤, 따박골네가 은행나무에 뭔가를 열심히 빌고 있다. 밤마실을 가던 봉실댁이 최덕지의 집을 기웃거리다가 따박골네를 발견한다.

봉실댁 (따박골네를 보고) 뭐 해요? (따박골네 깜짝 놀란다) 놀라기는. (은행나무 보며) 참말로, 나무가 실허네요, 잉.

따박골네 이 은행나무님이 명물님이랑게, 명물님. 조만간에 이 댁, 잔치 한번 더 할 겨.

봉실댁 잔치요? 막내며느님, 아 섰소? 그리 뵈든 않던디요?

따박골네 아는 무슨…. 서방님 쫓기 간 지가 언젠디.

봉실댁 내가 그 사달 날 줄 알았고만요. 예전이사 이 집 지나가믄 허구한 날 책 읽는 소리만 들렸는디요, 장개들고 나서는 마님이랑 서방님이랑 맨날….

따박골네 가만 봉게, 서방님 쫓기 간 것이 꼬신 모냥이네.

봉실댁 아녀요, 아녀. 어쩧게 그런 맘을 가져요. 근디, 잔치는 무신 잔치래요?

따박골네 몰라? 이 자리가 명당 아녀, 명당. 여기서 공부헌 아드님들이 다 출사를 허셨잖여. 둘째 서방님은 나주목이서 판관도 허시고.

봉실댁 (은행나무를 손으로 만지면서) 그나저나 참 잘 자랐네요. 우리 덕지 도령맹이로.

따박골네 (깜짝 놀라며) 자네, 그 손모가지 가만두들 안 혀!

봉실댁 왜 그런대요?

따박골네 부정 타. 자네 같은 사람이 함부로 만지믄 안 된당게.

봉실댁 지가 뭘 헛다고요. 왜 그런대요?

따박골네 (결단했다는 듯) 자네만 알어. (속삭이듯) 우리 귀복이가 이 은행나무님의 씨여. …. 내가 딸만 내리 다섯을 낳았다가, 그 뒤로 아들만 넷을 뒀잖여. 그것이 다 이 은행나무님 덕잉만.

봉실댁 뭔 소리여요, 그게?

따박골네 시엄씨가 어찌나 씨부렁저부렁허는지… 내가 오밤에 도망을 나왔잖여. 근디, 멀리 가도 못허고 여그까장 왔는디, 눈물 콧물 빼고 앉았다가 그냥, 아이고, 나 아들 쪼까 낳았으믄 원이 없것네, 혔더니마는, 아, 끔세막이 헛구역질이 나왔잖여.

봉실댁 그것이야, 어찌어찌헝게, 그리됐것지요.

따박골네 아니랑게. 참, 내가 귀복이 낳고 호강 쪼까 헐랑가, 혔는디, 귀복이 백일도 안 지냈는디, 씨엄씨가 또 씨부렁저부렁허는 거여. 그리서 은행나무님 생각도 나고 혀서, 와서 인사를 안 했것어? 근디 사램 욕심이란 것이 어디 그리여? 은행나무님, 은행나무님. 정녕 쇤네를 살리시려거든 아들 하나만 더 점지해 주시쇼, 잉, …. 우리 귀동이가, 그날 바로 들어섰당게.

봉실댁 에이, 아무리 그리도요.

따박골네 참말이랑게. 귀남이, 귀천이도 다 여그 와서 빌다가 얻었어. 우리가 친헌 형님 동생 허는 사잉게 알려주는 것이여. 넘들헌티는 절대로 이야기히서는 안 되네.

봉실댁 그믄 나도 덕지 도령 닮은 아들 하나 점지혀 달라고….

따박골네 아이갸, 덕지 도령 닮은 아를 왜 거그가 낳는댜? 새 마님이 기신디.

봉실댁 (당황하며) 아니 말이 그냥 그렇다는 거지요, 뭘.

따박골네 긍게 말을 잘 혀야 되야. 그나저나 또 줄 아들이 있으까, 잉. 나헌티 넷이나 줌선 힘을 다 빼버릿을 거인디…. 글고 아직은 안 되어. 덕지 서방님이 출사를 허시등가, 아님 아드님을 보시등가 허시믄 몰라도.

봉실댁 성님이 어울리도 않게 무슨 그런 말을 헌다요?

따박골네 이 집 복인디, 다른 사램이 먼저 가지가믄 안 되지. 내가 그리도 의리 있는 사람이여. 그나저나 서방님 떠나고 우리 새 마님은 어찌 지내실랑가?

봉실댁 참말로 별걱정을 다 허시네요. 성님이나 많이 혀요. 나는 치성 드리러 횡허니 절 귀경이나 가야 쓰것네요. (나간다)

따박골네 자네가 거길 머더러 가! 갈라면 나랑 같이 가. 기전에 기라도 넣어 줘야 쓰겄구만.

- 따박골네가 은행나무 앞에서 기를 불어넣어 주는 듯한 몸짓을 한다.
- 봉실댁도 다시 들어와 따박골네 눈치를 보며 은행나무에 뭔가를 절실하게 빌다가 나간다. 암전.

3막 3장 〈진북사〉 (방·들, 밤)

- 최덕지가 책을 읽고 있다. 하지만, 집중할 수 없다. 결국 책을 덮고 일어 선다. 만월을 바라보다가 다시 들어가 책을 읽으려 하지만 소용없다.
- 물 흐르는 소리, 뻐꾸기 울음 요란하다.

이도령   (들어오며) 덕지, 혹시 나를 기다리고 있던 건가?

최덕지   아니, 자네 여기까지 웬일인가?

이도령   내가 아니라 다른 사람을 기다렸던 모양일세. 누가 자네 부인을 보쌈이라도 해 온다고 했는가?

최덕지   예끼, 이 친구야.

이도령   이 근처를 지나다 생각나서 들렀네. 헌데, 왜 나와 있는 것 인가?

최덕지   그냥 심란해서.

이도령   심란해? 천하에 부러울 것 없는 자네가 심란할 것이 무에 있어?

최덕지   내가 부러울 것이 없는 사람인가?

이도령   허허. 자네만 모르고 있었구만. 집안이면 집안, 재물이면 재물, 인물이면 인물, 빠질 것이 무에 있나? 아, 자네 부인 이 좀….

최덕지   내 아내가 어때서?

이도령   아니야, 아니야.

최덕지   말해 보게나.

이도령   자네 집 일 도와주는 사내 중에 선너머에 사는, 그 무식하 게 힘만 센 놈 있잖은가? 씨름판에서 자네를 모래판에 처박았다는.

최덕지 아, 막동이.

이도령 막동이? 자네는 별걸 다 기억하는구만. 천한 것들 이름까지.

최덕지 막동이와 무슨 일이 있었나?

이도령 글쎄. 이놈이 나에게, 자기하고 나하고 똑같은 사람 아니냐고 하면서 대들더라고.

최덕지 무슨 말인가?

이도령 사나흘 전에 전주천을 거닐다가 하도 똥이 마려워서 풀숲에서 똥을 누지 않았겠는가.

최덕지 헌데?

이도령 바로 옆 오강바위에서 누가 먼저 똥을 누고 있었던 거야. 그래서 내가 물었지. "게, 누구냐?" 그랬더니 "선너머 사는 누구입니다요." 허는 거지. "천한 것이 어찌 사대부와 같은 곳에서 똥을 싸려느냐? 썩 물러가라." 했거든.

최덕지 그랬더니?

이도령 "이미 시작한 똥을 어찌 끊고 갑니까요?" 하면서 버티더라고.

최덕지 그게 대체 어땠다는 말인가?

이도령 "이놈아. 나는 너랑 같은 곳에서 쌀 수 없으니 썩 물러가라." 했지. 헌데, 이놈이 "제가 설사병이 나서 그럽니다요. 도련님이나 쇤네나 다 똑같은 사람이니 잘 아시지 않습니까요." 그러더라고. (성질을 내며) 어찌, 그 천한 것과, 내가 똑같을 수 있단 말인가?

최덕지 허, 참. 그래서 어찌했나?

이도령 급해서 그냥 쌌네.

최덕지	그런데 그게 내 아내와 무슨 상관인가?
이도령	뒤에 내가 물었지. "대체, 그 똑같은 사람이란 말은 어디에서 주워들었느냐?"
최덕지	그랬더니?
이도령	자네 부인이 그렇게 말을 했다더군. 우리나 그 천한 것들이나 다 똑같은 사람 아니냐고. 허허, 고려가 망하고 새 나라가 들어서니 모두들 제정신이 아닌 게야.
최덕지	지금 내 아내에게 제정신이 아니라고 말한 것인가?
이도령	아, 아니네. 자네 부인이 좀 특이한 사람이라고 소문은 났지만, 설마 우리를….
최덕지	그래도, 그래도 말일세. 나는 내 아내가 좋다네.
이도령	자네가 팔불출인 것은 조선 팔도가 다 아는 사실이네. 하하하.
최덕지	처음에는 나도 무척 당황스러웠다네. 그런데 말일세. 나는 지금 이런 생각을 하게 되었다네. 우리가 학문을 하는 것은 무엇 때문인가? 자네는 과거로 출세를 바라는가? 글재주로만 이름을 얻으려고 하는가?
이도령	이 친구 장가가더니 실없는 소리만 늘었구만.
최덕지	공자님이 제자를 기를 때 신분에 괘념치 않았던 것은 도덕적으로 완성된 인격자, 군자를 기르려는 것이 아니었겠는가?
이도령	사람도 사람 나름인 게지. 사대부는 사대부, 양인은 양인, 노비는 노비가 아닌가.
최덕지	사대부도 사람이고, 양인도 사람이고, 노비도 사람 아닌가?
이도령	(진지하게) 꿈에서 깨게. 공자님 놀이는 집어치워. 자네는, 자네 집 머슴이 남몰래 학문을 익히고, 글재주가 높아졌다고

해서 친구로 삼을 수 있겠는가? 머슴들과 함께 밥상머리에 앉자고 하면 앉겠는가?

최덕지　….

이도령　거봐. 대답을 못 하지 않나. 지난번에 자네 둘째 형님이 오셨을 때, 나는 많은 가르침을 받았네. 고려가 왜 망했는가? 상하와 존비와 귀천의 명분이 깨졌기 때문일세. 사람마다 자기의 본분을 지켜야 이 사회가 바로 설 수 있다네. 우리가 삼강과 오륜을 강조하는 것도 그 때문이 아닌가.

최덕지　자네도 똑같은 말을 하는군.

이도령　똑같아? 자네가 자네 부인과 똑같은 말을 하는군. (일어서서 나가며) 상하와 존비와 귀천의 가치가 깨져서 나라가 망했네. 한 가문의 흥망성쇠야 오죽하겠는가. 잘 생각해 보게. 나, 가겠네.

- 홀로 남은 최덕지. 한숨 쉬며 달을 바라보다가 어딘가로 달려간다.
- 물 흐르는 소리, 뻐꾸기 울음 요란하다. 암전.

3막 4장 〈오해〉 (방, 밤)

- 방에는 이화와 개똥할매가 이불 홑청을 팽팽하게 펴서 주거니 받거니 한다.
- 최덕지 집. 막동이가 조심스럽게 들어와 살핀다.

　○ **노래** 〈닭 한 마리 잡아서〉

(개똥할매)   닭 한 마리 잡아서 산천 피리를 불어댄다

                 힐끗힐끗 눈꾸녕은 시아재 주고

                 낼름낼름 샛바닥은 시누애기 주고

                 훨훨훨훨 날갯죽지 시아버지 주고

                 짝짝 해진 발모가지 시어매를 주고

                 이짝저짝 피피살 이내 임만 줘야긋네

                 암탉 같은 씨엄시, 에라 순 (이화: 에라 순)

                 장닭 같은 씨압시, 에라 순 (이화: 에라 순)

                 메초리 같은 씨누이, 에라 순 (이화: 에라 순)

                 닭대그박 같은 씨아재, 에라 순 (이화: 에라 순)

                 닭 한 마리 잡아서 산천 피리를 불어댄다

- 개똥할매의 노랫가락에 맞춰 다듬이 소리도 흥에 겹다. '에라 순' 부분을 함께 부르는 이화의 목소리도 밝다.
- (E) 우당탕, 김막동이가 뭔가에 걸려 넘어져 소리를 내면.

개똥할매 (방문을 열고) 거, 누구요? 귀신이여? 사램이여?

김막동이 나여, 나. 거시기.

개똥할매 거시기가 웬일이여?

김막동이 그냥 거시기, 해서요. (이화를 보고) 마님도 편안하시지요?

개똥할매 아, 왜 또 왔어?

이이화 자주 뵙네요.

김막동이 마님, 제발 저한테 말씀 높이지 마십시오. 어쩔 줄 모르겠습니다요.

이이화 그건 제 마음이지요.

김막동이 아무리 그래도 소인같이 천한 놈헌티….

이이화 천하다니요. 세상에 천한 사람이 어디 있답니까? 모두 똑같은 사람인데요.

김막동이 허허. 소인이 뭘 압니까요. 허허.

개똥할매 (쫓아 나와 귀에 대고) 시방, 서방님이 보내서 온 거여?

김막동이 아, 아녀. 그냥 지나가다가 뭔 도울 일은 없을까, 싶어서.

개똥할매 염탐하러 왔음선, 무신. 서방님헌티 가서 똑똑히 전혀. 절대로 오시믄 안 된다고, 또 오시믄 클 난다고 혀.

• 김막동이가 쫓기듯 나가지만, 뭐가 좋은지 얼굴이 환하다.

김막동이 서방님 아니랑게. (나가면서 기분 좋게 중얼거린다) 내가 좋아서 왔당게. 히히. 모두가 똑같은 사람이라고? 맞어, 그 말이 참말이지. 허허. 시상에 본시 천한 사람은 없지. 맨날 맨날, 들어도, 들어도 참 좋네. 허허허.

개똥할매 마님, 아랫것들하고 말 섞으심 안 됩니다. 집안 어르신들 귀에 들면 또 큰일 나요.

이이화 세상에 아랫것, 위엣것이 어디 있어?

개똥할매 왜 없습니까? 하늘이 있으니 땅이 있고, 윗물이 있으니 아랫물이 있고.

이이화 그럼…, 장작 밑불이 있으니 윗불이 훨훨 더 잘 타지.

개똥할매 마님 말씀에는 못 당하겠습니다. ….

이이화 개똥할매 말은 잘 알았어.

개똥할매 마님, 일전에는 지가 죄송했구만요. 괜스레…. (자신의 입을 때린다)

이이화	아니야. 나도 알아. 어르신들 말씀이 무조건 옳은 것도 아니지만, 그렇다고 내 잘못이 없는 것도 아니잖아. 서방님은 분명 지금 공부를 해야 해. 벼슬을 위한 공부 말고….
개똥할매	마님, 지가 잘못헌 것은 헌 것이구요. 앞으로 또 그러시믄 정말 일 납니다요. 덕지 서방님이랑 둘째 서방님이 말다툼 허는 것은 처음 봤당게요. 서방님이 또 찾아오시믄 기냥 돌려보내셔야 혀요. 모질게 맘먹어야 헌당게요. 아셨지요?
이이화	하지만…, 잠깐이라도… 안 되겠지?
최덕지	부인, 부인.
개똥할매	아이고, 큰일 났네, 큰일 났어.

- 이화는 반겨 맞으려 하나 개똥할매는 돌려보내라 재촉한다.
- 이화 결심한 듯. 담을(은행나무를) 사이에 두고 이야기를 나눈다.

이이화	돌아가세요, 서방님.
최덕지	달님과 같이 왔소. 달님이 나를 따라오지 뭐요. 하하하.

- 이화, 고개를 양쪽으로 젓는다.

최덕지	부인, 꼭 물어보고 싶은 것이 있소. 허니, 어서 문을 열어 주시오.
이이화	(냉정하게) 열어 드릴 수 없습니다. 어서 가서 책을 펼치세요.
최덕지	대체 왜 그러시오?
이이화	(아주 냉정하게) 서둘러 출사하는 것이 부모님께 예를 다하는 것입니다. 아버님은 17세에 사마시(司馬試)에 합격하셨고,

세 형님은….

최덕지 (이화의 말을 자른다) 부인이 보고파 찾아온 나에게 그 말밖에 할 말이 없소?

이이화 세 형님 모두 서방님 나이에 출사를 하셨습니다.

최덕지 부인답지 않소.

이이화 그래야 형님들처럼 벼슬길에도 오르시지요.

최덕지 부인! 부인 얼굴을 가까이서 한 번만 보고 가리다.

이이화 저는… 보고 싶지 않습니다.

최덕지 (화내며) 뭐요?

이이화 보고 싶지 않다, 하였습니다.

최덕지 다시 한번 말해 보시오. 진정이오?

이이화 그렇습니다.

최덕지 부인….

이이화 어찌 어린아이처럼 이러십니까.

최덕지 어린아이? 하하하. 부인도 결국….

• 이화의 태도에 실망한 최덕지는 멍하니 바라보다, 분한 마음으로, 뭔가를 각오한 듯한 표정으로 뒷걸음질하며 나간다. 최덕지가 사라진 것을 확인한 이화는 은행나무 아래로 가서 눈물을 흘리며 비손한다.

이이화 (나지막이) 부부는 수만 겁의 인연이 쌓여야 맺어진답니다. 서방님, 우리 잠시만 이렇게 그리워하면서 살아요.

• 은행나무가 흔들리는 바람 소리 들리고. 암전.

4막 〈겨울〉

4막 1장 〈파면〉 (들, 낮)

• 황금 들판이 된 논을 바라보며 흐뭇해하는 봉실댁과 따박골네.

따박골네 아따, 풍년일세. 풍년이여.

봉실댁 그러게요. 오지네요. 오져요. 반듯반듯허니 이쁘기도 허네요.

• 김막동이가 서둘러 들어온다.

김막동이 그 말 들었능가? (궁금하다는 듯 보면, 비밀을 알려 주듯이) 자네들만 알어. 월당 어르신댁 둘째 서방님 일인디….

봉실댁 나주목서 판관 벼슬헌다는 분이요?

김막동이 그려. 그 서방님이 (손으로 목을 긋고, 고개를 끄덕) 파면을 당하셨다네.

따박골네 · 봉실댁 (놀라며) 왜요?

김막동이 자네들만 알어. (주위를 살피고) 관기를 죽였디야.

봉실댁 관기를요? 왜요?

• 김막동이가 봉실댁을 무릎 꿇려 앉히고, 그 일을 재현한다.

김막동이 잘 들어봐. 내가, 둘째 서방님이여. 봉실댁이 그 기생이고.

봉실댁 싫어요. 제가 왜 기생을 해요?

김막동이 누가 진짜로 기생 허랴? 그냥 잠깐 여그 앉어만 있어. (싫다고 하면) 안 궁금혀? 그믄 나 말 안 혀. (돌아보고) 궁금허지? 그믄 잠깐 앉어 있어. (봉실댁 주위를 돌고) "다른 고을서 벼슬 허는 내 친구가 놀러 왔는디, 너, 내 친구 수청 쪼까 들어라." (답변을 기다리다가) 봉실댁, 뭣 혀? "싫어요." 혀야지.

봉실댁 "싫어요."

김막동이 "왜 싫어." (자기도 잘 모르겠다는 듯) 근디, 왜 싫어? 관기믄 기생인디, 기생이믄 노래하고 춤추고 상전들 수청 드는 것이지 일인디, 왜 싫다고 했을까?

봉실댁 수청 들어야 헐 그 어른이 굉장히 못생겼는갑만요.

따박골네 고약헌 냄새가 났는감만. 나도 우리 귀동이 아부지 싫을 때 있어. 꼬린내가, 기냥….

김막동이 그래서 애가 아홉이구만?

봉실댁 근디, 그 기생 이름이 뭐래요?

김막동이 명화라든가, 춘화라든가, 춘향이라든가. 여튼, 그 기집헌티, 수청을 들라고 허셨는가 벼. 근디, 그냥 싫다고 했대.

따박골네 그냥?

김막동이 그냥. 그믄, 말을 혀 봐. 왜 싫은가. "너, 수청 들기가 왜 싫으냐?"

봉실댁 막동 아재 같으믄 저도 싫것네요. 진짜로 싫것어요.

따박골네 그래서 어찌게 됐어?

김막동이 (판관처럼, 비장하게) "저년이 수청을 든다고 말할 때까지 매우 쳐라!" (이방처럼) "매우 치랍신다." (사령처럼 봉실댁을 친다)

"한 대요! 두 대요!"

봉실댁 "(기생처럼) 아이고, 나 죽네. 여보소, 사람들아. 잠자리 안 해 준다고 판관 나으리가 사람 죽이네."

김막동이 (판관처럼) "이런 독한 년. 저년이 수청을 든다고 할 때까지 매우 쳐라. 하루고 이틀이고 밤낮없이 매질을 해라. 아니 다, 아니다. 그 매를 나에게 다오. 내가 직접 저년의 버릇을 고쳐줘야겠구나." (매를 높이 쳐든다)

- 한구가 뛰어나온다.

한 구 (성내면서) 시방, 뭣 허는 겨? 넘 마누라헌티.

따박골네 (어이없어하며) 당신 마누라는 나여, 나랑게.

한 구 쓰잘데기 없이. (따박골네를 툭, 치며) 그걸 몰라 물어? 근디, 뭣 허는 겨?

따박골네 판관 놀이 혀.

한 구 쓰잘데기 없이 판관 놀이는 무신.

따박골네 (김막동에게) 이제 그만혀. 진짜로 사람 잡겄네.

김막동이 (흥분한 상태) 그려. 이거 못쓰것고만. 허다 봉게 자꾸 열이 나는만.

따박골네 봉실댁도 언능 인나. 지가 진짜로 수절 기생인 줄 알어.

봉실댁 아니 그게 아니라 기생은 사람도 아뉴? 억지로 허라면 혀 야 혀요?

따박골네 긍게. 따로 좋아허는 사람이라도 있으면 진짜로 큰일이겄 네, 잉.

봉실댁 맞어요.

한 구 나는 참말로 그 꼴은 못 보네, 잉!

따박골네 당신 마누라는 나여, 나라고!

한 구 쓰잘데기 없이.

김막동이 정말 싫어? 내가 뭐 냄새라도 나? 왜 싫어!!! 참말로 환장 허겄네!!!

따박골네 막동 아재, 수상헌디? 괜히 술 자시고 이짝저짝 가서 헛소 리 팽팽 허는 거 아녀? (한구 보고) 같이 술 먹들 말어.

한 구 쓰잘데기 없이. 우리가 술 마신다고 기생 발꼬락이나 볼 수 있간디?

따박골네 기생 이야기를 어찌 안대?

한 구 (성내며) 내가 귓구녕이 막혔간디? 시방, 전주 고을이 들썩 들썩허구만.

· 지게에 큰 보따리를 짊어진 판쇠가 콧노래를 흥얼거리며 나온다.

따박골네 쟈는 뭐가 좋다고 콧노래를 붊선 온대?

김막동이 어디 갔다 오냐? 진북사 댕겨오냐?

판 쇠 맞구만요. 대감마님이 서방님 뫼시고 오라고 혀서 뫼시고 오는 길이구만요.

김막동이 그믄, 지금 내리오시냐?

판 쇠 맞구만요. 지금 내려오실 거구만요.

· 작은 봇짐을 멘 최덕지가 나온다.

봉실댁 (조신하게) 참말로 오랜만에 뵙는구만요. 편안허셨어요?

최덕지 (인사를 하고) 서둘러 가야 하니, 이만….

봉실댁 옴마, 그냥 무시허시네.

따박골네 찬찬히 가셔도 될 것인디. 존 일도 아니고.

한 구 이 사람이 쓰잘데기 없이.

따박골네 둘째 서방님 땜시 집에 가시는감만요?

최덕지 (돌아보며) 그게 무슨 말인가? 둘째 형님이라니?

김막동이 모르시능가? 시방, 그 일 땜시 온 나라가 기냥 떠들썩, 떠 들썩헌디.

봉실댁 죽였담선요.

최덕지 그게 무슨 말이냐? 자세히 말해 보거라.

김막동이 나주목서 판관으로 기시는 둘째 서방님이요, 기생이 수청 을 안 들었다고 매타작을 해서 죽였다네요. 그래서 파, 파 면을 당하싯다고요.

따박골네 높은 사람들은 우리 같은 목심들을 파리 똥꾸녕만도 못허 게 여깅게.

최덕지 (부채 든 손이 떨린다) 네 이놈. 어찌 그런 허무맹랑한 말을 지 어내느냐?

김막동이 지어내다니요? 참말입니다요.

최덕지 (화내며) 이것은 형님을 모욕하는 것이고, 나를 모욕하는 것 이고, 우리 가문을 모욕하는 것이다. 우리 가문을 욕보인 너희들을 가만두지 않을 것이다.

- 최덕지가 도포 자락을 휘날리며 서둘러 나간다.
- 다들 따라 나간다. 암전.

4막 2장 〈소리〉 (은행나무 앞, 낮)

- 최덕지의 집 마당.
- 은행나무 아래 이화가 있다. 이화는 조심스럽게 자신의 배를 만진다.

이이화 하필이면 이때…. 아가야, 지금은 네가 내 몸에 들었다는 소식을 전할 수 없구나. 조금만 기다리렴. 아가야. 이 은행나무는 네 아버지 나무란다.

- 이화는 쓸쓸하게 쭈그리고 앉아 혼잣말을 하며, 은행을 줍는다.

이이화 서방님, 서방님, 아슴찬 우리 서방님…. 서방님, 은행나무는 사람들 곁에서만 자란답니다. 늘 사람을 그리워하기 때문이에요. 그래서 은행나무를 부둥켜안으면 도란도란 이야기를 들려준답니다. 서방님의 목소리, 서방님의 숨소리.

- 최덕지가 들어온다.

이이화 (반갑게 다가오며) 서방님. 다녀오셨어요? 어찌 되었나요?

- 최덕지의 표정은 이화에게 뭔가 불만이 많아 보인다. 무뚝뚝하고 불퉁거린다.

최덕지 무엇이 말이오?

이이화 둘째 아주버님….

최덕지 말하기 싫소.

이이화 아버님은 뭐라고 말씀하시던가요?

최덕지 말하기 싫다고 했잖소.

　• 이화는 덕지가 애처롭다. 장난스러운 표정으로 덕지에게 주먹을 내민다.

최덕지 이것이 무엇이오?

이이화 맞혀 보세요. 제 주먹 속에 어떤 비밀이 있을까요?

최덕지 관심 없소. (이화, 어떻게든 덕지의 마음을 풀려 한다)

이이화 (주먹을 귀에 대고 흔들며) 소리가 들려요. 어서 맞혀 보세요.

최덕지 (어이없어하며) 부인이 어린아이요? (이화가 은행을 최덕지 손에
　　　　　놓는다) 왜 이러시오. (별수 없이 받는다)

　• 최덕지는 이내 코를 감싸 쥐고 은행을 마당에 버린다. 놀란 이화는 버
　　려진 은행을 다시 줍는다.

최덕지 저리 가시오. 옷에 묻을까 염려되오. 밤이고 낮이고 은행나
　　　　　무만 붙들고 있다더니 은행나무가 그리 좋으면, (말을 하려다
　　　　　만다) 아니 됐소.

　• 밖에서 소란스러운 소리가 들린다.

김막동이 (술에 취해서) 사람이믄 다 같은 사람이지, 우리는 개돼지랍
　　　　　니까?

판　쇠 뭔 말을 그렇게 허신대요?

김막동이 마님이 그랬구만. 사람은 귀천이 없다고.

개똥할매 그거야, 그냥 말이 그렇다는 것이지.

김막동이 관기는 사람이 아녀? 사람 맞구만.

　• 개똥할매와 판쇠의 만류에도 술에 취한 김막동이와 사람들이 들어온다.

김막동이 (막무가내로 들어와서) 서방님, 마님, 어찌 이럴 수가 있대요?

이이화 (달려가 맞으며) 무슨 말씀이세요?

김막동이 그 훌륭허시다는 둘째 서방님께서….

개똥할매 야, 이놈아, 여기가 어디라고 술주정이야? 아무리 답답허다고 상전헌티 이게 뭔 짓이여? 어여 나가.

김막동이 술주정이 아니라 너무 답답해서 그려요.

판　쇠 서방님, 이 사람 힘이 워낙에 장사여서 어찌 감당을 헐 수가 없네요.

김막동이 허허. 제가 힘이 장사지요. 저번 단옷날에 소인이랑 씨름을 허셨응게 잘 아시지요?

최덕지 나는 그런 적 없다. 썩 물러가라. (이화 보고) 들어갑시다.

　• 최덕지가 이화를 데리고 방으로 들어간다.

따박골네 (중얼중얼) 우리가 다 봤는디, 지금 무신 소리를 허신대?

김막동이 왜 들어가신대요? 말씀 좀 해 주시믄 안 되는가요?

　• 사람들은 밖에서 여전히 웅성거리고 있다.

최덕지 당신이 쓸데없는 소리를 해서 저자들이….

이이화 (나지막이) 지금 이상한 건 서방님입니다.

최덕지 뭐요?

이이화 형님의 행동이 너무 당황스러워서, 부끄러워서, 그런 것이지요?

최덕지 부끄럽다니. 형님이 파면을 당하셨소.

이이화 사람이 죽었습니다. 아니, 사람을 죽였습니다.

최덕지 일개 관기요. 고작 관기 하나를 죽였을 뿐이라고.

이이화 고작 관기라니요? 관기는 사람이 아닌가요?

최덕지 당신도 똑같은 소리를…. 지겨워, 그놈의 소리들, 지겹다고.

이이화 서방님, 마음에 없는 소리 하지 마세요.

・ 최덕지가 밖으로 나가면

김막동이 서방님, 서방님. (최덕지 붙들고) 그믄 그때 허셨던 말씀은요?

최덕지 (밀치며) 이놈! 감히 누구를 잡는 것이냐? 더럽다, 더러워.

김막동이 더럽지요. 소인이 일을 많이 헝게, 더럽지요. 암만요. 헌디, 소인은 서방님이랑 마님께서 우리 겉은 놈들헌티도 사람 대접을 해 주시는 줄 알았구만요.

최덕지 그 무슨 말 같잖은 소리냐. (침착하게) 관기가, 판관의 명을 거역했으면 당연히 목숨을 내놔야 한다.

김막동이 맞구만요? 그믄, 사람이 사람을 때려서 죽인 것이 맞구만요?

최덕지 네가 정녕 혼이 나야겠구나.

김막동이 소인 놈도 개돼지마냥 때려죽이세요.

최덕지 내 가 못 할 줄 아느냐? (최덕지가 부채로 김막동이를 내려친다)

이놈아, 이놈아.

• 사람들 놀라고. 이화가 뛰어나와서 최덕지 앞을 가로막고 나선다.

이이화 서방님, 왜 이러십니까? 이러지 마세요.
최덕지 저리 비키시오. 지금 누구를 감싸는 거요?
개똥할매 서방님, 용서해 주십시오. 이놈이 아직도 철이 없어서 그럽니다요.

• 최덕지가 개똥할매를 밀치고 다시 김막동이에게 부채로 매질한다. 따박골네와 봉실댁, 한구가 나서서 말린다.

한 구 서방님, 아무리 그리도 이러시믄 안 되지요.
최덕지 뭐라고? 여봐라! 이놈도 당장 끌어내 치도곤을 놓거라.
따박골네 귀동이 아부지, 왜 나서고 그려?
한 구 나리, 다 때려죽이시오. 다 때려죽여.
최덕지 그래 다 죽어라, 다 죽어. (한구에게 매를 친다)

• 따박골네와 김막동이가 말리다가 나가떨어진다.

김막동이 (털썩 주저앉으며) 그려, 우리는 개만도 못혀, 개만도.
따박골네 (김막동을 때리며) 이 양반아, 조선 대국은 다르담선. 새 나라가 들어서서 인자 달라짓담선, 세상이 왜 더 지랄 같은 것이여.
김막동이 다를 줄 알았지, 거시기헝게. 헌 나라가 가고 새 나라가 왔응게, 다를 줄 알았지.

따박골네 아따, 다 똑같구만. 다 똑같어.

봉실댁 영특허신 우리 서방님께서 왜 이러신대요?

따박골네 서방님, 이러는 것이 아니구만요. 홀륭헌 집안에서 어찌 이럴 수가 있다냐.

김막동이 그려, 그믄 여그가 아니라, 월당 어르신 댁으로 가야지. 자, 가자고.

- 이화가 달려 나와 사람들에 둘러싸여진 최덕지를 가로막고 나선다.

이이화 잠시만요, 잠시만요. 이러시면 안 돼요.

김막동이 마님도 똑같구만요. 사람은 귀천이 없다고, 다들 똑같은 사람이라고 하던 말씀이 거짓말이었구만요, 거짓말이었어요.

- 이화는 말없이 수건을 꺼내 김막동이와 한구의 피를 닦아 준다.
- 이화의 모습을 본 판쇠를 비롯한 사람들이 이화 곁에서 통곡한다.

봉실댁 (넋두리) 높으신 양반이랑 우리랑 달라야 허는 거 아녀요?

최덕지 이제는 달라야 한다고? 똑같다면서 이제는 또 달라야 한다고? 대체 똑같은 사람이란 것이 무엇이오? 상하와 존비와 귀천의 가치가 깨져서 나라가 망했다는데…. (이화를 붙들고) 왜, 왜, 왜, 당신은 나를 부끄럽게 하는 것이오. (사람들에게) 잘 들어. 시키면 시키는 대로 하고 살아. 그럼, 편하고 좋잖아. 왜! 왜!

이이화 서방님, 힘이 있으면 거짓도 참으로, 참도 거짓으로 만드는 세상입니다. 그럴수록 힘없는 사람들의 말을 더 소중히 들으셔야죠. 힘이 없다고 마음도 없는 것은 아니니까요.

최덕지 꼭 이렇게 내 속을 긁어야 좋겠소?

이이화 백성의 마음을 얻지 못하면, 아무리 큰 업적을 남긴다고 한들 누구와 함께 기뻐하겠어요? 곁에서 웃어 주는 이 아무도 없이 홀로 남겨진다면 깜깜한 밤에 비단옷을 입는 것과 무엇이 다르겠어요?

최덕지 그냥 내 편을 들어 주면 안 되는 것이오?

이이화 미안해요, 서방님.

• 최덕지 절규하며, 부채를 부러트린다. 모두 놀라고.

최덕지 그래, 나를 비웃으시오, 나를 얕보시오. 아! 내가, 내가 왜 이렇게 살아야 하지? 차라리 내가 태어나지 않았다면 이런 일도 없었을 텐데. 내가 태어나지 말았어야 해. 저, 저, 은행나무를 베어 버려야겠어.

• 최덕지가 도끼를 가져와 은행나무를 베려고 한다. 이화와 사람들이 말린다.

최덕지 모두가 다 한통속이군, 한통속이야. 저리 비켜. 비키지 않으면 모두 베어 버릴 거야.

• 최덕지의 도끼질. 말리는 사람들. 최덕지의 고함 높아지면. 암전.

4막 3장 〈떠남〉 (방, 낮)

- 양쪽에 최담과 최덕지.

최 담　니가 무슨 짓을 했는지, 아느냐?

최덕지　형님은 저에게 공자님이었고, 맹자님이었습니다.

최 담　알고 있다. 실망이 컸겠지.

최덕지　실망이라고 말하고 싶지는 않습니다.

최 담　그럼 무엇이냐?

최덕지　모르겠습니다. …. 저도 형님이 왜 그러셨는지 이해할 수 없습니다. …. 그 사람의 말도 틀리지 않습니다.

최 담　그런데 왜 그랬느냐?

최덕지　형님의 말을 들을수록, 그 사람의 말을 들을수록, 제 머릿속은 더 까맣게 되어만 갔습니다. 이제는 제가 왜 책을 읽어야 하는지도 모르겠습니다.

최 담　한번 허물어진 마음은 돌이키기 어렵다. 가서 마음을 달래거라.

최덕지　진실은 무엇이고, 진심은 무엇입니까? 사대부가 섬겨야 할 것은 백성입니까, 임금입니까? 책임과 권력은 무엇이 다른 겁니까? 출사는 위민입니까, 치국입니까?

최 담　너는 무엇이든 될 수 있다. 너는 무엇이든 할 수 있다.

최덕지　오랫동안 인사를 여쭙지 못할 것 같습니다.

최 담　어디까지 갈 것이냐? 홀로 남겨진 사람은 어찌하려느냐?

최덕지　아버님께서도 바라는 일 아니었습니까?

최 담　내가 바라는 것은 네가 꿈꾸는 바를 이루는 것이다.

최덕지　저는 지금 제가 꿈꾸는 세상이 무엇인지도 모릅니다.

최 담　그 답을 찾으러 가는 것이냐?

최덕지　분명한 답을 가지고 오겠습니다.

- 서서히 암전.

4막 4장 〈죽음〉 (은행나무 앞, 밤)

- 이화가 자신의 배를 쓰다듬기도 하면서 은행나무를 어루만진다. 서서히 비손을 시작한다. 두 팔을 벌리고 선 이화. 천천히 입을 벌리고선, 하압, 큰 숨 들이쉰다. 아찔하다. 한참을 있다가, 후읍, 숨을 내쉰다.
- 멀리서 최덕지는 책을 보고 있다.
- 최덕지와 이화의 대화가 자연스럽게 깔린다.

(E·최덕지) 나에게 실망하시오.

(E·이화) 부끄러우십니까?

(E·최덕지) 나도 내가 왜 그랬는지 잘 모르겠소.

(E·이화) 누구나 어렵고 힘든 때가 있습니다.

(E·최덕지) 당신 곁에 더 있을 수는 없소.

(E·이화) 그저 지나가는 바람일 뿐입니다.

(E·최덕지) 아니오. 이제 부인이 불편하오.

(E·이화) 제 목숨이 다한다 해도, 기다리겠습니다. (조금 밝게) 부부는 수만 겹의 인연이 쌓여야 맺어진답니다. 그게 어디 쉽게 끊어질 수 있겠습니까? 인연이 인연 아닌 인연이면 어찌

우리가 만났을까요.

- 은행나무 잎이 날리기 시작한다. 이화 힘에 겹다.

이이화 (비손하며) 아아, 서방님. 내게 들어오시느라고 이렇듯 몸이 뜨겁고 숨이 가쁜 것인가?

최덕지 맹자께서 말씀하시되, 천시불여지리(天時不如地利)요, 지리 불여인화(地理不如人和)라.

이이화 서방님의 다른 생명들이 들려주는 소리를 듣고 싶어요.

최덕지 하늘의 때나 땅이 주는 이로움보다 사람이 화합하느니만 못 하다, 했으니. 지리불여인화. 인화. 사람의 마음, 이화의 마음.

- 최덕지가 멀리 응시한다. 이화를 바라보는 것도 같다.

최덕지 (작은 목소리로) 이화, 이화.

이이화 "이화, 이화", 서방님이 제 이름을 불러 주는 것 같아요.

최덕지 (작은 목소리로) 이화, 이화. (갑자기 울음이 터진다)

- 이화, 최덕지 쪽을 바라보다 쓰러진다.

이이화 가시는가요? 저만 홀로 남겨 두고, 시방, 기언시 가고야 마 는 건가요?

최덕지 (안절부절못하다가 일어서며) 이화!

- 암전.

에필로그 〈생명〉

- 조명이 켜지면, 천을 든 개똥할매가 있다.

개똥할매 시상 참 모질지요? 모져요, 모져. 시립고 시리운 시상, 나
만 그렇게 살았다고 생각해도, 사실은 아니에요. 내가 아프
면 내 가찬 사람들도 아퍼요. 그래서 아프면 안 돼요. 아프
고, 아프믄…. 우리 마님… 홀몸도 아니셨는디, 돌아가시던
그날까장 은행나무 아래서 치성을 드렸어요. 기약 없는 서
방님…, 서방님헌티 알리도 못허고, 그냥 간절허게, 간절허
게, 기다렸지요. 그 맴이 하늘에 닿고, 땅에 이르러서, 서방
님도 돌아오셨겠죠. …. 동네 사람들이요… 막동이네, 따박
골네, 봉실댁, 판쇠, 사람들이 우리 서방님을 또 얼마나 좋
아하는데요.

- 사람들이 들어온다.

봉실댁 할매, 여기서 또 뭐 허신대? 맨날 여그서 궁시렁궁시렁….
따박골네 내비둬. 자네는 놀아 주도 안 험선.

- 은행나무 곁에 선 농부 차림의 최덕지. 이화가 했던 것처럼 살며시 귀

를 대 본다.

개똥할매 시상 참. …. 기억은 쉬 잊히질 않지요. 본시 사람들은 못난
기억들을 오래오래 품고, 언제 그것을 꺼낼까, 생각하지요.
헌데, 그때가 잘 오지는 않아요. 왜냐면요, 그 사람이 예전
그 사람이 아니니까요.

봉실댁 (안쪽 보고) 개떡 잡숴요.

• 판쇠, 막동이, 한구, 반겨하며 나온다.

김막동이 서방님, 뭣 허신대요? 어여 나오세요.

따박골네 그건 뭐래요?

최덕지 거름! 오늘은 좋은 소식이 있다네. 이것을 좀 보게나. 싹이
야. 새순이 돋아났어.

• 사람들, 보고 놀란다.

김막동이 죽은 나무에 싹이 났네, 잉.

최덕지 이화, 은행나무가 사람들 곁에서만 자란다고 했었지? 이
은행나무는 내가 아니라, 바로 당신이었어.

개똥할매 내가 우리 아씨 마님은 죽은 것이 아니라고 몇 번을 말했어.

• 개똥할매, 이화에게 손짓한다. 이화의 모습이 실루엣처럼 나타난다.

최덕지 (나지막이) 이화, 그대는 진정 죽은 것이 아니었구려. (사람들

에게) 이 은행나무는 다시 수백 년을 자라면서, 무수한 사람
들의 발길이 새겨지고 지워지기를 반복하면서, 그들이 꿈
꾸는 소리를 듣고 자랄 거라네.

최덕지•이화 사람을 만나고 바람을 만나고 물줄기를 만나면서, 땅과
하늘의 기운을 모아 인간의 염원을 더 간절하게 하는 나무
가 될 거야.

최덕지 눈길이 오래 머무는 사람들의 마음에는 꽃 한 송이 피워
주겠지.

개똥할매 서방님은요, 임금님이 높은 벼슬을 주겠다고 몇 번을 불렀
는디도, 기냥 이 마을서 오래오래 사시겠답니다. 우리 마님
하고, 서방님은 기언시 마음이 닿았나 봅니다. 마주 보다,
마주 보다, 딱, 붙어 버렸나 봐요. 히히. 늙은것이 참 주책
입니다. 호호호.

•암전

조선의여자

• 2020년 대한민국연극제 작품상(은상) 수상
• 2020년 전북연극제 희곡상·최우수작품상 수상
• 한국희곡명작선((사)한국극작가협회) 선정

제작: 까치동
연출: 정경선
출연: 김경민·김준·신유철·유동범·윤종근·이미리
전춘근·정준모·조우철·지현미·하형래

공연 현황
- 2020년 5월 9일 우진문화공간(전주)
- 2020년 11월 2일 세종문화예술회관(세종)

때

1940년대

곳

전주 인근의 어느 마을

무대

한쪽에 방, 마루, 부엌문, 마당이 있는 작은 초가집. 대문 옆에 빈 지게가 서 있고, 바로 옆에 나무를 얼기설기 엮고 문이 낮아 얼굴이 보이는 변소가 있다. 그 옆에 큰 물항아리가 있는 장독대. 한쪽은 거리, 천변, 노름판 등으로 다양하게 쓰인다.

등장인물

송막봉, 반월댁, 세내댁, 송순자, 송동심, 송종복, 백건태, 임구장, 헌병들, 마을 사람들

1막 〈봄〉

1막 1장 〈동심의 노래〉 (1943년 봄, 저녁, 집 방)

- 구석에 콩나물시루가 있다.
- 동심이 종복의 옷을 바느질하며 판소리 한 대목을 흥얼거린다.

송동심   (흥얼거리며) 가난이야. 가난이야. 원수녀르 가난이야. 또, 가
         난이야. 원수녀르 가난이야~ 또또, 가난이야~

- 세내댁이 들어와 콩나물시루에 물을 끼얹는다.

세내댁   야학당 안 가냐?
송동심   헐 일 태산이여.
세내댁   종복이 옷은 내가 꿰매고 데릴 것잉게, 니는 싸게 가서 공
         부허고 오니라. (종복의 옷을 가져가서 바느질한다) 아부지헌티
         들키지 말고.
송동심   매곡교 옆으 투전판에나 갔것지. 근디, 아부지는 뭔 돈으로
         노름허고 댕기는지 몰라.
세내댁   긍게 말이다. 참말로 재주도 용허지. 니는 공부 열심히 히서,
송동심   공부? (아버지 말투로) 가시내가 공부는 혀서 뭣 헐라고?

세내댁 나 같은 일자무식이보담야 안 낫것냐. 사램이믄 지 이름자
는 쓸 줄 알아야.

송동심 나는 내 이름 쓸 줄 앙게, 핵교는 (말꼬리를 내리며) 안 가도 돼.

세내댁 (슬쩍 눈치 보고) 다시 댕기고 싶냐?

송동심 안 그려. 학교 생각허믄 지금도 귀퉁이가 막 얼얼혀.

세내댁 선상님이 그런 건디, 어쩌.

송동심 선상님은 무신. 선상님이 군복 입고 칼 차고 댕기는디? 우
리가 조선말 허믄 막, 귀싸대기를 치는디? …. 지도 조선
사람임선.

세내댁 지가 뭐여, 지가. 선상님헌티. …. 글도 종복이는 졸업허고,
전주사범 강습소 댕기서 국민핵교 선상님 헝게 얼매나 대
견허냐.

송동심 대견은 무신. 엄니는 걔들헌티 만날 무시당험선 뭘 그리
챙기싸.

세내댁 아이가~ 걔들이 뭐여, 형제지간에. 글고 갸가 송씨 집안
자랑 아니냐?

송동심 갸는 조선 사람 아니고, 일본 사램이여. 니뽕징. 송씨 아니
고, 소무라라잖여, 소무라.

세내댁 시상이 일본 시상인디 어쩌것냐? 니도 종복이처럼 일본말
잘 배워 갖고…. 아니다, 아니여. 니는 존 사람 만나서 언능
시집이나 가.

송동심 시집은 무신. 참, 낼모레 순자 언니 혼례라고 안 혔어?

세내댁 긍게. 뭔 혼례를 번갯불에 콩 볶듯이 허는가 모르것다.

송동심 신랑이 누구랴? 순자 언니 소갈머리 당해낼라믄 보통은 넘
어야 헌디. 뭐 허는 사람이랴? 어쩌게 생깃어?

세내댁 나도 몰러. 나헌티까장 그런 말은 안 헌게.

송동심 우린 혼례나 보고 떡이나 묵으믄 될랑가?

세내댁 니까장 돌아올 떡이 있을랑가, 없을랑가?

송동심 엄니가 고생허것네.

세내댁 그런 말도 할 줄 아냐?

송동심 나도 벌써 열일곱이여. (눈치를 보고) 엄니~, 나, 야학당 말고… 권번 가서 소리 배울까?

세내댁 염병허네, 썩을 년. 그런 소리 헐라거든 기냥 자빠져 자.

송동심 춤하고 노래만 배우는디, 뭐.

세내댁 화류계로 나가믄 인생 배리는 겨. 말짱 황이여, 황.

송동심 엄니는 화류계도 아닌디, 왜 말짱 황이여? 소리는 재밌기라도 하제. …. 내가 갈치 줄까? 따라 히봐. 따라 히봐. '가난이야. 가난이야. 원수녀르 가난이야.'

세내댁 야야, 기왕지사 헐라믄 재미진 걸로 혀야지, 원수녀르 가난이 뭐여.

송동심 그믄 돈타령이나 히야제.

(송동심) 얼씨구나 절씨구. 절씨구나 얼씨구. 돈 봐라. 돈 봐라. 잘난 사람도 못난 돈. 못난 사람도 잘난 돈. 둥글둥글 생긴 돈, 생살지권을 가진 돈, 부귀공명이 붙은 돈. 이놈의 돈아! 아나, 돈아! 어디 갔다 이제 오느냐?

세내댁 긍게 말이여. (도섭) 염병할 놈의 돈아! 대관절 어디 있느냐? 내 팔자에 부귀공명이 있기는 허냐? 아나, 돈아. 아나,

똥이다.

- 세내댁과 동심이 흥겹게 놀고 있을 때, 종복이 문을 세게 연다.

송종복 (큰 소리로) 고레고레 우레사이 다마레.(*이봐, 이봐, 시끄러워, 조
용히 해)

세내댁 (놀라서) 종복이, 왔냐? (옷을 보이며) 내가 이것을 빨리 히주야
헌디.

송동심 쟤, 뭐래?

송종복 고레고레 시스카니시로.(*이봐, 이봐, 조용히 해)

송동심 여가 학교냐? 조선말로 혀라.

송종복 조용히 하라고. 동네 창피하게 뭐 하는 거야?

송동심 뭣이 창피허냐? 쇠전강변 약장수가 소리꾼 델꼬 오믄 지도
좋다고 귀경 가믄서.

송종복 소리가 그렇게 좋으믄, 똥이나 싸면서 흥얼거려. (바느질하던
옷을 빼앗고, 한 사람씩 가리키며) 빠가야로, 빠가야로.

- 종복이 문을 세게 닫고 나간다.

송동심 (쫓아 나가며) 뭐? 빠가야로? 이 쪽발이 새끼가.

- 세내댁이 익숙한 듯 바라보다가 콩나물시루에 물을 준다. 암전.
- (E) 물 떨어지는 소리. 암전 속에서 들린다.

1막 2장 〈순자의 혼례〉 (1943년 봄, 저녁, 집 마루·마당)

- 마루. 작은 상에 쌀·물 대접, 초 두 개.
- 일상복을 입고 멀리 떨어져 앉은 신부(송순자)와 신랑(백건태). 신부 곁에 반월댁, 신랑 곁에 막봉. 신랑 빼고 모두 표정이 좋지 않다.

송막봉　(헛기침) 시방, 우리 형편이나 자네 형편이나 다 그렇게, 이해는 헐 것이고.

반월댁　야가 뭐시 부족혀서 도둑 혼사를 치러야 허는가, 나도 맴이 편하든 안 해. 우리가 시방 없이 산다고 야를 시피 보든 말고.

백건태　예, 잘 알겠습니다요.

반월댁　아무리 급히 하는 혼인이래도 천지신명흔티 인사는 히야 헌게. (일어서며) 싸게 인나서 절이라도 허고.

- 세내댁이 보따리를 들고 급하게 들어온다.

세내댁　쪼매 늦었네요.

반월댁　손 바쁜 날에 어딜 쏘댕겨?

세내댁　(보따리에서 신랑·신부 옷을 꺼낸다) 아무리 그리도 딸내미 혼산디,

송막봉　야가, 자네 딸이여? (반월댁 보고) 이 사람 딸이지.

송순자　(옷 보고 밝아지며) 오매, 오매. 세내댁, 이런 건 어디서 구했대?

백건태　(신랑 옷을 입으며) 아따, 세내댁 수완이 좋구만. (막봉이 헛기침을 하면) 세내댁이 아니라 작은어맨가?

세내댁   (상에 청실홍실을 놓으며) 다 공출해서 긍가, 실 쪼가리 구허기 도 어렵데요.

송막봉   낼 신식으로다가 동문 옆의 전주사진관 가서 한 방 박을라 고 혔는디.

반월댁   돈 많은가 비네. 어디서 사진을 박어, 사진을.

송막봉   말하는 꼬라지하고는. 우리 장남 송종복 선상님이 즈그 누이 혼인헌다고 사진 비용 전액을 헌사허기로 혔어.

세내댁   오매, 참말로 장남은 장남이네요. 우리 동심이 때도 해 줄 랑가?

반월댁   동심이를 언다 대? 갸가 야랑 같어?

세내댁   (주눅 들어) 그런게요. (말 돌리고) 근디, 종복이는 안즉인가요?

송막봉   갸가 보통 바쁜 사램이여? 핵교 선생님인디. (밖을 살피고) 기냥 우리끼리 시작허드라고. 똥심이 년은 어디 갔어?

세내댁   구장 어른 모셔 오라고 보냈어요.

송막봉   구장? 그놈아를 뭐 허게?

반월댁   아녀, 아녀. 잘힛네. 순자 혼인을 구장은 알아야 헝게.

• 동심이 임구장을 데리고 들어온다.

임구장   뜬금없이 뭔 혼례를 치른다고 야단이여, 야단이. (순자 보고) 어마, 우리 순자 시집가는갑네. (주위를 둘러보고) 이게 뭐여. 십장생 그려진 열두 폭 병풍도 읎고, 암탉도 읎고, 장닭도 읎고, 사램도 읎고, 재미도 읎고.

반월댁   사정 아시믄서 왜 그러신대요.

송막봉   시끄런 소리 헐라믄 가고, 아니믄 싸게 집사라도 보든가.

(동심 보고) 똥심이 너는 뭐 허냐? 싸게 나가 봐. 우리 장손 오시는가.

송동심 장손은 겁나게 바쁜게. (막봉이 성을 내면 도망치듯 나간다)

임구장 (신랑을 살피고) 신랑이 건태여? 아따, 건태 수지맞았네. 처녀 장개를 다 가고. 너 지금도 술 처먹고…, 아니다. 오늘은 존 날잉게. (혼례상을 마당으로 옮기며) 혼례는 떠들썩해야 허는 거여. 자, 신랑 신부 나올 준비 혀라.

· 동심이 종복을 데리고 들어온다.

송막봉·반월댁 (반기며) 우리 장손 왔는가? 밥은 먹었는가?

송종복 학교에 급한 일이 있어서 조금 늦었습니다.

송막봉·반월댁 알제, 알제. 암만.

송순자 (달려 나오며) 야, 너 뭔 일 있냐? 왜 나헌티 돈을 쓰고 그려?

송종복 싫어? 싫으면 말어.

세내댁 (나서며) 순자가 싫어서 그러것어. 생전 첨으로 사진 찍는당 게 떨려서 그러제.

송종복 별거 아냐. 펑, 하고 번개 칠 때, 눈만 안 감으면 돼.

반월댁 아따, 우리 장손은 모르는 것이 없당게.

송동심 종복아, 나도 사진 한 방 박아 보고 싶은디.

송종복 절루 가라.

송순자 동심아, 내일 나 사진 박을 때, 고개를 요렇게 내밀어.

송동심 (고개를 내밀며) 요렇게?

· 동심의 표정에 가족 모두 웃음.

임구장　식구들이 모다 모였응게, 시작허세.

· 다들 자리를 잡고, 세내댁·동심이는 순자에게 연지 곤지를 찍어 준다.

임구장　에험. 인자, 진짜 허네. 백건태 군허고, 송순자 양허고, 혼례
　　　　식을 거행허것습니다. 에험! 백건태 군은 일찍이 원통부락
　　　　의 소문난 수재로, 전주부청서 잠시 근무를 혔는디, 참, 돈
　　　　이 뭔지,

· 건태의 표정이 심하게 일그러지며, 임구장을 노려본다.

송막봉　(성을 내며) 고만혀. 쓰잘데기 없이 그런 말을 왜 혀!
임구장　(헛기침하고) 장인이 고만허라고 헝게, 고만헙니다. 신부 송
　　　　순자 양은 전주최씨간장공장 공장장으로 근무를 허다가
　　　　모든 재산을 도박꾼들에게 희사허신 부친 송막봉 씨와….
송막봉　(화를 내며) 고만허랑게!
임구장　장난이여, 장난. 우리끼린디 어쩌. 여튼, 이번에는 딸 친정
　　　　아버지가 고만허라고 헝게 고만허고. 기냥 신랑 입장.

· 건태가 혼례상으로 걸어온다. 다리를 전다. 상 앞에 서고.

송동심　생긴 것이 꼭 일본놈 앞잽이 같어.
세내댁　야야, 말 말어라. 그리도 니 형분디.
임구장　다음은 어여쁜 신부 송순자 입장.

- 순자가 동심의 도움으로 혼례상 앞에 선다.

임구장 자, 먹고살 만헌 집이서는 보통, 시자집안이종(侍者執雁以從), 험선, 기러기도 놓고, 절도 여러 번 허는디, 여그는 못 산게 절만 몇 번 허고, … 아차차, 화촉부터 밝혔어야 흔다. 어쩐다냐? (반월댁·세내댁 보고) 아, 참말로 다행이네. 초가 두 개고, 여그 신부 측 엄니도 둘잉게. 둘이 사이좋게 나와서 불을 켜믄 쓰것네.

- 세내댁이 나오려고 하면 반월댁이 눈치를 준다. 반월댁만 나와 초에 불을 밝힌다.

임구장 신랑 절 한 번, 신부 절 두 번, 신랑 답배. 알아서 혀.

- 신랑이 절 한 번 하고, 신부가 절 두 번 하고, 다시 신랑이 한 번.

임구장 똥심아, 가서 신랑헌티 술 한 잔 따라 주니라.

- 동심이가 신랑에게 술을 따라 준다. 마시고, 신부에게 잔을 돌린다.

임구장 (막봉이 눈치를 주면) 아차차, 또 까먹을 뻔힛네. 식을 끝내기 전에, 송씨 집안 장손이자, 우리 동네의 자랑인 송종복 선상님의 말씀이 있것습니다.
송막봉 집사 노릇을 인자사 지대로 허는구만.
송종복 (거절하다가 나와서) 소무라(宋村), 종복입니다. 먼저, 누이 혼사를 축하드리고. 음⋯. 혼인은 개인의 일이 아니라, 국가의 중대사입니다. 누이와 매형, 건사할 만큼만 아이를 낳고, (폼을 잡고) 텐노오노타메(*천황을 위해), 국가에 충성하는 인재로 키우시기 바랍니다. 아, 혼례가 끝나면 다가산 신사에 가서 예를 올리세요. 조선인에게도 개방했으니, 얼마나 영광스러운 일입니까?

• 종복의 말에 사람들 웅성웅성한다. 동심은 "영광은 무신." 하다가 세내댁의 퉁을 받고, 건태는 고개를 끄덕이지만, 순자는 고개를 좌우로 흔들며 "나는 싫어." 한다. 막봉과 반월댁은 그저 기특한 표정이다.

임구장   참말로 지당헌 말씀이십니다. ⋯. 자, 이대로 기냥 끝나믄 재미가 없지. 전주 혼례는 소리가 빠질 수 없는디, 우리는 돈이 없응게 명창은 못 부르고, 전주권번을 달포 댕기다가 월사금 못 내서 쫓기난 순자 동생 똥심이가 소리 한 자락 허것습니다.

송막봉   저것이 뭘 헐 줄이나 알가디.

송동심   (나서며) 내가 젤로 잘허는 것은 가난타령인디, 어쩐대요?

반월댁   야야, 허지 마라. 가난, 가난 지긋지긋허다.

송동심   아녀, 다른 거 있어요. 잘 들어보시오.

• 동심의 서툰 소리에 세내댁과 임구장이 후렴구를 따라 한다.

(송동심)   여보소, 세상 사람들아, 내 노래를 들어보소. 세상에 좋은 것이 부부밖에 또 있는가. 순자 언니

부부가 박을 타는디, 꼭 이렇게 타는 것이었다. 에이 여루, 톱질이야. 당기어라 톱질이야. 형부랑 언니랑, 타는 박마다 쌀 나오고, (사람들: 쌀 나오고) 타는 박마다 돈 쏟아지고, (사람들: 돈 쏟아지고) 타는 박마다 휘황찬란 금은보배, 일광단 월광단, 산더미 같은 비단포목이 노적가리처럼 쌓이고, (사람들: 쌓이고) 수천수만 재물이 꾸역꾸역 나오니라. (사람들: 나오니라)

임구장   아따, 재미지다. 자, 혼례는 성대허게 끝이 났고. 신랑 신부는 하객에게 인사허고, (건태·순자가 객석에 절하고) 저 방에 들어가서 푹 쉬라고, 푹 쉬어. 쉬라고 진짜로 쉬는 것이 아닌 줄은 알제? 순자는 몰라도 저놈은 잘 알 겨. 허허.

- 건태가 순자를 데리고 방으로 들어간다.

임구장   야들이 첫날밤을 예서 치르믄, 아따, 막봉이, 겁나게 부럽고만. 오늘은 큰각시, 작은각시 함께 데리고 자야긋네.
송막봉   뭐라는 거여, 시방.
세내댁   지랑 동심이는 부엌서 잘게요. 예배당 가도 되고.
송막봉   욕봤응게, 술이나 한잔허고 가. 뭣 허냐, 술상 차리 와라.

- 막봉·임구장은 마루에 앉고, 세내댁이 동심을 데리고 밖으로 나온다.

송동심   오늘따라 순자 언니가 순허네.

세내댁 시집가니깐 어른이 되는갑다. 니도 후딱 시집을 가야 헐
것인디.

송동심 쪼까 부럽기도 허고, 한 개도 안 부럽기도 허고.

반월댁 (나와서) 상 챙기라는디 거서 뭣 허고 있어?

세내댁 아, 예, 가요.

- 세내댁과 동심이 서둘러 들어간다. 암전.

1막 3장 〈안하무인〉 (1943년 봄, 밤, 집 마루·마당)

- 마루에 술상. 임구장과 송막봉, 반월댁이 있다.

임구장 (막봉에게 술을 받으며) 조선 천지가 난리여, 난리. 처녀들 시
집보내느라고. 저그 김제서는 집이서 가마니 짜다가 일본
순사헌티 잡히가고, 정읍서는 집 옆이서 밭매다가 헌병헌
티 잡히갔대.

반월댁 뭔 죄를 짓가디요?

임구장 열댓 살 먹은 것들이 뭔 죄를 지었것어, 힘없고 돈 없고 가
진 것 없응게 그냥 거그로 끌리간 거지.

반월댁 어디로요?

임구장 나는 몰르지.

송막봉 그만혀. 전주서는 그런 일 없응게. (반월댁 보고) 쓰잘데기 없
는 소리 듣지 말고 고들빼기라도 있으믄 쪼께 가꼬 와.

반월댁 (일어서며) 고들빼기 짐치 떨어진 지가 언젠디…. (나가며) 뭐

가 있을랑가 없을랑가.

임구장 (눈치 보며 작은 목소리로) 어쩔라고 그렸어? 건태가 절름발이 병신이어도 보통이 넘는 놈인디. 건태헌티 숭잡힌 거 있어?

송막봉 뭐라는 거여, 시방.

임구장 건태흔티 오까네 좀 털었는가?

송막봉 조용히 혀.

임구장 부자는 망히도 삼 년은 간다듬만, 전주부청 말단서 횡령죄로 쫓기나고 그 빚 갚느라 생그지 된 줄 알았는디, 챙기 둔 것이 있었는갑네.

송막봉 쓰잘데기 없는 소리 말고, 술이나 받어.

임구장 자네나 건태나 참말로 재주는 좋아. 오까네 챙기고 딸 시집보내고, 오까네 쪼까 빌리주고 새장가 가고. 꿩 먹고 알 먹고, 도랑 치고,

송막봉 고만허랑게! 승질 돋구지 말고.

임구장 참, 담 달에 큰판 있는디, 어뗘?

송막봉 돈이 있가디.

임구장 왜 없어. 자네도 사위랑 동병상련인디, 어디 숨겨 둔 재산 없어?

송막봉 그란 거 없응게 잔말 말어.

임구장 오까네 없으믄 빌리믄 되고, 빌린 오까네로 따서 갚으믄 되지.

• 동심이가 안주를 가져와 놓는다.

임구장 똥심아, 너는 뭣 허고 사냐?

송동심	기냥저냥.
임구장	젊은 아가 왜 그려? 너 돈 벌 생각 없냐? 내가 예전에 말헛 잖어. 평양 비단공장이든, 대구 제사공장이든, 취직만 허믄 돈 많이 번다고.
송동심	여그서도 쬐께씩은 벌어요.
송막봉	구장님 말씀허시는디, 뭔 토를 달어, 토를. 공장 댕김선 몇 푼이라도 벌믄 좋제.
임구장	그려. 다시 잘 생각히 봐. 그리야 니 아부지 땜시 고생 고생 허는 엄니들 호강시켜 주지.
반월댁	(안주 내오며) 길 건너 길자도 광주 뭔 공장 갔다고 허드만. … 시집 밑천은 벌어야지. 전주도 공장은 있응게, 니 맴만 있으믄….
송막봉	자네는 가만있어. 남정네들 말씀허시는디….
반월댁	왜요? 더 팔아먹을 거 없을까 봐? 위로 네 딸을 다 팔아먹 고….
송막봉	조용히 안 혀! 요것이 요즘 통 안 맞았더니 주둥팽이가 살 어 가꼬.
반월댁	아들 와 있어. 당신이 애지중지허는 3대 종손 종복이.
송막봉	아따, 아들이 유세다, 유세.
임구장	(동심이 보고) 똥심아, 이런 집구석에서 살긋냐? 멀리 가브리 야지. 맴 있으믄 말혀.
송동심	어딘디요? 들어나 보게.
임구장	일본 사람이 운영하는 공장인디, 간장공장.
송막봉	뭐여? 간장공장? (구장의 멱살을 잡으며) 시방, 나를 놀리는 거여?

임구장 진짜여, 진짜. 내 조카가 있던 곳이여. 월급을 십 원이나 준다고.

송막봉 (멱살을 풀면서) 십 원? 뭔 월급을 십 원씩이나 줘?

임구장 공장 일도 하믄서, 사장 아이도 봐 줌선, 집안일도 도우믄, 먹고 자는 것도 걱정 없어. 아, 거가 부산이여, 부산.

송동심 부산이요? 거가 먼지, 가깐지는 몰라도, 엄니 두고는 전주 안 떠나요.

송막봉 (동심을 밀치면서) 월급 많이 준다는 공장도 싫다, 부잣집 첩살이도 싫다, 어쩌라는 거여, 시방. (성을 내며) 그믄 소릿기생이라도 허든가.

세내댁 (나와서 막봉을 막으며) 안 돼요. 첩살이도 안 되고요, 간장공장도 안 되고, 식모살이도 안 되고, 소릿기생도 안 돼요. 아부지란 사램이 어떻게….

송막봉 이런 우라질! 나만 그러간디?

반월댁 그만 좀 허시오. 하루 이틀도 아니고.

송막봉 너는 또 왜 나서?

임구장 막봉이, 나가자고, 나가. 본정통 가서 한잔혀. 지금 3 대 2 여. 우리가 숫자서 밀려.

· 임구장이 막봉을 데리고 나간다.

송막봉 이런 우라질. 퉤!

· 동심은 방으로 들어간다.
· 반월댁이 항아리 쪽으로 간다. 앉아서 한숨을 쉬다가 항아리를 닦는다.

세내댁　성님, 서운허네요. 동심이요, 첩살이는 못 보내요. 부산인
　　　　가 어딘가도 못 보내요.

반월댁　누가 보낸대?

세내댁　그믄 왜 그리싯대요.

반월댁　시집 밑천 벌어서 시집가라는 말이 서운헌가?

세내댁　…. 그만 좀 닦아요. 항아리 뚫어지긋네요.

반월댁　예전 그 큰살림서 남은 건 이 항아리뿐이여. 이것도 다 부
　　　　질없는디….

・ 반월댁이 나간다.
・ 세내댁이 원망하듯 보다가 혼례에 쓴 물사발을 가져와 항아리 위에
　놓는다. 달을 보다가 항아리 앞에서 비손을 시작한다. 암전.

2막 〈여름〉

2막 1장 〈후안무치〉 (1943년 여름, 낮, 집 마루·마당)

- (E) 매미 울음, 크게 들린다.
- 마루에서 반월댁이 열무를 다듬고 있다.
- 집 뒤에서 순자가 나온다. 눈이 벌겋다.

송순자 (뒤를 보고) 못 산다고! 못 산다고! 못 산다고! 왜 나만 참어
야 혀? (다가오며) 엄니, 나보고 죽으래. 시댁 가서 죽으래.
그것이 아부지가 헐 소리여?

반월댁 어쩌것냐. 백씨 집 사람 됐응게, 살어도 그 집서, 죽어도 그
집서….

송순자 엄니도 똑같어. … 내가 시집을 간 건지, 식모살이를 간 건
지, 잘 모르것당게. 냘모레가 고조할아버지 제사라는디, 얼
굴도 모르고, 죽은 지 백 년도 더 된 양반 제사를 내가 왜
지내 줘야 혀?

반월댁 여자들 사는 것이 다 그려.

송순자 엄니, 나 못 살것당게. … 글고, 술만 먹으면 지랄을 헌당
게. 아예 딴사람이여, 딴 사람. 내 팔자가 엄니도 둘, 아부
지도 둘이여, 둘.

반월댁 남정네들 다 그렇지, 뭐. 니가 더 조심허고, 조심허고 살다 보믄 차차 존 날 오것지.

송순자 엄니는? 엄니는 아부지랑 얼매나 더 살아야 좋아지는디?

반월댁 그리도 옛날에 비허믄 양반이지.

• 세내댁이 물장수처럼 물통을 메고 들어와 항아리 옆에 놓는다.

세내댁 순자 왔냐? 출가헌 사램이 맨날 친정 오믄 시댁서 뭐라고 안 허냐?

송순자 세내댁이 뭔 상관이야.

세내댁 얼굴은 또 왜 그려? (살피고) 아이가~ 썩을 놈으 새끼. 또 맞은 겨?

반월댁 아녀, 아녀. 장작 쪼개다가 튀어 갖고 그른대. (세내댁 보고) 즈그 제사가 곧인디, 어째얄랑가 싶다고 왔어. 어여, 가그라. 가. (열무를 싸 주며) 열무 좀 가지가라. 물에 너무 오래 담가두믄 쓴맛 낭게, 쫌만 담그고.

• 반월댁이 안 가려고 하는 순자의 등을 떠밀어 내보낸다.

세내댁 얼릉 가그라. 동구나무 옆이서, 명탠지, 건탠지, 고주망탠지 허는 작자가 서성이드라. 창피헌 것은 아는가, 내가 봉게 후딱 숨어 버리드만.

• 순자는 옆에 놓인 지게 작대기를 발로 차서 지게를 쓰러트린다. 침을 퉤, 뱉고는 나간다.

반월댁・세내댁 성깔머리하고는.

- 반월댁이 지게를 세운다.

반월댁 (순자가 사라진 방향으로) 조심히 가그라. 싸우들 말고. (더 큰 소
　　　　리로) 열무 절일 때 여러 번 뒤집으면 풋내 난다, 잉.

세내댁 갔어요, 갔어. (항아리에 물을 따르며) 나도 엄나나 마찬가진디,
　　　　이 무건 것을 이고 있으믄 싸게 달리와서, 잘 기셨냐고, 무
　　　　건 거 들고 가시느라 욕보신다고 험선, 좀 들어줄 일이지,
　　　　썩을 놈. (눈치 보고) 본정통 가믄 수돗물이란 것이 있어서,
　　　　뭣만 돌리믄 물이 콸콸콸콸 쏟아진다고 헙디다만, 언제나
　　　　존 시상 와서 물장시 소리 안 들을랑가요.

반월댁 돈이 썩어 문드러졌는갑다. 쪼깨만 써도 삼사 원이 넘는다
　　　　등만.

세내댁 몸이 썩어 문드러지는 것보담야 싸것지요…. (반월댁이 노려
　　　　보면) 성님, 그거 들었어요? (귀에 대고) 일본 헌병들이 처녀
　　　　들을 잡아간다고.

반월댁 나도 귀가 있응게 듣기야 혔지.

세내댁 우리 동심이 어쩌요?

반월댁 여그까지야 그러긋어? 무진장이나 임실, 순창 같으믄 몰
　　　　라도.

세내댁 그믄, 순자는 왜 서둘러 시집보냈대요?

반월댁 갸는…, 나이가 찼응게 그렷지.

세내댁 긍게요. … 우리 동심이도 언능 보내든가 히얄 텐디.

반월댁 뭐가 있어야 보내제. 공장이라도 가랑게 가도 않고.

세내댁　순자는 뭐가 있어서 보냈대요?

반월댁　이 사람 오늘따라 참 말 많네.

세내댁　성님은 순자 시집보낸 것이 다행이라고 생각허지요? 나는 그렇게 생각 안 혀요. 암만 시상이 그린다고 혀도, 인륜지 대산디, 너무 급혔어요. 다리도 불편허고, 일도 안 허고, 시어머니도 씨고.

반월댁　넘 딸 말고, 자네 딸이나 신경 써.

세내댁　성님, 참말로 서운허네요. 지가 참 헐 말은 아니지만….

반월댁　서운허다고? 헐 말이 있고, 안 헐 말이 있어. (화를 내며) 니가 지금까장 뉘 덕에 살고 있냐?

세내댁　또 그 말씸인가요?

반월댁　서방 죽고 시집서 쫓겨나서 갈 데 없는 년을 지금까지 안 쫓아내고 델꼬 산 사램이 누구여?

세내댁　지가 기냥 들어왔어요? 아들 낳아 달라고 사정사정히서 온 것 아녀요?

반월댁　그리서 니가 아들을 낳았냐? 선머슴 같은 동심이 년 낳고 그 뒤는 없잖여.

세내댁　님을 봐야 뽕을 따죠. 글고, 내 아들 씨를 성님이 가지가꼬, 딸 내리 다섯 낳던 성님이 지 오자마자 종복이가 들어선 거 아녀요. 종복이 낳은 것에 지 공도 있어요, 뭐.

반월댁　아따, 장허다, 장해.

　• 송막봉이 주머니에 뭔가를 숨기고 나온다.

송막봉　여편네들이 왜 이리 시끄러? 여편네 목소리가 큰게 집안

꼴이 이 모냥이지. … 순자 갔어?

세내댁 갔어요. 좀 전에.

송막봉 기집년이 시집갔으믄 그만이제, 왜 만날 찾아와서 눈물바 람이여. 재수 없고로.

반월댁 그란 소릴 헐라거든, 황방산 가서 나무라도 좀 해 오든가.

송막봉 이 여편네가 시방 남편을 뭐로 보고. 내가 저 지게나 메고 다닐 사램이여?

세내댁 남편으로 봉게 나무 좀 해 달라고 허지, 색장리 나무꾼으 로 봤으믄, 저짝으로 나무 한 짐 내리놓으시오, 이렇게 했 것지요.

송막봉 저것이 요즘 말이 많어.

반월댁 틀린 말도 아니구만.

송막봉 니들, 조동아리 뚫렸다고 아무 말이나 뱉지 말어. 그러다 된통 혼날 것인게.

반월댁 딸 팔자는 즈그 엄니 팔자 닮는다는 말이 한 개도 안 틀릿 당게.

세내댁 지 어무니들이 지 아부지헌티 맨날 매타작을 당헝게 딸도 지 서방헌티 맞아서 쫓기 오고 안 그리요.

송막봉 이런 우라질. 퉤!

• 막봉이 지게 작대기를 발로 찬다. 지게 쓰러지고. 나간다.

반월댁·세내댁 성깔머리하고는.

세내댁 차라리 없는 것이 더 좋것어요. (막봉이 사라진 자리에) 카아 악, 퉤! 올여름은 비도 별라 안 와서 다행이네요. 지는 여름만 되믄, 지난참에 홍수 났을 때 생각나요. 참말로, 참말로, 재미졌는디. 전주천으로 돼지 떠내리와서 동네 사람들 모다 모여서 잡아묵었잖아요. 난중에 윗동네 홍 씨가 지 돼지 잡아묵었다고 난리 난리 치고. (하늘 보고) 아따, 참말로 오늘은 하늘도 이쁘다. (멀리 보고) 오매! 저어그 노오랜헌 것이 뭐여? 이짝으로 오는디. 아, 긴 칼을 찼네요. 빨간 완장도 둘렀고.

반월댁 (살피다가 놀라서) 야야, 저것이 일본 군인 아니냐?

세내댁 (순박하게) 긍가? 헌병인가 뭐시긴가 허는 거요? 앞에 있는 것은 구장님 아녀요?

반월댁 맞네.

세내댁 헌병 나리랑 구장님이 뭣 허러 올랑가요…. 아직 우리 부락서 누구 잽히갔다는 말은 없잖여요.

반월댁 그야, 그런디….

세내댁 서로 사정 뻔히 아는디. 구장님이….

반월댁 그건 그리도…. 야야, 동심이 어딨냐?

세내댁 방에 있것지요.

반월댁 숨기라, 숨겨. 혹시 몰릉게. 얼른.

세내댁 (갑자기 놀라서 허둥지둥) 동심아, 동심아!

• 동심이가 하품을 하면서 나온다.

송동심 난생첨으로 낮잠 한번 자것다는디, 겁나게 시끄럽구만.

세내댁 헌병 온다, 헌병 와. 혹시 모룽게, 어여 숨어라, 숨어.

- 세내댁과 동심이가 허둥지둥 숨을 곳을 찾지만, 마땅치 않다.
- 반월댁이 물항아리 뚜껑을 열고 동심이를 들어가게 한다. 동심이는 뭐가 뭔지 몰라서 안 들어가려고 하지만, 세내댁 표정을 보고 숨는다. 반월댁이 항아리에 나뭇잎 등을 넣는다.
- 구장이 서류철을 든 헌병을 데리고 들어온다.

반월댁   어, 어쩐 일이래요?

임구장   여긴 해당사항이 없다고 혔는디도 자꾸 오자고 허시네, 헌병 나리가. (헌병 보고) 봐, 봐요. 여그 늙은 여자들뿐이잖아요. 이 여자들은 아무짝에도 쓸모가 없어요.

반월댁·세내댁   암만요, 우리는 아무짝에도 쓸모가 없어요.

헌 병   (살피며) 혼토오니 무스메산가 이나이노카?(*정말 처녀가 없는가?)

- 헌병이 이곳저곳을 뒤진다. 임구장이 "정말 없어요, 여긴 없어요." 하며 따라다닌다. 헌병이 고개를 갸웃하며 서류철을 본다. 의심 서린 눈으로 반월댁과 세내댁을 본다.

임구장   아, 순자라고 딸이 있는디, 지난봄에 혼례 시켰어요. 이젠 남남이요, 남남.

반월댁·세내댁   암만요, 암만. 남남이요, 남남.

헌 병   (기록을 넘기며) 키로쿠시테 치가우노니. 와타시오 아자무쿠자 나이노.(*기록하고 다른데. 나를 속이는 거 아닌가?)

임구장   (긴장해서) 진짭니다. (거듭 고개를 숙인다) 제가 어느 안전이라고 거짓말을 허겠습니까요.

헌 병 (파일로 구장의 머리를 내려치면서) 빠가야로, 빠가야로. (칼을 뽑아 임구장의 목에 겨누고) 시고토오 키친토 시로.(*일 똑바로 해) (칼끝을 반월댁과 세내댁을 향해 옮기며) 우소오 츠케바 키미노 쿠비오 키루조.(*거짓말이면 네 목을 자른다.) (나간다)

- 헌병이 나가면 임구장과 반월댁, 세내댁 모두 자리에 주저앉는다.

반월댁 뭔 일이래요?

임구장 나도 잘 모르것어. 갑재기 찾아와 가꼬, 처녀들 찾아내라고. 나는 가네.

- 임구장이 헌병을 쫓아 나가고.
- 세내댁은 급하게 달려가 항아리 뚜껑을 열고 동심이를 꺼낸다.

세내댁 야야, 살았다, 살었어. 성님, 지가 이 은혜는 평생 잊지 않을게요.

- 세내댁이 항아리와 반월댁을 향해 연거푸 비손한다. 암전.

2막 2장 〈한통속〉 (1943년 여름, 낮, 거리·마루·마당)

- 종복이가 책(서정주, 「스무 살 된 벗에게」, 『朝光』 1943년 10월 호)을 읽고 있다.

송종복 (자신의 각오를 밝히듯이) '징병제 발표가 있은 후로 사실 나는 많이 생각하여 왔습니다. 늘 부족한 자기를 채찍질하여 이제 와서야 간신히 마음의 준비가 완료되었습니다. 내일이라도 용감하게 뛰어나가 출전할 각오가 섰습니다.' 아, 서정주…. 선생님의 글에 저는 늘 한없이 부끄럽습니다. (책 본문에 손가락을 대며 한 글자씩 새기듯이) '우리의 몸뚱이를 어디에다가 던질까? 벗이여, 그것은 말하지 않는 네가 더 잘 알고 있을 것이다.' (일어서서) 그래, 벗아, 나도 너처럼 스무 살이 되면, 스무 살이 되면, (가슴이 벅차서) 나도 총을 메고 먼 남방과 북방으로 포연과 탄우를 뚫고 가보고 싶구나. 그게 정녕 가능한 일일까? (나간다)

- 종복이 나가면, 양쪽에 각각 건태와 막봉이 있다. 각각의 공간에서 건태는 누군가와 이야기를 나누고, 막봉은 투전판에서 노름한다.

백건태 (허리를 숙이며) 꼭 좀 부탁드립니다요. 논밭 다 팔아서 돈도 거진 다 갚았고, 시간도 많이 흘렀으니까. …. 지금 저 같은 사람이 꼭 필요한 때 아닙니까요? 제가 책임지고 처리하겠습니다요.

송막봉 (패를 집어 던지며) 이런 우라질! 이봐. 십 원, 아니, 오 원만 융통해 줘. …. 자네도 아까 봤잖여. 내가 다 따는 거. 오늘 끗발이 최고여. 한 바퀴만 돌믄 다시 끗발이 온당게. …. 뭐? 갸는 왜? …. 비단공장? 그것이사, 뭐. …. 값을 얼마나 쳐 줄 것인디?

백건태 …. 그건 제가 알아서 하겠습니다요. …. 누가 어떻게 데리고 갔는지, 자기들이 그걸 어떻게 알겠습니까. 아무도 없을 때, …. 아, 여부가 있습니까요. 복직시켜 주신다는 약조만 꼭 지켜 주시면 됩니다요. …. 저도 어머니헌티 면이 좀 스 것네요.

송막봉 …. 이십 원? 소개비 이십 원을 지금 준다고? 좋아. 딸 같은 것이야, 뭐. 나헌티는 잘난 아들이 있응게. …. 그믄 오카네 를 좀 더 줘봐. 갸가 봉급 보내믄 줄 것인게. 지금까지 키워 준 공이 있응게. …. 아부지인 내가 보낸다믄 보내는 거여. …. 알았어, 알았어. 내가 뭘 알간디. 여그다 손꾸락 도장 찍으면 되제? …. 어여 돈부터 갖고 오소. 자네들은 뭣 혀, 패 안 돌리고. 오늘 아조 끝장을 보드라고.

- 건태와 막봉의 모습이 사라지고.
- 마당에서 반월댁이 서성이고 있다. 건태가 들어온다.

반월댁 어찌 됐나? 알아봤는가? 구장님 말씀이 진짜여?

백건태 그렇더만요.

반월댁 (주저앉으며) 아이고, 이를 어쩐다냐. 우리 종복이가 군대에 끌려가야 허는 거여?

백건태 그래야 헐 것 같은디요.

반월댁 뭔 방법이 없는가?

백건태 글쎄요. …. 딱 하나 있을 수도 있는디…. 처제를… 보내 믄….

반월댁 왜 다들 갸를 못 보내서 안달이여? 지난참에 구장님도 그 러시드만.

백건태	구장님 말씀이 옳아요. (귀엣말) 집마다 한 명씩은 공출해야 한다고 했응게요. 종복이를 황군으로 징용 보내든가, 아님, 동심이를 어쩌든가.
반월댁	정신댄가 위안분가 허는 거 아녀? 처녀하고 과부 모집혀서 전장터로 위문 보낸다능 거?
백건태	그런 말 하면 큰일 납니다요. 장모님, 황군 위문단이 아니고 (뒷주머니에서 신문을 꺼내 보여 주며) 자, 봐요. 황군 위문단이라고 말했다가 유언비어 유포죄로 십 개월이나 징역 산 사람도 있어요.
반월댁	까막눈이 뭘 알간디? 그리도 정신대 공출은….
백건태	그게 아니라니까요.
반월댁	쪽발이들이 거짓부렁헌다는 것은 조선 천지가 다 아는디.
백건태	그래요, 그럼, 처남을 징용 보내야죠. 전쟁터로. 언제 어디로 끌려가서 뒈질지 모르는디. 우리 처남, 제삿날 받았네, 제삿날 받았어.
반월댁	아녀, 아녀. 그건 절대로 안 돼.
백건태	여자들이라고 모다 정신대 가는 것도 아니고요, 정신대 가도 군인들 빨래도 해주고, 밥도 해주고….
반월댁	그럼사….
백건태	전쟁할라믄 총알도 만들고, 대포알도 만들고 히야잖어요? 그 공장으로 가기도 해요. 황군 입는 군복 만드는 곳도 있고. 전주부청 가믄, 공장 인력 모집, 이런 거 붙어 있어요.
반월댁	그것이… 어째야 헐랑가?
백건태	빨리 결정허셔요. 처남은 핵교 선상님이라 핵교서 기냥 잡히갈 수도 있어요.

반월댁	아이고, 이를 어쩐다냐.
백건태	뭘 어째요. 둘 중 하난디. 처제요, 아님, 총알받이로 끌려가서 개죽음당할 종손, 종복이에요? 싸게 말씀을 허셔요.
반월댁	자네는?
백건태	처제 보낸다고 만사형통도 아녀요. 황군허고 거시기허고는 차이가 큰게요. 윗사람들헌티 오카네도 찔러줘야 허고. …. 지가 이 집서 순자 델꼬 오느라 장인헌티 다 털려서, 한 푼도 없어요.
반월댁	뭔 돈을 줬다고 그려? …. 우리가 뭐 가진 것이 있어야제.
백건태	그믄 큰일인디. 안 되것네. 지가 아무리 전주부청서 일혔다고 혀도, 요시 시상에 오카네 없이는 암것도 안 됭게.
반월댁	기둘려 봐. (들어가서 땅문서와 반지를 가지고 나온다) 돈이 될랑가 모르는디, 이것은 뒷산 밭문서고, 이것은… 종복이 혼인 허믄 색시헌티 줄라고 혔는디….
백건태	금가락지 아녀요? 처남은 이제 살았네요, 살았어. (종이 한 장을 꺼내서) 자, 여그 손가락 도장을 찍으세요.
반월댁	아무리 그리도…. 세내댁헌티 뭐라고 말헌디야.
백건태	뭔 말을 해요. 괜히 이리저리 말 나믄 동티가 날 수도 있응게, 기냥 모른 척허고 계셔요. (반월댁 손을 잡아끌어서 지장을 찍는다) 처제도 언제까지 여기 숨어 살 수는 없잖어요. 동심이가 있는 것을 동네 사람 뻔히 다 아는디. 차라리 멀리 보내는 것이 낫지요. 다른 것들은 눈 딱 감으시고, 우리 종손 종복이 처남만 생각하세요.
반월댁	꼭 그래야 헌다믄 별수 없제. 딸로 태어난 것이 웬수제, 웬수.

- 반월댁이 가슴을 치며 운다. 암전.

2막 3장 〈젊은 여자다〉 (1943년 여름, 밤, 집 마루·마당)

- 변소에서 볼일을 보는 동심.
- 종복이 집에 들어오다가 동심의 소리를 듣고 변소 앞에 선다.

(송동심) 에이 여루, 톱질이야. 당기어라, 톱질이야. 타는 박마다 쌀 나오고, 타는 박마다 돈 쏟아지고~

송동심 우선 똥부텀 잘 나오니라. 꾸역꾸역 끊어지지 말고 나오니라.

송종복 아무래도⋯ 저년이 미쳤는갑다. (변소에 대고) 너는 소리 공부를 똥 싸면서 하냐?

송동심 니가 변소에서 허람선. ⋯. 종복아, 마침 잘 왔다. 나 고민 있는디, 들어볼 거여?

송종복 네까짓 것이 무슨 고민?

송동심 첩살이가 낫긋냐, 평양 비단공장이 낫긋냐, 부산 간장공장 식모살이가 낫긋냐? 아님⋯ 소릿기생은⋯?

송종복 관심 없다.

송동심 그라지 말고, ⋯ 니는 선상님이잖여.

송종복 (한숨 쉬고) 동심이 니가 하고 싶은 것이 뭐야?

송동심 하고 싶은 거? 그런 것은 없는디.

송종복 넌 꿈도 없냐?

송동심 꿈은 맨날 꾸는디.

송종복 되고 싶은 것이 없냐고!

송동심 우리 같은 것헌티 그런 것이 어딨냐? 너는 뭔디?

송종복 나는 스무 살이 되면… 아니다, 너랑 무슨 말을 하겠냐.

송동심 종복아, 내가 꼭 가야 흔다믄… 첩살이보담 공장살이가 낫 긋지?

송종복 관심 없다니까.

송동심 그려. 언제는 니가…. 근디, 너 잘 왔다. (변소에서 나온다) 큰 엄니가 나가심선, 나보고 마실 나가지 말고 꼭 집에 있으 라고 혔는디, 내가 꼭 나가야 헐 일이 생깄다.

송종복 말 많은 계집애가 밤에 어딜 쏘다니려고?

송동심 돈 찾으러.

송종복 돈?

송동심 내가 저번에 한지공장서 일해 주고 모아둔 돈이 몽땅 없 어졌어. 도둑놈은, 아부지여. 삼 일 넘도락 집에 안 왔거든. 이건 분명히 투전판이여.

송종복 (성을 내며) 그믄, 니 돈으로 놀음을 헌다는 거여?

송동심 글제.

송종복 뭐 헌다고 돈을 뫼아 놔? 잘 숨기 두등가. 니 돈만 없었어 도 아부지가 투전판에 안 갔을 것인디.

송동심 어찌 말이 요상허다. 아부지가 투전판 간 것이 내 탓이란 말여?

송종복 됐고. 거가 어딘지 아냐?

송동심 알제.

송종복 후딱 댕기와. 아부지도 모셔 오고.

- 동심이 나간다.

송종복 (간 걸 확인하고) 내 말이 틀린 건 아니지. 아버지가 어떤 사람인지 몰라? 자기가 돈을 잘 숨겨 놨어야지.

- 종복이가 항아리에서 물을 떠서 마신다.
- 세내댁이 순자를 데리고 들어온다.

세내댁 종복이도 있었냐? 잘 됐다. 내가 아랫말 김씨네 잔칫집서 전하고 떡 좀 얻어 왔어. 같이 먹자. 동심아! 동심아!

송종복 동심이 없어.

세내댁 그려? 오밤에 어디 갔을꼬? 시상이 험헌디···. 니들은 이거 먹고 있어. 내가 동심이 찾아볼랑게.

송순자 (말리고, 종복 보고) 야, 니가 가.

송종복 내가? (순자가 노려보면) ···. 알았어.

세내댁 종복이 니가? 고생스러울 것인디···. 아이고 참말로. 내가 성님이랑 니들 은혜를 다 어떻게 갚아야 쓰냐?

- 종복이가 나간다.

송순자 종복아, 혹시 니 매형 만나거든, 나 여기 있다고 혀라.

- 세내댁과 순자가 음식을 주거니 받거니 하며 화목한 시간을 보낸다.

세내댁 근디, 내가 쪼매 불안허네. 나헌티 왜 이렇게 잘히 준대?

송순자　몰라. 시어머니랑 남편 허는 꼴을 봉게 기냥 그려.

세내댁　우리 순자가 철들었는가 비네.

송순자　세내댁은 아부지 미울 때 어떻게 버텼어?

세내댁　이를 악물고 버텼지. …. 알리줄까?

> • 세내댁이 주변 사물(빗자루·걸레·부채 등등)로 인형 두 개를 만든다.

세내댁　자, 이것이 누군가 봐봐. (송막봉) 야, 예편네가 어디서 말대꾸야? (세내댁) 입이 있응게 말대꾸를 허지요. (송막봉) 이년이 뚫린 입이라고 아무 말이나 막 허네. (세내댁) 내가 언제 막 했냐, 이놈아. (송막봉) 이것이. (세내댁) 너, 나 쳤냐? 나도 손이 있응게 너 때리야긋다.

> • 세내댁이 (세내댁)인형으로 (송막봉)인형을 마구 때린다.

세내댁　하하하. 아따, 속 시원허다.

송순자　우리 엄니 꺼도 만들어야지 않어?

> • 순자가 주변의 사물로 인형을 만든다.

송순자　(반월댁) 니가 지금까장 뉘 덕에 살고 있냐? 갈 데도 없는 년을 지금까지 안 쫓아내고 살아준 사람이 누구여?

세내댁　아녀, 아녀. 그러믄 안 돼. 성님은 그것이 아니었더라고.

송순자　왜 그려? 재미없게.

세내댁　내가 속이 좁아서 성님을 오해했었고만.

- 순자가 (반월댁·송막봉)인형으로 시어머니와 건태 흉내를 낸다.

송순자 (시어머니) 너는 친정서 배운 것도 없냐? 할 줄 아는 것이 하나도 없어. (백건태) 이년아, 이 죽일 년아, 시집올 때 빈손으로 온 것이 뭔 말이 많아? 집에만 처있지 말고 공장이든 어디든 가서 돈 벌어 와.

- 순자가 울고. 세내댁이 등을 쓸어준다.

세내댁 순자야, 나랑 성님은 그렇게 히야만 허는 줄만 알고 버티고 살았지만, 너는 그러지 마라. 참고만 살지 말어. 까짓꺼 아니다 싶으믄, 안 살믄 되제.

- 순자가 세내댁의 손을 잡는다. 세내댁이 순자를 안아준다.

(E·사람들) 군인들이 온다. 군인들이 색시를 잡아간다!

- 세내댁과 순자가 허둥댄다.

세내댁 (정신을 차리고) 참, 니는 시집갔지.
송순자 내 얼굴에 시집갔다고 써 있간디?
세내댁 긍게. 곱네, 고와. 동네 사람들이 다 아는디 뭐.
송순자 그리도 무섭단 말여. 헌병 놈들이 아무나 막 잡아간다고 허잖여.
세내댁 걱정 말어. 방법이 있응게. 동심이도 만날 여그 숨어서 안 잡히갔어.

- 세내댁이 순자를 물항아리에 숨기고, 반월댁처럼 나뭇잎으로 덮는다.
- 헌병이 앞서고 임구장이 뒤에 따라 들어온다. 헌병이 이곳저곳을 뒤지다가 임구장을 보면, 임구장은 모르는 척하면서 고갯짓으로 항아리를 가리킨다. 헌병이 항아리로 다가가서 두들기다가 깬다.

헌 병 코코니 카쿠레테이타다. 츠카마에로.(*여기 숨어 있었구나. 잡아라.) 여기다, 여기야.

- 헌병이 순자를 끌어낸다. 순자와 세내댁이 강하게 저항하지만, 소용없다.

임구장 (놀라서) 순자 아녀? 순자야, 니가 거그서 왜 나오냐? (헌병 보고) 헌병 나리, 야는 시집간 안다….

- 헌병이 칼을 뽑아서 임구장 목에 댄다. 임구장이 아무 소리 못 하고 고개를 숙인다.
- 헌병이 저항하는 순자와 세내댁에게 폭력을 가한다.

세내댁 야는 시집간, 남편이 있는 여자여, 남편 있는 여자!

- 헌병이 순자를 끌고 간다. 임구장도 어쩔 줄 몰라 하면서 따라간다.
- 세내댁이 쫓아가면서 절규하다가 넋을 잃고 퍼질러져 앉는다.

- 그사이 반대편 거리. 동심이가 힘없이 걷고 있다.

송동심　아부지는 만나도 못허고, 배는 고프고… (낮게, 슬프게 흥얼거리며) '타는 박마다 쌀 나오고, 타는 박마다 돈 쏟아지고…'.

헌 병　와카이 온나다. 츠카마에로.(*젊은 여자다. 잡아라.)

- 반대편에서 헌병이 나타난다. 뒤에 건태가 있다.

헌 병　이노 온나오 츠레테키테 환쿤노 나구사미모노니 스루요.(*저 여자를 잡아다 황군의 노리개로 써야겠다.)

송동심　왜 이려. 나를 왜 잡아갈라고 그려? (강하게 저항하다가, 건태를 보고) 형부, 형부. 나 좀 살려 줘요.

백건태　(건조한 미소) 처제. 나도 살아야지.

- 동심이 몸부림을 친다. 헌병이 동심의 뺨을 후려치고 발길로 걷어찬다.

헌 병　키타나이 초오센넨.(*더러운 조선년)

백건태　처제, 가만있어. 말 안 들으믄 이놈들이 죽일지도 몰라. (헌병 앞에 서며) 헌병 나으리, 제 역할을 다했으니까 약속은 지켜 주시는 거죠?

헌 병　야쿠소쿠? 난노 야쿠소쿠?(*약속? 무슨 약속?)

백건태　다 얘기가 됐구만요. 복직도 시켜 주시고, 오까네, 아니 보상금도 챙겨 주신다고…. 허허.

헌 병　키미와 모오 무다다. …. 너는… 이제 소용이 없어.

- 헌병이 동심을 일으켜 세운다. 수욕을 채우려고 하면.

백건태 (주변을 살피고 말리며) 누가 봅니다요.

- 건태가 헌병의 손을 잡아끈다.

헌 병 키타나이 초오센징.

- 헌병이 건태를 칼로 찌른다. 건태 쓰러지고. 건태와 동심의 비명.

헌 병 멘도오나 야츠다나.(*귀찮은 녀석.)

- 까무라친 동심에게 수욕(獸慾)을 채우려고 덤벼든다.
- 동심의 비명.

- 집. 세내댁이 울고 있고, 반월댁이 들어온다.

반월댁 뭔, 뭔 일이 있었어?
세내댁 성님, 성님. 항아리에 숨긴 것을 어찌 알고, 오자마자 항아리부터 열드니만은, 기냥 끌고 갔어요.
반월댁 동심이를 잡아갔어? 여그 숨긴 걸 어찌게 알아쓰까?
세내댁 동심이가 아니라, 순자요, 순자. 혼인헌 사람이라고 해도, 막무가내로 끌고 갔어요.
반월댁 그게 무신 말이여, 순자가 왜? 갸가 여글 왜 왔가디? 왜 동심이가 아니라, 순자여, 왜 순자여, 순자!

- 반월댁이 뒷걸음질을 치다가, "순자야!" 외치면서 뛰쳐나간다.
- 세내댁의 울음과 동심의 비명, 반월댁의 울부짖음이 이어진다. 암전.

3막 〈가을〉

3막 1장 〈기미가요〉 (1943년 가을, 낮, 거리)

- (E) 자전거 경종 소리가 요란하다.
- 말쑥하게 차려입은 임구장이 휘파람으로 불며 자전거를 타고 나온다.
- (E) 〈기미가요〉 반주가 들려온다.
- 임구장이 급하게 자전거에서 내려 차렷 자세로 선다. 노래를 따라 부른다. 감정에 복받쳐 이를 악물고 눈물을 참으며, 감동에 젖는다. 암전.

3막 2장 〈지게〉 (1943년 가을, 저녁, 집 마당)

- (E) 귀뚜라미 울음
- 송막봉이 집 곳곳을 살핀다. 부엌을 보고 잠시 서 있다가 지게 쪽으로 와서 노려보고 선다. 천천히 다가가서 지게 끝을 만지작거린다. 머뭇거리다가 지게를 들고 메려고 망설인다. 에잇, 하며 던진다. 침을 퉤, 뱉는다. 뒤돌아서 가려다가 다시 가서 지게를 멘다. 어깨를 들썩들썩해본다.

송종복　(들어오다가, 뜨악하게) 아, 아버…, 뭐, 하고 계세요?

송막봉 어. 아무것도 아녀. (지게를 서둘러 내려놓고) 며칠 만에 왔네.

송종복 세내댁이 또 나무 안 해 왔어요?

송막봉 요샌 얼굴도 못 봐. 밥은?

송종복 남문서 국밥 먹고 왔어요.

송막봉 그까잇 콩나물죽이 뭔 요기가 되것어? (안쪽을 향해) 뭣 혀. 밥 안 차리 오고. 종복이 왔구만.

반월댁 (서둘러 나오며) 종복이 왔냐? 핵교서 벨일은 없고?

송종복 뭔 일이 있다고 말하면, 뭘 알아요?

반월댁 …. 밥 묵으야지. 쪼깨만 기둘려라.

  • 세내댁이 터덜터덜 들어온다.

송막봉 또 어디를 쏘댕기다가 와?

세내댁 춘포 좀 댕기와요.

송막봉 춘포?

세내댁 그짝 부락에… 먼디 갔다 온 처자가 있다고 히서….

반월댁 (다가오며) 그려? 뭐라든가?

세내댁 만나도 못 힛어요. 부락서 진즉 쫓기났다고.

반월댁 쫓기나? 왜? 어디로?

세내댁 몰른대요. 사램들이 통 말을 안 혀요. 외삼촌을 살째기 만났는디, 속상헌 소리만 허고.

반월댁 인자… 그만 댕겨.

세내댁 그냥 넋 놓고 있으라고요?

반월댁 찾는다고 찾아지간디?

세내댁 (퍼질러 앉아서) 순자는 헌병헌티 끌리가고, 동심이는 나가서 들어오도 않고, 두 달 넘도락 어디서 어짜고 있는지도 모른디. 저라도 안 댕기믄.

송종복 못 찾아.

세내댁 종복이 너도 왜 넘 말 허드끼 허냐?

송종복 말했잖아. 동심이 사라진 날, 동심이가 첩살이 갈까, 공장 갈까, 뭐가 낫것냐고 물어봤다고.

세내댁 그믄… 왜 편지도 없을까? 갸는 글도 쓸 줄 안디. 동심이가 또 뭔 말을 혔어?

송종복 몰라. 그게 다야, 그게 다라고.

세내댁 우편 일허는 박센 아재가 전주역서 헌병들 기차 타는디, 동심이 같은 아를 봤다고 그리서.

반월댁 그만혀. 왜 종복이를 못 잡아먹어서 안달이여?

세내댁 지가 뭘 잡아먹어요?

반월댁 가만있는 종복이헌티 왜 그냐고?

세내댁 지가 뭘 그려요? 알아볼래야 알아볼 디도 없고….

반월댁 나, 더 이상 자네 안 보고 싶네. (한숨 쉬고) 인자, 이 집 나가서 자네 시상 살어.

세내댁 지가 어딜 가요? 못 나가요.

반월댁 동심이도 없응게, 여그 더 있을 이유도 없고.

세내댁 아녀요. 동심이가 여그로 올 것인디요. …. 지가 그날 순자를 델꼬 와서 그러신 거 알아요. 그건 지가 증말로 잘못했구만요.

반월댁 내가 언제 그런 탓 헌 적 있는가?

송막봉 (마루에서 내내 지켜보다가) 그만혀. 순자고 동심이고 딸년들 팔자가 다 그렇지.

세내댁　팔자가, 뭘 그려요?

송막봉　그만허라고! (주위 물건을 집어 던진다)

반월댁　뭘 그만혀? …. 딸년이 일본놈헌티 끌리갔는디, 당신이 아부지라믄 그런 말은 못 허지.

송막봉　내가 아부지 아니믄 뭐여.

송종복　그만해요. 이러니 다들 집을 나갔지.

송막봉　어, 니년들, 딴 놈이랑 서방질했냐?

반월댁　그것이 자식 앞에서 헐 말이여?

송종복　그만하라고! 에이, 순자고 동심이고 다 안 돌아올 거야. 안 돌아온다고.

- 종복이 나간다. 막봉이 얼빠지게 바라본다.

송막봉　종복이 나갔잖여. 밥도 못 멕있는디. 며칠 만에 들어온 자식, 밥도 못 멕있는디.

- 막봉이 반월댁에게 폭력을 가한다. 세내댁이 말린다. 흥분한 막봉이 세내댁을 때린다. 말리는 반월댁. 막봉은 반월댁을 밀치고, 지게를 던진다. 세내댁이 가로막아 반월댁 대신 다리에 지게를 맞는다. 외마디 비명. 고통스러워하며 쓰러지는 세내댁. 놀란 반월댁이 세내댁에게 달려간다.

송막봉　긍게 왜 종손을 굶기냐고, 왜. 에이, 퉤! (나간다)

반월댁　(세내댁을 부축하며) 나 땜시, 뭣 헌다고 매질을 당혀.

세내댁　암시랑토 안 혀요. 이깐 것이 뭐라고.

- 반월댁이 세내댁을 부축해 장독대에 앉힌다.
- 세내댁은 이날 이후 약간 다리를 전다.

세내댁　성님, 나 동심이 보고 싶어 죽것어요. 성님은 순자 안 보고 싶어요?

반월댁　그걸 말이라고 혀?

세내댁　지가 염치가 없구만요. 그날 순자만 안 델꼬 왔어도,

반월댁　(원망스러운 눈으로 잠시 보다가 항아리를 만지며) 아녀. 내가 헐 말이 없네.

세내댁　지가 죽일 년이요.

반월댁　그런 소린 말어. (세내댁의 다친 다리를 주무르며) 자네가 아니라, 내가 죽일 년이여, 내가.

세내댁　성님, 저 여기서 쬐깨만 더 살아도 돼요?

반월댁　그려. 쫓아낼라믄 저 영감탱이를 쫓아내야지, 자네가 왜 나가.

세내댁　동심이랑 순자는 지금 뭣 허고 있을까요? 진짜로 낯설고 물설고 사방 막힌 이국땅서 오도 가도 못허고 있을랑가요?

반월댁　아녀, 아녀. 밥 잘 먹고, 옷 잘 입고, 맴 편허게 살 것이여. 우리가 좋게 생각히야 야들도 그렇게 살 것이여.

세내댁　긍게요. 지발 좀. 어디서든 이빨에 힘 꼭 주고 막 견디야는디.

반월댁　인자사 이런 말 필요도 없것지만, 내가 잘험세. (밝게) 야야, 우리 송씨들 숭이나 내끄나?

- 반월댁이 막봉이 사라진 곳을 향해 침을 뱉는다. 세내댁도 일어나 따라 한다. 함께 침을 뱉고 마주 보며 웃는다. 감정이 격해져 붙들고 운

다. 암전.

3막 3장 〈무서운 사람들〉 (1944년 가을, 낮, 천변)

- (E) 냇물 흐르는 소리.
- 막봉이 약간의 나뭇짐과 도끼가 실린 지게를 지고 힘없이 걸어온다. 지게를 세우고 앉아서 바라본다.

송막봉　나만 그랬간디, 다 그렸어, 다. 춘자 애비도, 길자 애비도…
　　　　(중얼중얼 반복) 동심이 애비도, 순자 애비도 다 그릿어, 다.

- 세내댁이 소쿠리를 머리에 이고 들어온다. 좌판을 펼치고 무를 판다.

세내댁　무시 좀 사요, 무시 있어요. 지 담아도 좋고, 기냥 깎아 먹
　　　　어도 아삭아삭 달달한 전주 무시 사요.

- 송종복이 자전거를 끌고 가다가 막봉을 발견하고 다가온다.

송종복　아버지, 날도 찬데, 뭐 하고 있어요? …. 다가산 신사에 다
　　　　녀오는 길이에요. 그렇지 않아도 드릴 말씀이 있었는데.

- 세내댁이 두 사람을 보다가 무를 내팽개친다.

세내댁　무선 사람들이여, 무선 사람들. 사계절 지나도록 딸내미들

연통도 없는디, 애도 안 타는가, 말 한마디 없어, 말 한마디. 참말로 무선 사람들이여, 무선 사람들.

- 종복이 가방에서 신문을 꺼낸다. 막봉은 아무 관심이 없다.

송종복 매일신보에 서정주 시인께서 놀라운 시를 발표했어요. 제가 읽어드릴게요. (감격에 겨워 시 낭독) **'우리의 동포들이 밤과 낮으로 / 정성껏 만들어 보낸 비행기 한 채에 / 그대, 몸을 실어 날았다가 내리는 곳. / 소리 있어 벌리는 고운 꽃처럼 / 오히려 기쁜 몸짓 하며 내리는 곳. / 쪼각쪼각 부서지는 산더미 같은 미국 군함!'** …. 아버지. 가슴이 뜨거워지지 않으세요?

송막봉 (감정 없이) 몇만 리나 될랑가? 순자도 동심이도 몇만 리나 될랑가?

송종복 (시 낭독) **'장하도다 / 우리의 육군 항공 오장 마쓰이 히데오여! / 너로 하여 향기로운 삼천리의 산천이여! / 한결 더 질푸르른 우리의 하늘이여!'** …. 아, 마쓰이 히데오여! 그대는 우리의 오장, 우리의 자랑. …. 아버지는 학교 교육을 받지 않아서 시를 모르겠지만…, 그래도 뭔가 느껴지는 것이 있죠?

송막봉 (감정 없이) 갸는, 부모가 없디야?

송종복 마쓰이 히데오는 경기도 개성 사는 인씨의 둘째 아들이라네요. 저보다 한 살 더 먹었고. 아버지, 저 결심했어요. (차렷 자세) 텐노오노 타메, 천황을 위해, 위대한 황군의 병사가 될 겁니다.

송막봉 (바라보며) 가믄 안 돌아오는 거여?

송종복 아버지는 우리 조국, 일본에 대한 충성심이 너무 없어요. 저, 소무라(宋村)는, 우리의 땅과 목숨을 뺏으러 온 원수, 영국과 미국의 항공모함을 무찌르고 싶어요. 가미가제 특별 공격 대원. 저 소무라는 한 송이의 사쿠라꽃이 되어서….

• 막봉이 종복의 등을 때린다. 맞으면서 강하게 저항하는 종복.

송막봉 이놈아, 어딜 간다고? 죽으러 간다고? 니 발로 죽으러 간다고? 이놈아, 이놈아.

• 세내댁이 놀라서 달려온다. 조금 다리를 전다.

송종복 아버지, 지금 뭐 하는 거예요? 왜 그래요? 나, 종복이에요, 종복이.

• 송막봉의 때리는 수위가 높아진다. 세내댁이 말린다.

송종복 콘 치쿠쇼오. 모오 야메로요. 모오 야메로요.(*이 빌어먹을! 그만 때려.)

송막봉 이놈이 뭐라는 거여, 시방. 니가 조선 놈이여, 일본 놈이여? (울부짖으며) 대체…, 도대체 뭐라고 씨부렁거리는 거여, 시방.

송종복 (일어나 송막봉의 멱살을 잡고) 아나타와 오치치산데모 나이노.(*당신은 아버지도 아니야.) 와타시와 이다이나 코오군노 헤

에시니 나루. 텐노오노 타메.(*나는 위대한 황군의 병사가 될 거다. 천황을 위해.) 나는 조선을 떠날 거야. 황군의 병사가 될 거야, 위대한 황군의 병사가 될 거라고.

• 막봉이 도끼를 든다. 종복에게 내려치려고 도끼를 높이 올린다. 온몸을 벌벌 떤다. 종복이 뒷걸음질을 치다가 넘어진다. 세내댁이 막봉 앞을 막아선다. 막봉이 다가가다가 멈춘다. 세내댁을 잠시 멍하니 바라본다. 주먹을 꼭 쥔 자신의 왼손을 내민다.

송막봉 내가 그런 거여, 내가. 내가 일본 놈이고, 내가 썩어 죽을 잡놈이여, 내가.

• 막봉이 도끼로 자신의 왼손을 찍는다.

송종복 아버지, 아버지!
세내댁 아이고, 동심 아부지! 여보시오, 좀 도와주시오.
송종복 (뒷걸음치며) 콘 치쿠쇼오. 콘 치쿠쇼오. 와타시노 세에데와 나이…(*이 빌어먹을! 내 잘못이 아니야.)

• 종복의 마지막 말이 메아리처럼 울린다. 암전.
• 현인의 〈고향만리〉(1946) 중 '꽃이 피고 새가 우는 바닷가 저편에 고향 산천 가는 길이, 고향산천 가는 길이 절로 보이네.' 부분 들리고.
• (E) 1945년 8월 15일 일본 쇼와 천황의 항복선언문.
• (E) 신탁통치 찬·반 시위 뉴스

4막 〈겨울〉

4막 1장 〈너는 누구여〉 (1946년 겨울, 저녁, 집 마당)

- 동심이가 순자를 부축하고 나타난다. 잠시 앉아 한숨을 쉬고, 안 가려고 하는 순자를 끌고 다시 걷는다. 다시 퍼질러져 앉았다가 한숨을 쉬고. 다시 일어나 걷는다. 어느덧 집 앞에 이른다. 주위를 살피며 망설인다.
- 아편중독자가 된 순자는 내내 몸을 떨고, 기침을 많이 한다.
- 세내댁이 장작 실린 지게를 지고 나와 집으로 들어간다. 동심이 즐겨 부르던 창 한 대목을 슬프게 읊조리다, 동심이를 발견한다.

세내댁   누구여? …. 동, 심이여? 아이고, 이년아 살아 있었구나, 살았어. 성님! 동심이랑 순자가 왔어요.

- 반월댁이 놀라서 달려온다. 부둥켜 안고 운다.

반월댁   살아 왔구나. 순자야, 동심아. 나는 느그들 다 죽은 줄 았았다.

세내댁   해방이 됐으믄, 후딱 왔으야지, 대체 어디서 어떻게 살다가 온 겨?

반월댁   그딴 것 물어 뭐 해.

세내댁   얼굴을 봐도 애가 타고, 애가 탄게 안 그려요. 아이고, 아이
　　　　　고. 살았응께 됐다, 살았응께.

송동심   우리, 암 일도 없었어.

세내댁   암만. 그려. 아무 일도 없었어.

송동심   나는 대구서 방직공장 댕겼고, 언니는 평양서 식모살이혔
　　　　　대. 해방되고 서울서 우연찮게 만났어.

반월댁   순자야, 너는 왜 잘 서도 못허냐?

송동심   서울서 봉게, 언니가 쪼매 아프드만요. 그리서 델꼬 왔어요.

　　• 왼손 없이 고개를 숙인 막봉이 나타난다. 물끄러미 본다. 놀라고. 왼손
　　　을 가슴께로 가져가 옷 속으로 숨긴다.

송막봉   (다가가서, 떨리는 목소리로) 누구냐? 너 누구여? 너는 또 누구
　　　　　여?

　　• 동심과 순자가 막봉을 바라보지 않고, 땅만 바라본다.

세내댁   아이고, 야들 아부지요, 야들이 살아서 돌아왔어요.

송막봉   (애써 태연하게) 내가 왜 야들 아부지여? 나는 야들 아부지
　　　　　아녀.

송동심   그려요. 나한티 아부지는 죽었소. 근디, 아부지는 왜 안 죽
　　　　　고 살아 있소?

송막봉   니가 누구가니 나보고 자꾸 아부지라고 허냐?

송동심   모다 미워서 집이 안 올라고 혔는디, 아부지헌티 헐 말 있

어서 부득이 왔어요. …. 다 들었소. 형부란 사람이 나 팔았다고. 아부지란 사람도 나 팔았다고.

송막봉 긍게. 나는 느그 아부지가 아녀. 내가 내 손목 도치로 찍었을 때, 니들허고 인연도 다 찍어버릿어.

송순자 (가슴을 쓸어내리다가 빤히 쳐다보고, 웃으며) 나, 돈 쪼까 주쇼.

반월댁 돈은 뭣 하게?

송순자 아편 사 묵게.

반월댁 야야, 그게 뭔 말이여.

송동심 가끔씩 그래요. 아주 가끔씩이요.

송막봉 아이고, 아조, 아조 가시나 배리버릿네. 배리버릿어.

세내댁 시방, 뭔 말을 그리 헌대요?

송막봉 아이고, 이것들 모다 숭이 졌어. 숭이. 큰 숭이 졌어.

반월댁 그렇코롬 기다렸음선 왜 그려. 왜 맘에도 없는 숭헌 소릴 혀.

송막봉 승질난게 그려, 승질이 난게. 나헌티 승질이 나서. (들어간다)

송동심 미워 죽것어. 미워 죽것어.

세내댁 아버지가 널 판 것이 아니여. 배고픈 시상이, 힘없는 시상이, 이 몹쓸 놈의 시상이 그런 것이여.

송동심 아녀, 아녀. 미워, 미워서 죽것당게.

· 세내댁이 순자와 동심을 데리고 들어간다.

반월댁 (홀로 남아서) 순자야, 니 남편이란 놈은 어디 가서 뭣 허고 사는지 소식도 읎고, 구장 놈은 뭔 위원횐가 험선 목에 씸 주고 산다. 우리만 그대로여, 그대로. …. 우리는 기냥 예전처럼 그대로 살자, 그대로 같이 살어.

- 반월댁이 장독대로 걸어간다. 항아리 앞에서 비손한다. 암전.

4막 2장 〈꿈이여, 꿈〉 (1946년 겨울, 밤, 집 방)

- 순자와 동심이 자고 있다.
- 반월댁이 들어와 이불을 다시 덮어주고 잠시 바라보다 나간다.
- 순자가 몸을 꼬면서 저항하다, 포기한 듯. 다시 가랑이를 벌벌 떤다.

송순자 게이꼬, 마쯔꼬, 사다꼬, 기꼬마루, 하나키쿠, … (일본군) 오오카, 아시오 히로게테. (순자) 저리 가. 저리 가라고. (일본군) 도레도레. 에이, 키타나이 토시. (순자) 때려죽일 거여. 칼로 찔러 죽일 거여.

송동심 (놀라서 깨고) 언니, 왜 그려. 왜 그려.

송순자 죽일 거여. (일본군) 오오카, 빠가야로. 키타나이 조오셴징.

- 순자가 비명을 지르면서 깬다. 숨을 헐떡이다가 멍하니 앉는다.

송동심 (잠시 보다가) 꿈이여, 꿈. 꿈속이여. 나도 그놈들이 눈에 백혀서 나가들 안 혀. … 생각 안 해도, 나타나. 깨고 나믄, 허유, 허유, 그러고 앉아서, 오메 징헌 놈들, 징헌 놈들, 막 그려.

- 동심이 순자를 안아준다. 순자가 물끄러미 동심을 바라본다.

송동심 당헌 것이 속에 뭉치고 부애가 나서 속이 막 아파.

- 순자가 동심을 안아준다.
- 순자가 주변의 사물로 일본군 복장(칼을 찬)을 한 남자 인형과 기모노 입은 여자 인형을 만든다.

송순자　(여자 인형을 가리키며, 낮게) 오오카, 오오카.

- 반월댁이 내색하지 못하고 문밖에서 눈물을 훔친다.
- 여자 인형을 눕힌다. 남자 인형이 칼을 뽑아 여자 인형 목에 겨눈다. 칼이 차츰 내려와 가랑이를 벌린다.

송순자　(일본군) 아시오 히로게테. 도레도레.

- 남자 인형이 여자 인형을 덮친다. 성행위를 시작한다.

송순자　에이, 키타나이 토시. 빠가야로, 빠가야로, 빠가야로. 키타나이 초오센징.

- 여자 인형의 저항이 심하자 칼로 배를 찌른다. 송순자가 배를 안고 고통에 몸부림치다가 쓰러진다.
- 송동심이 남자 인형을 빼앗아 던져버린다.
- 반월댁 곁에 세내댁이 온다.

송동심　이것은 꿈이여, 꿈.
송순자　아녀, 꿈 아녀.

- 순자가 옷을 들쳐 칼에 찔린 상처를 보여 준다. 온몸이 상처투성이다.

송동심   아이고매. 얼매나 아팠을까.

- 동심이 가슴을 치고, 쓸어내린다. 자신도 옷을 들치면 온몸이 상처다.

송동심   빨리 안 벗는다고 나도 찔릿구만. 쪽발이 새끼들 징헌 놈들이여.

송순자   쫙쫙 찢어 죽였으면 쓰것어.

송동심   내 손으로 서너 놈이라도 찢어 죽이믄 분이 조까 풀리것는디.

송순자   (여자 인형을 들고) 엄니 한번 보고 죽으면 쓰것어. 그 이상은 없어. 꿈에라도 한번 뵈면 쓰것는디….

송동심   큰엄니 앞에서 맨날 퉁만 줌선, 잘허도 못 험선.

- 반월댁이 순자에게 가려고 하면, 세내댁이 고개를 저으며 말린다.
- 반월댁이 문을 두드리며 들어가려고 한다. 그 소리에 순자와 동심 모두 매우 놀라고 불안해한다. 동심이 반월댁·세내댁을 본다.

송순자   (아랫배를 가리키며) 여가 아파. 금방 터져 죽을 것 같어.

송동심   언니, 여기 조선이여, 조선. 밖에 있는 거 징그런 왜놈 병사들 아니고, 엄니들이여, 엄니들.

송순자   안 뵈어. 기억이 안 나, 기억 안 나도 엄니가 젤로 보고 싶당게.

송동심   큰엄니 오시라고 헐까?

송순자 아녀. 지금 엄니 말고, 옛날 엄니.

송동심 큰엄니… 그대로여, 그대로…. (가슴을 친다)

세내댁 (가슴이 꽉 막힌 듯 명치끝을 쓸어내리며) 보고만 있어도 이렇게 맴이 아픈디. …. 남의 청춘을 못 쓰게 해 놓고서는. 피눈물을 흘리게 해 놓고서는. 염병할 놈들, 썩어 죽을 놈들, 벼락 맞아 디질 놈들.

송동심 아이고, 억울혀 죽것네. …. 우리는 지은 죄가 없는디 어째서 이 모양이 되았을까.

송순자 죄가 왜 없어? 너랑 나랑, 거글 갔다 왔응게 죄를 지은 것이제.

송동심 그려. 언니랑 나랑 우리 식구 모다 죄인이여, 암것도 없는 죄인들, 죄도 없는 죄인들…. 우리는 가족인디, 왜 서로를 밉다고 혀야 혀? 시상에는 순자가 너무 많어. 언니도 순자고, 나도 순자고, 엄니들도 순자고. 조선 여자들은 다 순자여, 순자.

송순자 순자 아녀, 오오카, 오오카여. 오오카, 오오카! ….

송동심 그려. 그 징그란 꼴을 다 보고, 뭣 허러 왔으까. 죽도 않고 뭣 허러 살아서 왔으까. 뭣 허러.

• 반월댁이 쓰러져 운다.

반월댁 아이고 불쌍한 것. 저것들 죽으믄 어쩐다냐.

세내댁 동심아, 순자야, 이놈들이 난중에는 도통 그런 일 없었다고 발뺌헐 것이여. 긍게 살어. 눈 시뻘게지도록 살어. 니가 살았는디, 지깟 놈들이 어쩔 것이여.

· 세내댁이 두 눈을 크게 뜨고 앞을 노려본다. 암전.

4막 3장 〈동심만리〉 (1946년 겨울, 밤, 집 마당)

· 변소에서 작게, 힘을 줘 가면서 소리하는 동심. 종복이가 와서 듣는다.

(송동심)　　가난이야. 가난이야. 원수녀르 가난이야. 또, 가
　　　　　　　난이야. 원수녀르 가난이야. 또또, 가난이야. 원
　　　　　　　수녀르 가난이야.

송종복　또 똥 싸면서 소리하냐?

송동심　니가 똥 싸면서 소리허람선.

송종복　권번서 제대로 배워야지. 배운 사람, 안 배운 사람 다르더라.

송동심　이만허믄 됐제. 소릿기생 헐 것도 아니고….

송종복　그믄 소리를 왜 허냐?

송동심　소리를 허면 마음이 편안해진당게. 울다가 웃다가 화도 났
　　　　　다가 기운도 났다가 그려. 니는 안 그냐?

송종복　나는 안 그려.

송동심　잘났다, 이놈아. 참, 니 조선 글자 다 배왔냐? 야야, 조선나
　　　　　라 선생이 조선 글자도 몰르믄 쓰것냐? 참, 니 선상님 그만
　　　　　됐다고 혔지. 어쩌냐?

송종복　걱정 마라. 선생은 처음부터 하기 싫었다.

송동심　내가 너헌티 조선말이랑 글자랑 갈치 줄라고 혔는디.

송종복　세상이 바뀌었어. It's the American world now. Now is

the time to study English.(*지금 전주는 미군으로 가득해. 아메리카의 신문물이 들어오고 있는데, 그까짓 것은 해서 뭐 하려고?)

송동심   아따, 니 시방 꼬부랑말 힛냐?

송종복   내년 3월이면 전주에도 미군정청 공보원이 생겨.

송동심   공보원? 그게 뭐여?

송종복   아메리카의 선진 문화를 소개하는 곳이야. 영화도 보여 줄 거야. 조선의 아이들은 이곳에서 새로운 꿈을 꾸겠지.

송동심   아~, 그냐. …. 나는 너헌티 뭘 해 줄까? 소리라도 갈챠 줄까?

(송동심)   아이고, 좋아 죽것다! 궤 두 짝을 떨어 붓고 나면, 쌀과 돈이 도로 수북허구나.

* (E) 현 일본 정부의 망언 관련 국내 뉴스
* 방 밝아지면, 새내댁이 다듬잇돌에 올라가 빨래를 밟고 있다.

세내댁   (툭, 뱉기도 하고 이를 악물기도 하고) 살어라. 기언시 살어라. 천 배 백배 만배 핏값 받아낸다고 맺힌 원한이 풀리든 않것지만, 그놈들 죄상 낱낱이 밝혀내니라. 우리는 때를 잘못 나서 거시기혔지만, 니 새끼들 사는 시상까장 그라믄 쓰것냐? 그 시상에도 동심이가 있고, 순자가 있고, 종복이가 있고, 느그 아부지 같은 사람도 있것지만, 그럴수록 이 악물고, 꼭 살어. 총기 놓치지 말고…. 근디, 사램 가죽 뒤집어 쓴 승냥이들이 우들 말을 알아들을랑가, 어짤랑가? 참말로 딱허고, 딱허다, 잉.

송종복   (배를 움켜쥐고) 야야, 그만허믄 안 되것냐? 나 나올라고 헌다.

송동심   그려?

    (송동심)   일년 삼백육십오일 그저 꾸여어억 꾸여어억 나
                       오너라. 나오너라. 꾸여어억 꾸역 나오너라.

송종복   야야.

- 서서히 암전.

수상한편의점

• 2015년 전북연극제 희곡상·우수작품상 수상
• 2016년 전주영상위원회 전북문화콘텐츠 융복합 사업 선정
• 영화 〈아지트〉(2018) 원작

제작: 까치동
연출: 전춘근
출연: 김수진·김정훈·백호영·서유정·이한구
이희찬·정경선·편성후

공연 현황
- 2015년 4월 26일 한국소리문화의전당(전주)
- 2015년 5월 8일~9일 한국전통문화의전당(전주)
- 2017년 9월 13일~15일 완주향토문화예술회관(완주)

때

2015년 어느 봄날에

곳

전주경찰서 앞 편의점

무대

전면은 편의점 내부이며, 사건이 벌어지는 야외 공간은 무대 중앙을 활용한다.

등장인물

정경선, 백호영, 서유정, 편성후, 이희찬, 어형사, 멀티맨

프롤로그 〈너희들 뭐야?〉

- 거리. 밤. 뉴스에서 들리는 다양한 사건·사고 소식. 커지다가 작아지고.
- 음침하고 음산한 거리. 전화하는 한 남자(교수).

교수(멀티) 뽀뽀 한 번 한다고 입술이 닳니, 이가 부러지니? 재밌잖아. 나는 교수랑 뽀뽀한 사이다, 이런 걸 비밀로 간직하면 얼마나 짜릿하겠니? 교수 애인 되면 그건 조상의 은덕이지. (사이) 그래, 네가 처녀면 지켜 줄게. 아니지, 내가 너를 가르치는 교수니까, 널 진짜 여인으로 만들어 줘야지. A+? 걱정도 팔자다. 나는 니 생각만 해도 온몸이 다 달아올라~ 플러스, 플러스야.

- 교수가 통화하는 사이, 한쪽 서서히 밝아지면 그곳에 지구용사 특공대처럼 성후, 경선, 호영, 유정, 희찬이 팔짱을 끼고 있다.

편성후 교수란 놈이,

정경선 어린 제자들을,

이희찬 희롱하고,

백호영 추행하고,

서유정 폭행을 해?

- 모두 들어와 남자를 에워싼다.
- 성후는 모나미 볼펜을 표창처럼 던질 듯이, 희찬은 카드체크기를 레이저 건처럼 쏘면서, 경선은 꼬집을 듯 집게를 들고, 호영은 티걸레를 총처럼 들고, 유정은 오른손을 곧 내려칠 듯 각자 자신의 무기를 내세워 위협한다.
- 놀란 교수. 뒷걸음을 치면서도 당당하다.

교수(멀티) 당신들 뭐야? 미진이 아는 사람이야? 미진이가 시켰어? 아니야? 그럼, 지혜가 시켰어? 선영이? 영선이? … 너희들 대체 뭐야?

편성후 우린,

서유정 너 같은 놈들 혼내 주는,

다같이 귀싸대기 귀신들이다.

- 유정이 "에라, 이~ 나쁜 놈!" 하며 귀싸대기를 때린다.
- (E) 교수의 비명. 암전.
- (E) 뉴스에서 들리는 다양한 소리. 작아지다 커지고.

1막 〈안녕 친구들〉

1막 1장 〈바바리맨〉 (편의점, 늦은 오후)

- (E) 뉴스에서 들리는 다양한 소리. 점점 커지면,
- "에이, 뭐야~" 소리와 함께 경쾌한 음악 소리로 바뀐다.
- 조명 밝아지면 편의점. 〈OPEN〉이 붙어 있고.
- 희찬이 카드체크기를 레이저 건처럼 쏘면서 놀고 있다.

이희찬   피융~, 피융~, 저 자식들 나한테 걸리면 뒤지는데…. 피융
~, 피융~.

- 성후가 들어온다. "친구, 안녕!" 익숙한 듯 인사를 하지만, 희찬은 보는
둥 마는 둥. 몰래 성후에게 한 방 쏜다.

백호영   (티걸레 들고 들어오며, 성후에게) 오셨어요? 벌써 다 썼어요? 공
부를 너무 열심히 하시는 거 아니에요? (희찬에게 걸레를 주고)
야, 인마. 청소 좀 해라. 누가 보면 니가 사장인 줄 알겠다.

- 성후가 고심 끝에 볼펜 한 자루(모나미 0.7㎜)를 고른다.

편성후　이거 줘. 모나미 칠쩜영(7.0). (희찬에게 카드를 내민다)

- 희찬은 무심히 걸레질만 하고. 호영이 달려가서 계산한다.
- 성후가 볼펜을 귀에 꽂고, 만족한 듯 나간다.

이희찬　(티걸레를 던지며, 들으라는 듯) 쓰~ 바, 450원.

백호영　손님한테 그러지 말랬지. 인사도 잘하고.

이희찬　저요? 왜요? 싫어요. 저게 무슨 손님이에요. 450원짜리 볼
　　　　펜 사면서 카드 내미는 게.

백호영　왜 손님이 아냐? 물건 사면 무조건 손님이지…. 일주일에
　　　　네 개는 사잖아. (말을 빠르게) 한 달이면 7,200원. 빨간색 파
　　　　란색도 일주일에 한 개씩 사니까, 총 10,800원. 만 원짜리
　　　　손님은 되는 거야.

이희찬　우리 사장님은 너무 순진하시다니까.

- 앳된 청년(멀티맨)이 들어온다. 인상을 쓰면서 고갯짓으로 담배를 가
　리킨다. 희찬이 어떤 담배인지 몰라 허둥댄다. 청년은 조금 불안하게
　밖을 연신 바라본다.

이희찬　던힐이요? (청년이 고개를 끄덕이면, 하나를 주면서) 여기요.

- 청년이 아니라는 고갯짓. 몇 차례 실랑이가 오간다. 희찬이 자꾸 다른
　물건을 건네면, 청년이 약간 짜증을 낸다.

백호영　(나서며) 파인? 밸런스? 프로스트? 스위치? 엑소틱? 크리스

피? 쿨? 무엇을 드릴까요? (청년은 귀찮다는 듯 말없이 손가락질만 한다) 6㎎? 1㎎? (청년이 손가락 하나를 편다) 아! 1㎎. (주면서) 여기 있습니다.

- 호영이 담배 모서리를 계산대에 탁, 치면서 준다. (호영은 밝고 성실하게 보이지만, 속은 그렇지 않다. 치밀하게 계산적이고, 비굴하다. 품행이 좋지 못한 손님에게 담배를 팔면서 한쪽 모서리를 구부러트리는 행위와 같은 소심한 복수를 즐긴다. 유통기한이 지난 음식을 알바에게 주는 것도 그 연장선이다. 극이 진행되는 내내 누군가를 살짝 밀거나 치거나, 물건을 떨어트리는 등 남들이 알지 못하는 자신만의 행위를 하면서 즐거워한다. 호칭도 마찬가지다. 어형사 앞에서는 '님' 자를 붙이지만, 없으면 무조건 하대한다. 또한, 시계를 자주 보는데, 이는 알바들의 시간을 체크하기 위해서다. 극이 진행되면서 희찬은 그의 행동을 조금씩 의심스럽게 바라본다.
- 청년이 동전 몇 개를 툭, 던진다. 희찬이 짜증을 내고. 청년이 나간다.

이희찬   (놀라서) 참, 민쯩!
백호영   (대수롭지 않다는 듯) 왜? 서른은 돼 보이는데….
이희찬   에이~, 스무 살도 안 된 것 같던데…. (놀라서) 혹시, 중딩 아니에요?
백호영   내가 이 장사만 3년이다. 딱 보면 알아.

- 어형사가 들어온다. 어형사는 별명이 어리바리 형사여서 붙여진 별칭이다. 말끝마다 '어, 어'를 반복하고, 어눌하다. 그러나 실실 사람을 꾀는 모양새에는 형사다운 느낌이 있다. 극의 초반에는 어느 정도 부패

하고 어느 정도 바보 같은 모습이지만, 후반부에는 가끔 형사다운 눈매와 말투를 선보이기도 한다. 그래서 말투만으로 그의 성격을 짐작하기 어렵게 된다.

어형사　(뒷머리를 긁으며) 새로운 거 없어? 어…, 뭔가 있는 것 같은데…, 어….
백호영　어, 어형사님 오셨습니까? 새로운 것 있지요. 잠깐만요. 금방 가져다 드릴게요.

- 호영이 나가면. 어형사가 컵라면(왕뚜껑) 하나를 가져온다. 카드 계산. 몰래 주머니에 넣은 꼬마김치를 꺼내 흔들어 보여 주고 나간다. 희찬, 그러려니 한다.
- 유정이 밝은 표정으로 들어온다.

서유정　오늘도 수고 많았지? 특별한 건 없었어?
이희찬　왜 없어요. 오늘도 진상들의 향연이었는데…. 참, 어형사가 꼬마김치 가져갔어요.
서유정　하루 이틀도 아닌데, 뭐. 적어 놨어?
이희찬　써 놓을게요.

- 희찬이 장부에 적고. 호영, 컵라면 하나를 들고 들어온다.

백호영　어, 어형사… 갔어? 유정 씨 왔네? (시계를 보고)
이희찬　어형사, 맨날 왕뚜껑만 먹잖아요. 뻔히 아시면서…. (가려고 옷을 갈아입는다)

백호영 (또 시계를 보며) 희찬이, 오늘도 수고 많았다. (자연스럽게 물건을 살피고) 배고프지? (희찬에게 빵과 우유를 던진다) 유정 씨도 밥 안 먹었죠?

서유정 네, 주세요. (받아서 가방에 넣는다)

이희찬 사장님, 빵은 좀 질리는데….

백호영 그래? 그럼~ (맛살을 들고 살피다가, 던지며) 이건 어때?

이희찬 좋아요! (물건 받고) 나이스 샷.

백호영 밥을 먹여야 하는데…. 시간 없으니까, 나중에 회식 한번 하자.

서유정 참, 어형사님이 꼬마김치 가져갔대요.

백호영 이건 절도야, 절도. 상습절도. (장부를 살피고) 내가 이 자식을….

- 호영이 따지러 가려 하면 유정이 잠시 말리고. 호영 나가면, 유정은 희찬에게 따라가라고 부추긴다.
- 유정은 물건을 정리하다가 가방에서 빵과 우유를 꺼낸다. 편의점 밖으로 나가서 빵과 우유를 고양이에게 주려고 한다.

서유정 야옹아, 야옹아, 밥 먹자.

- 경선이 파란색 옷을 입고 들어온다.

정경선 고양이 밥 주지 말라니까.

서유정 오셨어요?

정경선 저 도둑고양이들….

서유정　도둑고양이 아녜요. 그냥 집 없는 고양이지.

정경선　도둑이 아니면 쟤들이 어떻게 먹고 살아? 땀 흘려 일해서 돈 버는 게 아니잖아. 그럼 다 도둑이지.

서유정　농담도 잘하시네요.

- 경선과 유정이 편의점으로 들어온다. 유정은 고양이밥 놔둔 곳을 자꾸 바라본다.
- 바바리 입은 남자(멀티맨)가 들어온다. 뭔가를 살 것처럼 이것저것 고른다.

정경선　(한 바퀴 돌고) 어때? 예뻐?

서유정　옷 사셨어요?

정경선　응~.

서유정　예뻐요. 사장님은 얼굴도 예쁘고…, 몸매도 예쁘고….

정경선　유정 씨는, 참 좋은 눈을 가졌어. 진실해. (다시 돌고) 패션의 완성은 블루. 파란색은, 평화와 진실을 말하는 거야.

서유정　왜요?

정경선　그냥 그런. 책에서 봤어.

서유정　(살피고) 근데, 어디서 많이 본 것 같은데….

정경선　누구? 김희애? 채시라? 아, 김연아?

서유정　생각났어요. 파란색 옷…, 대통령 닮았네. 그 사람도 맨날 파란색만 입잖아요.

정경선　뭐야? 나 그 사람 너~무 싫어하는데…. 나 이거 안 입어. 반품할 거야.

서유정　이미 입었는데, 어떡해요?

정경선 왜 못 해? 내가 그 백화점에 준 돈이 얼만데…. (유정이 대수 롭지 않다는 듯 끄덕이면) 재미난 일 없을까? 심심한데…. 고양 이 밥 주는 거 재밌어?

서유정 그걸 재미로 주나요? (잊었다는 듯) 사장님, 잠깐만 계세요. 저 창고 좀….

정경선 아이, 싫은데…. 빨리 와.

- 유정이 진열대 뒤에서 우유 하나를 꺼내 들고 나간다.
- 경선은 거울 보며 얼굴을 살핀다.

정경선 (살피고) 흡입할까? 보톡스? 아프겠지? 필러를 할까? … 코 만 좀 손 봐도…. (놀란다) 손 안 대고도 이 정도면…. 다들 속고 있는 거야. 난, 자연미인이거든.

- 남자가 경선 앞에 다가온다.

정경선 뭐죠? 뭘 봐요? 이쁜 여자 처음 봐요?

- 남자는 바보 같은 웃음을 짓고, 경선 앞에서 바바리를 열어젖힌다.
- 경선의 자지러지는 비명. 남자는 경선 앞에서 장난을 조금 더 친다.
- 유정이 놀라서 뛰어나오면, 남자 도망가고. 암전.

1막 2장 〈경범죄〉 (편의점, 밤)

- 경선이 울고, 곁에서 유정이 달랜다.

서유정　똥 밟았다고 생각하세요. 생긴 것도 개똥같이 생겼더니만.

정경선　어떻게 그래. 내가 봤는데. 봤어, 다 봤다고!

서유정　그게 뭐 어떻다고 그래요?

정경선　나 그거 너~무 싫어하잖아.

서유정　그놈도 참 미친놈일세. 아줌마 앞에서 뭔 짓이여. 차라리 내 앞에서 그랬으면, 에고~~ 고것도 고것이라고 달고 댕기냐? 고것 좀 똑 떼 주라, 쌈 싸 먹게. 하하하.

정경선　유정 씨랑 나는 상황이 다르잖아. 나는….

서유정　그래요, 사장님은 처녀같이 보이는 아줌마고, 나는 아줌마 같이 보이는 처녀고.

정경선　처녀? 참, 결혼 안 했다고 했지? 근데, 왜?

서유정　묻지 마세요. 다들 쓰린 것들이 있어요.

- 호영이 성후를 데리고 들어온다.

백호영　고시 공부하는 사람이니까 많이 알 거 아니에요. 경찰은 신경도 안 쓰더라구요.

편성후　바바리맨은 잡아 봐야 아무 소용 없다니까요. (유정을 보고) 친구, 안녕!

정경선　왜요? 나쁜 놈인데….

편성후　(폼 잡고) 바바리맨은 형법상 공연음란죄가 적용되는데, (귀에 꽂았던 볼펜을 뽑아서 탁, 탁, 치면서) 과다노출 혐의 범칙금, 5만 원.

정경선 5만 원? 겨우?

편성후 성범죄자들은 1년 이하 징역이나 500만 원 이하 벌금형도 처벌할 수 있지만, 대한민국 법계에서는 흔치 않은 일이죠. 아, 물론 미국 텍사스라면 달라요. 징역 6년을 때린 일도 있으니까…. (볼펜으로 탁, 탁, 탁 친다) 6년.

정경선 역시 미국이야, 미국. 이민 갈까?

백호영 (놀라서) 나랑? 왜? 혼자 가. 나 영어 못해….

정경선 (성질내며) 거기도 한인 타운 있겠지.

- 어형사가 들어온다.

어형사 (한쪽 볼을 만지면서) 뭔 사건이 났다고 신고를 했어?

백호영 어, 어형사님 오셨어요? 왜 그러세요?

어형사 아무것도 아녀.

백호영 볼이 빨간데? 혹시….

어형사 뭐? 뭐? 뭐? 아녀, 아무것도. (머리를 돌렸다가 다시 들이밀고) 중딩한테 담배 판 적 없지?

백호영 중딩이요? … 저, 선도위원이에요.

어형사 아니, 그냥…. 저기서 중딩 놈들이 담배를 피우고 있더라고. 던힐, 1mg.

백호영 아! 그래요.

어형사 그놈들이 선빵을 날리지 뭐여. 싸다구를. 깜짝 놀랐어. 주먹도 아니고 싸다구를…. 그런다고 내가 가만있지는 않지.

백호영   다 잡으셨어요?

어형사   17 대 1이었어.

　• 어형사는 할 말 다 했다는 듯 물건을 고른다.

어형사   요즘 중딩이 무서. 젤로 무서. 겁이 없응게. (툭, 던지듯이) 바바리맨이라고 했지? 그거 잡아야 별것 없어. (물건 보며) 뭐 새로운 거 없어?

정경선   왜요? 나쁜 놈이잖아요….

어형사   지금이 집중단속 기간도 아니고…, 벌금 몇만 원 내면 끝이여.

편성후   거 봐요. 5만 원.

백호영   (USB를 건네며) CCTV에 찍혔는데요. 여기 있습니다.

어형사   필요 없는데…. 이걸 언제 봐. 컴퓨터 켜고, 한참 기둘리고, 구멍 찾고, 찌르고, (클릭하는 손 모양) 열어서 찾고, 아~ 귀찮어. 그놈이 판검사나 되면 몰라도….

정경선   참, 그때 그 높은 사람은 어떻게 됐어요?

다같이   누구?

서유정   아! 제주도 딸딸이?

편성후   (나서며) 그거요? 아프니까 치료가 먼저다, 그랬어요.

서유정   무슨 말이에요?

편성후   죄는 있지만, 형사처분은 없다. 왜? 정신병을 앓고 있어서. (볼펜으로 탁!) 왜? 치료 의지가 강해서. (볼펜으로 탁!)

정경선·서유정   미친놈들.

편성후   아니요. 정신병잡니다.

- 어형사가 왕뚜껑과 꼬마김치를 들고 흔들며 나간다.

어형사 정식으로 접수하면 처리하고, 아니면 말고. 하여튼, 나는 왔다 갔어. 이건, 외상~.

백호영 예, 감사합니다.

- 호영이 어형사가 나간 것을 확인하고 그쪽을 향해 침을 뱉으려고 하면, 어형사가 다시 들어온다. 호영이 놀라서 침 삼키고.

어형사 다음에 그런 놈들 만나면 싸다구나 한 대 때려 버려. 정신 번쩍 나게. 나, 진짜로 가.

- 어형사가 나가면, 호영은 장부를 찾아서 뭔가를 적는다.

서유정 그러게요. 내 앞에서 그랬으면, (귀싸대기 때리는 흉내) 정신 번쩍 차리도록 혼쭐을 낼 텐데.

백호영·정경선 귀싸대기?

다같이 (서로 얼굴을 보고, 아니라는 듯) 에이~~~.

- 모두 고민하는 듯. 적막.

정경선 (일어서며) 나, 너무 분해. 내가 직접 그 자식을 찾아서 귀빰 이라도 때려야겠어.

서유정 그래요. 그런 놈은 귀싸대기가 약이죠. 그냥~. (때리는 시늉)

백호영 그렇게 따지면, 세상에 귀싸대기 때리고 싶은 놈들이 어디 한둘인가? 썩은 달걀로 과자 만들어 파는 놈, 단속카메라 피해서 과속하는 기사 놈들, 멀쩡한 남의 집 가장을 차로 치고 뺑소니친 놈, 자격도 안 되는 놈이 장관 총리 하겠다고 발악, 발악하는 놈⋯. (한숨) 우리 같은 사람은 돈 있고, 권력 있는 사람한테는 못 당해.

서유정 하긴, 그렇죠.

정경선 왜? 나도 돈 있어.

백호영 당신은 그렇겠지.

• 경선 고개를 끄덕이고. 성후의 눈빛이 빛난다.

서유정 제일 대단한 사람이, 추가 근무수당 받으려고 실리콘으로 가짜 손가락 만든 공무원들 같아요. 그 머리로 서민 위한 정책을 만들었으면 좀 좋아요.

백호영 근데, 왜 다 놈이라고 하지? 여자도 마찬가지 아닌가?

서유정 맞아요. 연놈들.(경선 보고) 사장님, 어떻게 하실 거예요?

정경선 뭘?

서유정 사장님이 결정하셔야죠. 지금 이 사태가 사장님 때문에 벌어졌으니까.

정경선 나 때문에?

백호영 그래, 당신.

정경선 내가 뭐? 내가 뭘 잘못했어?

편성후 잘못한 건 없지요. (귀에 꽂았던 볼펜을 뽑아 가리키면서) 다들 피해자에게 그렇게 말씀하시면 곤란합니다. 사장님은 분명 피해자이니까요.

정경선   맞아. 난 피해자야.

편성후   사장님은 선의의 피해자예요. 문제는 이 세상이죠. 더러운 세상. 일상이 죄악입니다. 탐욕과 위선, 편법과 변칙, 묵인과 은폐, 겉치레가 이미 모든 사람에게 독버섯처럼 퍼졌어요. 아무도 바른길로 나서려 하지 않아요. 진보를 자처하는 지식인도 다들 마찬가지죠. 그저 페이스북이나 SNS에서 낄낄거리며 조롱할 뿐…, 다 허위의식입니다. 용기가 없는 겁니다. 현장에 설 용기, 불의와 맞설 용기가. (볼펜을 내려친다, 볼펜이 바닥으로 튕겨 나간다) 전…, 사장님은 다른 분이라고 생각합니다.

정경선   그래요. 난 다른 사람이에요. 용기 있는 사람. (사이) 그런데, 제가 잘할 수 있을까요?

편성후   사장님은 잘할 수 있습니다.

백호영   대체 뭘 어떻게 하자는 거야?

서유정   기다려야죠. 그놈이 다시 올 때까지.

백호영   그놈이 또 와?

서유정   이런 말이 있잖아요. 바바리맨은 한 번 성공한 장소에 반드시 다시 나타난다.

편성후   그건, 범인은 현장에 다시 온다…. (생각하고) 어, 맞는 말이네….

정경선   (반색하며) 그래요?

서유정   사장님이 그놈 올 때까지 며칠만 여기 혼자 계세요.

정경선   나 혼자?

서유정   우리는 저기에서 숨어 있을 거예요.

정경선   그럼, 편의점을 나 혼자 보라는 거잖아. (놀라서) 나 여기서 일하라고? 안 돼!

백호영 그럼 안 되지. 손님 다 내쫓을 텐데.

서유정 지금 그게 문젭니까? 그놈 잡으려면 사장님이 여기 혼자 계셔야 한다니까요.

편성후 저 알바분 말도 틀린 건 아니에요.

백호영 (혼잣말) 아이~ 그럼 장사는 어쩌라고.

서유정 (모두에게) 자, 이리 오세요. 파이팅 한 번 해요.

- 네 사람이 손을 잡고 '파이팅'을 외친다. 암전.
- 부분 밝아지면, 희찬이 빵을 뜯어 먹으며 편의점에서 나온다. 빵을 던져 버리고는 전화를 한다.

이희찬 (나오며) 저 갈게요. (전화기에 대고) 누나, 저 일 끝났어요. 근데, 여기 이상하다. 카운터에 있지 말고, 창고 정리만 하래. 할 것도 없는데…. 나 며칠 계속 놀았잖아. 여사장은 코빼기도 안 비쳤었거든. 근데, 요즘 졸라 자주 와. 근데, 맨날 파란색 옷만 입어. 하하하. 참, 그 새끼 있잖아. 그 그지 새끼하고 여사장하고 잘 놀아. (사이) 몰라. 근데, 미진이 누나, 지금 어디야? 알았어. 갈게.

- 희찬 사라지고. 암전.

1막 3장 〈변태〉 (편의점, 밤)

- 조금 어두컴컴하다. 경선이 계산대에 앉아 있고, 유정은 근처에 숨어 있다.

정경선 여보! 여보!

서유정 (고개를 내밀고) 사장님, 나가셨잖아요.

정경선 참, 그렇지. …. 오늘따라 왜 이렇게 떨리지?

서유정 그럼 껌이라도 씹으세요.

정경선 싫어. 나 땅콩 먹을 거야. 와서 땅콩 좀 까 줘.

서유정 (찾으러 나가면서) 저기 맥주병에 서비스 땅콩 있어요. 까졌 어요.

정경선 농담이야, 농담. 껌이나 줘. 난, 풍선껌이 좋더라. 소리도 잘 나고.

- 유정이 껌을 준다. 경선이 껌을 씹는다.

정경선 (거울을 보며) 완벽해. 완벽해. 조금 부족해 보이는 것이 좋은 데. (왼쪽 눈가를 살핀다) 어? 주름! (유정의 눈치를 보다가 손에 침 을 묻혀 주름을 편다)

- 유정은 밖에 지나가는 교복 입은 학생들을 바라보고 있다.

서유정 오늘은 야자가 일찍 끝난 모양이네. (혼잣말로) 너희도 공부 하느라 애쓰지? 미안해.

정경선 (조심스레 다가와서 놀래고) 유정 씨, (장난치듯) 고등학교 안 나
왔지? 퇴학당했어? 담배? 서클? 아님, 연애? (딱, 딱, 소리를
내며 껌을 씹는다)

서유정 (장난스럽게) 그래요. 안 나왔어요. (조금 진지해지고) 연애하다
퇴학당했어요. (다시 밖을 보며 살짝 눈물을 훔친다)

정경선 왜 그래? 농담이야, 농담. 교복 입은 애들만 지나가면 맨날
멍하니 보고 있으니까, 장난친 거야.

서유정 저는 교복 입은 아이들만 보면 좋아요. 그냥…, 좋아요.

정경선 유정 씨, 진짜 결혼 안 했어?

서유정 (고개를 내밀고) 그렇게 됐어요.

정경선 혹시 어디에 고등학교 다니는 딸 숨겨둔 건 아니지?

서유정 (놀라며) 아, 아녜요.

정경선 왜 이리 놀라? 농담이야, 농담. (사이) 유정 씨, 일한 지 얼마
나 됐지?

서유정 다음 달이면 일 년 돼요.

정경선 벌써? 재밌어?

서유정 일을 재미로 하나요? 먹고살려고 하는 거지.

정경선 몇 살이라고 했지?

서유정 보이는 것보다 쪼끔 덜 먹었어요.

정경선 다른 곳 페이가 더 좋지 않아? 왜 여기서 알바를 해?

서유정 식당에서 일하면 여기보다 더 받죠. 근데 몸이 고돼요. 미
친놈도 많고.

정경선 미친놈?

서유정 (말이 빨라진다) 제가 산전수전 공중전까지 다 겪었잖아요.
저기 길 건너 부동산 하는 박 사장….

정경선	왜?
서유정	그 사람은 이제 기억하지도 못할 텐데…, 여기 오기 전에 사거리 〈주물럭감자탕〉에서 몇 달 일했거든요. 사장 놈을 닮아서 그런지, 손님도 못된 놈이 많았어요. 맨날, 옆에 앉아라, 술 한잔해라, 주물럭, 주물럭…. 그러니 제가 남자들이 좋게 보이겠어요?
정경선	근데 어딜 그렇게 만져?
서유정	이곳저곳이요. 그것도 뼈다귀 뜯은 손으로.
정경선	아유. 더러워. 너무 싫다. 정말 그런 놈들은 뜯다 만 뼈다귀로 귓방맹이를 한 대 갈겨야 하는데. 하하하.
서유정	그런 꼴 보기 싫어서 이제 식당 일은 안 하려고요. 여잘 너무 쉽게 봐요. (다시 숨으며) 사장님, 좀 얌전히 있어요. 그놈 안 잡으실 거예요?
정경선	참. 그렇지. 근데, 왜 이렇게 손님이 없어? 첨엔 좀 있더니…. 유정 씨, 어디로 갔어?
서유정	(고개를 내밀고) 여기 있어요.
정경선	나이 먹어서 알바하기 좀 그렇지?
서유정	그냥요.
정경선	우리 편의점도 정직원이 있어야 하는데.
서유정	(나오며) 정직원이요? 그럼 좋겠네요. 월급도 오를 테고.
정경선	열심히 해 봐. 내가 잘 보고 있으니까.
서유정	감사해요.
정경선	그런데 이 사람 왜 이렇게 안 와? 나쁜 놈 오면 어쩌려고.
서유정	걱정 마세요. 제가 그~ 냥~. (급히 몸을 숨기며) 손님 오시네요.

- 귀에 담배를 꽂은 한 남자(느끼남)가 들어온다.

느끼남(멀티) 왜 이렇게 어두워요?

정경선 형광등이 하나 나갔어요. (껌 씹으며) 뭐 드릴까요?

느끼남 (경선을 보다가) 껌이요.

정경선 저기 있어요.

느끼남 (주변을 살피고) 누나…, 무슨 껌이 맛있어요?

정경선 그걸 제가 어떻게 알아요?

느끼남 누나가 씹는 껌은 뭐예요?

정경선 제가 왜 그쪽 누나예요?

느끼남 동생은 아니잖아요. 누나, 무슨 껌 씹어요?

정경선 풍선껌이요.

느끼남 나도 그거 주세요. 나도 누나랑 같은 껌 씹고 싶어요.

정경선 어우~, 뭐야.

느끼남 누나, 나 괜찮지 않아요?

정경선 나 그런 여자 아니거든. 꺼져 줄래?

느끼남 누나, 콘돔 있죠? 뭐가 좋아요?

정경선 내가 어떻게 알아?

느끼남 에이~ 다 써 봤을 거 아녜요?

정경선 이 사람 미쳤나 봐.

느끼남 콘돔 특대 하나 주세요. 특수형 있죠? 제가 좀 하거든요. (경선의 손을 잡고) 누나, 시간 있어요? 내가 특대라서. 하하하.

서유정 (유정이 뛰어나온다) 이 변태 새끼가.

- 유정이 뺨을 때리면,

느끼남　　뭐야! 뭐야, 당신? 왜 때려? 경찰에 신고할 거야.

서유정　　야, 신고해, 신고. 우리도 너 성추행범으로 신고할 거니까.

　　　　　　(CCTV 보고) 저기 다 찍혔어, 이 새끼야. 사장님, 저 자식….

정경선　　(느끼남의 뺨을 때린다) 이 나쁜 자식아!

* 느끼남, 허둥지둥 도망가고. 유정과 경선의 호탕한 웃음소리. 암전.

2막 〈귀싸대기 귀신들〉

2막 1장 〈정의의 사도〉 (편의점, 밤)

• 편의점은 〈CLOSE〉가 붙어 있다.
• 호영과 성후가 걸어오다가 잠시 멈춰서 이야기를 나눈다. 두 사람은 자연스럽게 담배를 피우고 버리기를 반복한다. 성후는 이야기를 하면서 볼펜을 돌리고, 귀에 꽂았다가 빼고, 바닥에 내려치기 등을 반복한다.

편성후   사장님 가게도 임대료 많이 올랐죠?

백호영   겁나게 올랐어요.

편성후   정말 화가 납니다. 구도심이 돼 버린 이곳을 다시 살린 게 누굽니까? 가난한 예술가들이에요. 돈은 없어도 열정과 패기가 가득한 청년들이에요. (담배에 불을 붙이고)

백호영   그렇죠. 근데 담배 피우세요?

편성후   아, 예.

백호영   (혼잣말) 우리 편의점에도 담배 있는데….

편성후   3년도 안 돼서 어떻게 됐나요?

백호영   임대료가 겁나게 올랐죠. 이 건물도 엄청나요!

편성후   맞아요. 사람들이 몰려오니, 땅값, 집값, 건물값 오르고, 임대료도 오르고, 세입자는 임대료 내려고 모든 물건 가격을 최대치로 올리죠. 지금 이 동네가 그래요.

백호영 임대료 못 내면 쫓겨나니까요. 아, 우리 편의점은 아닙니다. 정가 판매.

편성후 물론 그렇겠죠. … 그 비싼 땅과 건물을 산 새 집주인은 임대료를 올려요. 그 상권을 만들었던 예술가와 청년들은 결국 퇴출당합니다. 오직 비싼 땅값, 오직 비싼 임대료를 감당할 프랜차이즈나 재벌 마트나 고급 사무실로 채워지죠.

백호영 상권이 다 그렇죠. 전주도 그렇잖아요. 시내에서 아중리로, 다시 신도청 앞으로, 다시 혁신도시로…. 그렇게 변하는 거 아닙니까?

편성후 그래도 참 한심해요. 문제는 사회구조인데….

백호영 저도 건물 주인 때문에 큰일입니다.

편성후 건물주가 어떤 놈이에요?

백호영 년이에요.

편성후 서울에서 왔죠? 복부인들이 이제 중소 도시까지 투기한다고….

백호영 아니에요. 제 아내예요.

편성후 경, 경선 씨요? 에이~. 그럼 사장님이 건물주네요.

백호영 아니에요. 건물주는 마누라죠. 저는 세입자.

편성후 그래도 부분데….

백호영 부부긴 한데… 경제는 남남이에요.

편성후 아, 예. 사모님은 어떻게 돈을 많이 버신 거예요?

백호영 벌기는요. 장인어른한테 이 건물을 상속받았는데, 건물값이 갑자기 열 배가 오른 거죠. 사람도 묘하게 변하더라고요. 부부 사이도 엉망이 되고. 부부가 아니라, 동거인이에요, 동거인. 참, 성후 씨, 우리 편의점에도 담배 있어요. 앞으로는 우리 가게에서 사세요.

편성후 아, 예. 그러죠. 들어가시죠.

• 호영과 성후가 편의점으로 들어가면, 경선과 유정이 폭죽을 터트린다.

정경선 왜 이렇게 늦었어요? (경선이 편의점 문을 닫는다) 오늘은 지난 번 귀싸대기의 성공을 자축하는 모임이에요.

백호영 그 바바리맨도 아니었다면서.

서유정 다른 변태 새끼 귀싸대기라도 때렸잖아요.

백호영 그놈이 폭행죄로 신고하지 않을까?

서유정 어떻게 신고해요. 지가 맞을 짓을 했는데….

정경선 맞아. (유정의 손을 잡고) 유정 씨, 정말 고마워.

편성후 그럼, 좀 좋은 곳에서 한잔하시지.

정경선 이곳이 어때서요? 널린 게 술과 안준데.

백호영 돈 낼 거지?

정경선 아, 꼴 배기 싫어. 맨날 돈, 돈, 돈. 그럼, 편의점 차려 준 내 돈 줄 거야?

백호영 아니야. 나, 지금 일 열심히 하는 거야. (술 따고, 따르며)

정경선 제가 여러분을 모이라고 한 이유가 있어요. 자, 우선 한잔 하고. 성공적인 귀싸대기를 위해서, 건배!

• 건배한다. 축하합니다. 감사합니다. 인사를 하면서도 뭔가 어색하다.

정경선 제가 유정 씨랑 이야기했는데….

- 모두 한곳에 모여서 뭔가를 이야기하고, 성후와 호영, 놀란다.

백호영 그걸 말이라고 해?

정경선 그럼 내 말이 말 같지 않다는 말이야? 재밌잖아. 나쁜 놈들 무찌르는 우리는, 정의의 사도!

백호영 편의점은?

정경선 그 남자애가 보면 되지.

백호영 걔는 알바야. 그 나쁜 놈들이 언제 어디서 나타나는데?

정경선 그건…, 그때그때 달라. (유정이 웃고)

백호영 (경선 대신 유정을 보며) 유정 씨는 지금 뭔가 굉장히 재미있어 보이는데, 나는….

정경선 (호영 붙들고) 재미라니. 나, 진지해.

백호영 나쁜 놈을 찾아서, 귀싸대기를 때리든, 꼬집든, 밀치든, 하고, 도망친다. (경선 보고) 이게 진지해야 할 일이야?

편성후 (곰곰 생각하다가, 일어서서) 귀싸대기를… 때리고… 도망친다? 취지에는 동의하지만, 전, 싫습니다.

정경선 왜요?

편성후 '도망친다'에서 싫습니다. 당당하지 못해요. 우리가 떳떳하지 못합니까? 우린 도망치는 게 아니에요.

정경선 그럼 뭐라고 해요?

편성후 글쎄요. 매우 중요하고도 무척 어려운 질문입니다. (돌면서) 물러난다? 돌아간다? 그냥 간다?

서유정 그냥 내버려두고?

편성후 아니, 호통을 치고, 내버려둔 채 그냥 간다. 아니야, 아니야. 후퇴! 일보 전진을 위한 후퇴. 더 나은 미래를 위한 아주 잠간의 후퇴. 귀싸대기를 때리고 난 뒤, 우리의 행보가 (볼펜으로 탁, 탁, 치면서) '후, 퇴'라고 한다면 저도 하겠습니다.

정경선 그래요. 그럼, '후, 퇴'라고 하고 해요.

서유정 누구부터 할까요?

편성후 (장난치듯) 우리 고시원 총무 놈 어때요? 월세가 조금만 밀려도 돈 내라고 아우성인데. 305호실 놈도 '딱'이네요. 냉장고에 넣어둔 김치 좀 먹었다고 김치통에 자물쇠를 걸었어요. 락앤락이 진짜 락앤락이 됐다구요. 한국 사회가 이래서는 곤란하거든요. 한국은 정이 있는 동방예의지국인데 말이죠.

정경선 좋은 생각이에요. 그럼, 그 사람부터 시작할까요? 305호실.

- 서로 바라보며 망설이는데, 밖에서 어형사가 편의점 문을 기웃거린다.

편성후 (놀라서) 경찰이다.

- 모두 뭔가를 들킨 것처럼 숨는다.

어형사 (안을 살피고, 〈CLOSE〉를 만지작거리며) 24시간 편의점이 문을 닫았네. 이게 말이 돼? 뭔가 있는데….

- 암전.

2막 2장 〈도와주세요〉 (거리, 밤)

· (E) 휴대전화기 진동 소리.

(E·성후) 누구야?

(E·유정) 왜 안 나와요?

(E·성후) 누구?

· 한쪽에 유정이 전화를 걸고 있다. 옆에 경선 서성이고.

서유정 (비밀스럽게) 귀싸대기!

(E·성후) 예? 아! 왜요?

서유정 (작게) 왜 안 나오시냐고요?

(E·성후) 진짜로 가자고? 농담 아니었어요?

서유정 우린 진지하거든요.

(E·성후) 아, 몰라요. 끊어요.

서유정 같이 하기로 했잖아요?

(E·성후) 내가 왜? 내가 편의점 알바도 아니고…. 끊어요. 나 피곤해
　　　　　서 자요.

서유정 이 시간에 잠은…, 뭐야?

· (E) 전화 통화 끝난 소리.

정경선 뭐래? 언제 나온대?

서유정 잔대요. 더 자야겠대요.

정경선   (실망하며) 그이는?

서유정   오늘 희찬이가 무단결근해서 가게 보신다고.

정경선   그럼, 유정 씨랑 나랑 둘? 첫날부터?

서유정   성후 씨는 다시 얘기해야 할 것 같아요.

정경선   그럼…, 오늘은 후퇴다.

- 유정과 경선 앞에 술에 취한 희찬이 나타난다.
- 놀란 두 사람은 자연스럽게 귀싸대기를 때릴 듯 손부터 올린다.

이희찬   (울면서) 저 좀 도와주세요!

서유정   희찬이? 너 왜 그래?

이희찬   교수…, 그 교수 개새끼가 우리 미진이 누나를…. (큰 소리로) 저 좀 도와주세요!

- 암전.

2막 3장 〈교수 놀이〉 (거리, 밤)

- 거리. 한쪽으로 경선, 성후, 호영, 유정, 희찬이 폼을 잡고 걸어온다.

편성후   (한껏 폼을 잡고, 시를 읊듯) 난, 내가 이 거리에 다시 서게 될 줄 몰랐네.

백호영   (투덜거리며, 시계를 보고) 가게 문 닫고 이게 무슨 짓이야? (희찬 보고) 야, 오늘 니 일당 없다.

이희찬 왜요? 아, 예. 알겠습니다. 죄송합니다, 사장님.

서유정 야, 니가 뭐가 죄송해. 그 나쁜 새끼가 죄송해야지.

이희찬 (흥분하며) 맞아요. 그 나쁜 새끼.

- 경선과 유정은 흥분한 희찬을 달랜다. 경선은 불안해하며 눈치를 살피고.

편성후 그 사람이 죄송하다고 말할 줄 아는 놈이었으면, 지금 우리가 이곳에 있지 않겠죠.

백호영 근데 이건 법적으로 처리해야 하는 거 아냐?

편성후 법은 아무 소용 없습니다. (볼펜으로 허공을 가리키며 ×를 긋고)

백호영 교수도 물러나야 하는 거잖아요.

편성후 그거야, 사회적으로 난리가 난 경우만 해당하죠. 지난번에 어디 교순가는 성추행, 성폭행이 명확한데도 3개월 정직 받고 끝났어요. 거기다 안식년을 신청했더라고.

백호영 안식년?

편성후 방학이죠. 놀다 오라고. (무게 잡고) 오늘 우리의 거사가 중요한 겁니다.

- 한 남자(교수)가 달려 나온다. 택시를 잡으려고 한다.

교수(멀티) 택시, 택시. 아이~ 씨.

- 교수는 뭔가 기분이 좋다. 아이~ 씨, 하며 욕을 하면서도 성악 형태로 해 보기도 하며, 오페라 주인공의 아리아처럼 '너, 택시 게 섰거라. 이

런 나쁜 택시.' 한다.

서유정   (속삭이며) 저 사람 맞아?

이희찬   (급히 흥분하며) 맞아요. 저놈이에요.

- 달려가려고 하면, 사람들이 말리고.

백호영   너무 어린데?

편성후   저자가 우리가 찾던 바로 그 사람이 맞습니다. 유학파 성악가. (점점 성질이 나고) 집 좋고, 차 좋고, 아버지 빽 좋고, 형님 빽 좋고, 누나 빽 좋고, 처가 빽에 처삼촌 빽까지 좋은. …. 생긴 것부터 밝게 생겼잖아요. 신성한 학교에서…, 신은 모르고 성만 아는 놈.

- 교수가 택시를 잡고 타려고 하면.

서유정   어, 어, 어, 저러면 안 되잖아.

- 유정이 달려가서 교수를 밀치고, 대신 택시를 타고 간다.
- 모두 당황해하면서도 안도의 숨을 내쉬고.

교수(멀티)   어, 어, 뭐야, 내가 먼저 잡았는데…. 아이 씨.

편성후   다행입니다. 유정 씨가 큰일을 했네요.

백호영   순발력이 대단해요.

- 교수가 거리를 바라보다가, 전화를 받는다.

교수(멀티) (전화를 받고) 그래. 곧 갈 거야. 택시도 안 잡히는데, 그냥 차 몰고 갈까? 한두 번도 아니고. 내가 술 마시면 아우토반 아니냐…. 나 이태리에서 성악 공부할 때 날아다녔잖아. (사이) 노래? 아니 225km까지 밟았다니까. 술 마시고. 하하하.

편성후 자, 그럼 지금부터 자기 방식대로 하는 겁니다.

- 성후가 교수 옆으로 가면, 긴장한 경선이 따라간다. 서성인다.
- 호영이 들어온다. 뒤에서 교수를 살피다가 뒤통수를 때린다.

백호영 창구야, (앞을 보고) 어, 아니네. 죄송, 죄송, 합니다. 고등학교 동창인 줄 알고…. 너무 똑같으시다.

교수(멀티) 아이~ 씨. 뭐야.

- 호영이 도망치듯 나간다.

교수(멀티) 별 미친놈…. (다시 전화를 받고) 아니야, 아니야. 아~, 승질 나네.

- 교수는 택시가 오는지 확인하며, 담배를 피워 문다.

교수(멀티) (계속 통화하며) 내가 김 교수가 하라는 대로 했는데, 이번에는 잘 안 돼. (사이) 그러게 말이야. 그래, 아무래도 말하는 게 좋겠지?

- 희찬이 들어온다.

교수(멀티) 그래 인마. 줄 것도 같고, 안 줄 것도 같고. 줄 듯 말 듯….
(사이) 그래, 아무래도 말해야겠지. 리포트 안 내도 A 준다
고. (사이) 에이 플러스를 주라고?

- 희찬이 교수와 가볍게 부딪힌다. 죄송하다고 말한다. 교수가 "뭐야!"
하며 큰 소리로 짜증을 낸다. 희찬, 도망가듯이 나가면.
- 성후가 볼펜을 떨어트리고 주우며 살짝 부딪힌다. 교수는 담배를 떨어
트린다. 화를 내려다 성후를 보고 약간 주눅이 든 듯 괜찮다는 손짓.

교수(멀티) 응. 아무것도 아니야. (사이) 그래도 내가 명색이 교순데….
플러스까지는 좀 그렇잖아. 하긴, 지난번에도 A+가 통한
것 같아, 히히히. 그 아이가 얼마나 삼삼한지 너도 잘 알
지? 아휴, 말만 해도 온몸이 달아오른다야.

- 경선이 뒤로 물러서다가 교수 발을 밟는다. 경선이 가볍게 사과한다.
교수는 짜증내려다가 괜찮다는 웃음. 경선이 교수를 살짝 꼬집는다.
교수가 조금 당황해하면서, 다시 담배에 불을 붙인다.

교수(멀티) (경선 들으라는 듯) 내가 이 나이에 조교수 아니냐. 핸섬하지,
외제차 타지….

- 교수가 경선에게 눈웃음을 친다.

정경선   (혼잣말로) 아니, 뭐야? 나한테도 수작을 부려.

- 경선이 손을 들려다가 망설이면, 희찬, 성후, 호영이 들어와 남자를 에
  워싼다.

교수(멀티)   당신들 뭐야?

편성후   교수라는 분이 그러시면 안 되죠.

교수(멀티)   너희들 뭐야. 내가 교수인 걸 어떻게 알아?

백호영   다 아는 방법이 있지. 교수란 놈이 어린 제자들에게 몹쓸
              짓을 하고도….

교수(멀티)   니들이 무슨 상관이야? 당신들 미진이 아는 사람이야? 미
              진이가 시켰어?

이희찬   (더듬거리며) 미, 미진이 누나는 모르는데요.

교수(멀티)   (못 듣고) 지혜 아는 사람이야? 선영이? 너희들 대체 뭐야?

백호영   교수라는 사람이 그러면 쓰겠습니까?

교수(멀티)   하, 이 자식들이 무서운 게 없고만. 전화 한 통이면 너희들 다
              죽어. 우리 형님이 청와대에도 있고, 국회에도 있어, 인마.

편성후   그래? 그럼, 니 형님이 미국 가서 성추행 교미외교 하고 온
              윤씨 놈이냐? 아니면, 손녀 같아서 캐디 가슴 찔렀다는 박
              씨 놈이냐? 니 성이 뭐냐? 개씨냐? 이런 개 아들놈.

교수(멀티)   네놈들 대체 뭐야?

다같이   우리?

편성후   우린 너 같은 놈들 혼내주러 온, (서로 얼굴을 보고) … 귀싸대
              기다.

백호영   아니, … 저승사자….

정경선   … 우린 귀싸대기 귀신들이다.

• 당황해하는 모습에 교수가 이들을 쉽게 본다. 바닥에 담배를 버리고, 싸우려고 한다. 다들 망설이는데, 유정, 헐레벌떡 들어온다. 유정이 다짜고짜 교수 귀싸대기를 때린다. 빗맞는다.

교수(멀티)   왜 때려?
서유정   (급하게) 담배꽁초 함부로 버리지 마.
교수(멀티)   하, 당신들 뭐야? 단속반이야?
다같이   아니, (마주 보고) 우린 귀싸대기 귀신들이다.
서유정   에라, 이 나쁜 놈아, 플러스로 한 대 더 맞아라.

• 유정이 귀싸대기를 한 대 더 친다. 교수의 비명. 암전.

2막 4장 〈잘한 거 맞죠?〉 (편의점, 밤)

• 웃음소리. 밝아지면 경선, 희찬, 유정, 성후 있고.
• 편의점은 계속 〈CLOSE〉가 붙어 있다.

정경선   정말 멋졌어. 성공할 줄 알았다니까.
서유정   우리 정말 잘한 거 맞죠?
정경선   그럼.
이희찬   저도 잘한 거 맞죠?
정경선   (희찬의 엉덩이를 자연스럽게 두들기며) 잘했어, 잘했어. (유정 보고) 그런데 유정 씨는 택시 타고 어디까지 갔다 왔어?

서유정　딱, 기본요금까지만 갔어요. 모퉁이 돌면서 내릴까 했는데… 돈이 아까워서…. 그러고는 죽도록 뛰어왔죠.

정경선　택시 타고 오지.

서유정　아! 그 생각까지는 못 했어요. 평소에 택시를 안 타서….

· 호영이 빵과 음료를 들고 들어온다.

이희찬　사장님, 최고예요. 뒤통수는… 정말 최고였어요.

백호영　너도 굉장했어. 툭, 치고 가던 거 말이야. 나는 생각도 못했다. (빵을 나눠 주며) 배고프죠? 이거 먹어요.

· 네 사람은 다들 빵 봉지와 음료수를 뜯고 급하게 먹는다.

편성후　경선 씨가 발 밟은 건 또 어떻고요.

정경선　진짜 최고는 유정 씨가, (빵을 조금 떼어 먹으며) 담배꽁초 함부로 버리지 마, 했던 거지. (봉지를 보고) 어, 이거 날짜 지났잖아.

백호영　(대수롭지 않다는 듯) 어, 그래? 날짜가 지났어? 아직 좀 남지 않았나? (시계를 또 보고) 지났구나?

· 다들 빵 봉지를 확인하고 뱉는다.

이희찬　사장님, 혹시 지금까지 저한테 준 빵이 다 그런 거 아니죠?

서유정　야, 사장님이 그럴 분이니?

이희찬　농담이에요, 농담. 우리 사장님이 얼마나 좋은 분인지 잘 알죠. 우리 사장님 같은 분이… (손 들고) 저, 또 있어요.

다같이　누구?

이희찬　중3 때 수학 선생이요. 그 새끼 학생 때려요. 저도 맞았다니까요.

다같이　왜?

이희찬　담배 피우다가 걸렸어요.

서유정　당연한 거 아냐? 학생이….

이희찬　그래도 선생이 학생 때리면 안 되죠. 지금이 어떤 세상인데.

서유정　너는 나한테 맞아야겠다.

이희찬　왜요? 저 그 새끼 때문에 수학 포기했는데요? 수학만 잘했어도 '인 서울' 하는 건데 그 새끼 때문에….

서유정　너는 나한테 뒤지게 맞아야겠다.

　• 희찬과 유정이 쫓고 쫓는 짧은 동작을 보이면.

편성후　경선 씨, 귀싸대기 귀신이란 말은 어떻게 나온 거예요?

정경선　귀싸대기 귀신이요? 제가 그랬어요? 글쎄요. 경황이 없어서….

편성후　우리, 모임 이름부터 정하죠.

백호영　좋아요.

서유정　그냥 귀싸대기라고 해요.

이희찬　프리허그라는 말도 있으니까, 프리-싸대기는 어때요?

정경선　이름은 신중하게 정해야 해. 얼굴 같은 거니까.

백호영　모처럼 맞는 말 했네. 귀싸대기라고만 해서는 안 돼. 우리가 귀싸대기 맞는 것 같잖아. 뭔가 근사한 말 없어?

서유정 전라도 사투리를 넣었으면 좋겠어요. 솔찬히, 거시기, 시방.

백호영 좋네. 희찬아 적어 봐. (희찬이 적고) 우리의 가치가 순수하고 건강하다는 것도 넣으면 좋겠고.

편성후 좋은 의견입니다. 진보의 가치, 진일보한 무언가의 의미도 필요하겠죠?

이희찬 (계속 메모를 하다가) 나왔어요. (보고 읽는다) 시방…, 솔찬히…, 귀싸대기 때리고 싶은 놈들 찾아다가… 귀싸대기 때리고, 도망가는.

정경선 도망이 아니라, 후퇴야, 후퇴.

이희찬 그럼, 다시. 귀싸대기를 때리고, 후퇴하는, 진일보한 사람들의 순수하고 건강한 모임.

· 다들 좋다고 손뼉을 치다가, 잠시 적막.

서유정 그냥 귀싸대기 귀신이라고 해요.

백호영 그러지 뭐.

정경선 (신문을 뒤적이다가) 그래, 여기 있네, 여기 있어. 백화점 갑질 여자, 무릎 꿇어. 세상에 어떻게 그럴 수 있어? 지가 백화점에 돈을 얼마나 썼다고…. 세상이, 이러면 안 되는데…. 다들 모여 봐요. 이제 본격적으로 나서 볼까요?

백호영 가게는?

이희찬 알바는요?

정경선 지금 우리가 얼마나 중요한 일을 하는 건지 알아, 몰라? 열심히 하는지 않는지 내가 지켜볼 거야. 딱 한 사람, 우리 가게 정규직으로 뽑을 거야. (잔을 들고 일어서며) 자, 이제 나쁜 놈들 혼내 주러 가자. 건배! (다같이 건배)

- 다들 의미심장한 미소.
- 부분 조명. 한쪽에서 범인을 쫓고 있는 어형사. 숨이 차고, 귀찮아서 못 잡겠다고 주저앉는다.

어형사　아이고, 형사 노릇도 못 해먹겠다. 야, 인마. 내가 못 잡는 것이 아니라, 안 잡는 거야. 내가 너 안 잡았으니까, 앞으로 착하게 살어야 헌다.

- 암전.

3막 〈저놈 잡아라〉

3막 1장 〈감시자들〉 (편의점, 밤·낮)

- 웅장한 음악이 시작되었다가 재미난 음악으로.
- 성후, 호영, 경선, 유정, 희찬이 각 방향에서 폼을 잡고 서 있다. 이들은 각기 다양한 방식으로 활동한다. 침을 뱉고, 발을 걸어 넘어트리거나, 옷에 커피를 흘리거나, 거리에서 물을 뿌리거나, 가끔은 꼬집거나, 귀싸대기를 치는 방법을 택하기도 한다. 모두 소심한 복수지만, 모든 행동은 결국 일탈에 대한 일탈이니 한 종류다. 집단 춤이면 더 좋다.
- 희찬은 첨단 기기를 활용하는 정보원처럼 계속 검색을 하며 사람을 찾는다.
- 희찬이 나와서 무대 끝을 밟고 선다. 영화 〈감시자들〉에서 정우성처럼 아래를 본다.

이희찬   (아래를 살피고) 옵니다. 저 여자가 수술실 소독기에 계란 쪄 먹은 여잡니다.

- 호영, 유정, 성후, 경선이 무대 끝으로 온다. 다섯이 일렬종대로 선다. 건물에 올라가서 아래 지나가는 사람에게 침 뱉기다. 호영이 먼저 침을 뱉는다.

이희찬　놓쳤어요. 서둘러요.

- 유정이 망설이다 침을 뱉는다.

이희찬　또 놓쳤어. 5m 전에….

- 성후가 크게 침을 뱉는다.

이희찬　아니라니까요. 5m, 아니 7m 전에 뱉어야 해요.

- 경선이 우스꽝스럽게 왔다 갔다 하며 몇 차례 침을 뱉는다. 모두 고개
  를 숙여서 보다가 한 동작으로 몸을 뒤로 뺀다.

정경선　예스! 맞았어, 내가 맞혔어.

- 성후, 호영, 경선, 유정, 희찬은 서로 손을 부딪치며 파이팅한다. 다시
  다섯 곳의 방향으로 이동해서 폼을 잡고 선다. 음악이 바뀐다.

편성후　저놈은 누구야?
이희찬　예, 초등학교 입학식에서 아파트 평수 따라 줄 세운 선생
　　　　　같지 않은 선생입니다.
서유정　저 사람은?
이희찬　예, 기사 써서 선량한 상인들을 쫄딱 망하게 하고도 반성
　　　　　할 줄 모르는 기레기 중 상 기레기예요.
백호영　저놈은?

이희찬 예, 전라도 출신이라고 서류에서 탈락시키면서 지역 차별하고, 일베 인증 손 모양 사진을 게시판에 올린 놈이에요.

정경선 저놈은?

이희찬 예, 같은 학교 여학생에게 몹쓸 짓을 했는데, 미성년자라고 그냥 풀려났어요.

다같이 처단해야 합니다.

- (E) 땅! 땅! 땅!
- 성후가 걸어 나와 어떤 놈의 발을 걸어 넘어트리는 척한다. "죄송합니다." 빠르게 걸어서 다시 제자리로 간다. 사람들이 소리 없는 환호를 보낸다.
- 유정이 커피를 들고 걸어 나온다. 누군가와 부딪히는 척한다. "죄송합니다." 빠르게 걸어서 다시 제자리로 간다. 사람들이 소리 없는 환호를 보낸다.
- 호영이 바가지를 들고 누군가에게 물을 뿌리는 척한다. "아, 미안해요." 빠르게 걸어서 다시 제자리로 간다. 사람들이 소리 없는 환호를 보낸다.
- 경선이 야한 걸음으로 걷는다. "어머, 어딜 보는 거야. 이 변태 새끼!" 누군가의 귀싸대기를 때리는 척하고, 빠르게 걸어서 다시 제자리로 간다. 소리 없는 환호.
- 이들이 향하는 복수는 점점 사회적인 이슈로 커진다. 중앙에 멀티맨을 두고. 호령하기 시작한다.

백호영 이 정도로 되겠어? 좀 더 나쁜 놈들을 찾아보자고.

서유정 (퍼더버리고 앉아) 아이고, 죽겠다, 왜 이렇게 힘드냐, 하면서도 (일어나서) 개누리 찍는 게 현실! 이놈의 세상 싸그리, 깡그리 몰아 보자.

다같이 좋지!

- 음악이 바뀐다. 혹은 (E) 징 소리~

이희찬 (멀티맨 등장하면) 저놈이 신개념 뗏목 재료 발견에 혁혁한 공을 세우신, 질소 과자 업주 놈입니다.

다같이 잡아라! 저놈 잡아라!

- 성후, 경선, 희찬, 유정이 각 방향에서 멀티맨을 몰아 온다. 멀티맨을 중앙에 놓고.

백호영 이놈 귀에 질소 과자를 대고, 뻥~. 뻥~, 뻥~.

- 다섯 사람이 멀티맨을 둘러선다.

이희찬 저놈이 대학 강의를 볼모로 시간강사 강사료를 뻥 뜯은 교수 놈입니다.

편성후 이런 뻔뻔한 놈. 이놈 뻥은 어찌 뜯나? 시작해라.

- 세 사람이 멀티맨을 꼬집기 시작한다. 멀티맨 비명.

이희찬 저놈이 병원 지원금에 눈멀어서 노숙자들 감금시키고 사람 장사한 병원장입니다.

편성후   저놈 옷을 홀딱 벗겨서 거리 한복판에 묶어라.

- 세 사람이 멀티맨의 옷을 벗긴다.

이희찬   저놈은 눈 무게도 못 견디는 종이 박스를 건물이라고 만들어서 생때같은 대학생들 목숨 여럿 잡아드신 사업주 개새끼입니다.

편성후   저놈을 개집에 처넣어라.

- 세 사람이 멀티맨에게 개집 같은 종이 박스를 씌운다.

백호영   간통죄 폐지되자마자 불륜시대 외치면서 나이트 죽순이 죽돌이를 자처하신 언니 오빠들! (종이 박스에 싸다구를 때린다)

편성후   위장전입, 투기, 탈루, 표절 4종 세트에 병역 면제까지 자격 조건 착실하게 갖춰 주신 우리 의원님들과 정치인들! (종이 박스에 싸다구를 때린다)

정경선   결혼 못 한 것도 서러운데 싱글세 내라 하고, 부양가족 없다고 150만 원 더 토해 내라는 말도 안 되는 이놈의 정부! (종이 박스에 싸다구를 때린다)

서유정   자살률 1위, 청년실업 1위, 고령화 속도 1위, 정규직과 비정규직 임금 격차 1위, 대학 등록금 1위. 1위, 1위, 1위, 거뜬한 우리나라 대한민국! (종이 박스에 싸다구를 때린다)

- (E) 징 소리~
- 다른 사람들은 사라지고. 홀로 남아서.

서유정 (퍼더버리고 앉아) 배는 침몰하고, 물은 들어오는데, 가만히 있어, 가만히 있어, 친절하게 안내했던, 그 나쁜 자식들…. (세월호 유가족 외침처럼) 아직도 돌아오지 못한 우리의 자식들…, 형제들…. 시간은 덧없이 흘러가지만, 우리 시간은 그때 그대로 멈췄습니다. 하지만 다시는 돌아갈 수 없는 시간입니다. (사이) 교복 입은 아이들만 보면 가슴이 아파. 미혼모 소리를 듣더라도 내가 키웠어야 했는데…. 미안하다, 아가. (사이) 당신의, 당신들의 눈물을 모두가 기억합니다. 부모들이 흘린, 그 덧없는 눈물과 똑같은 눈물로 기억합니다. 수많은 꿈과 깊은 바닷속으로 사라진 우리 아이들을, 잊지 말아 주세요. 우리에게 찾아온 이 비극이 다른 어머니들에게 일어나지 않기를, 다시는 일어나지 않기를….

- (E) 징 소리~
- 서서히 암전.

4막 〈누가 누구를 때려〉

4막 1장 〈아이스크림〉 (편의점, 밤)

- 편의점. 〈OPEN〉이 붙어 있다. 희찬과 호영이 있다.

이희찬 사장님, 아이스크림 냉장고 전원 선이 빠졌나 봐요.

백호영 다시 꽂아.

이희찬 아이스크림이 국 됐어요. 이거 다 버려요?

백호영 다시 얼려.

이희찬 예? 손님들 배 아프면 어떡해요?

백호영 대장균은 얼리면 다 죽어.

이희찬 네.

- 경선이 들어온다.

이희찬 사모님 나오셨어요?

정경선 그렇게 부르지 말랬지.

이희찬 왜요?

- 호영이 알은체를 하려다가, 경선의 말에 기분이 상한다.

정경선　이거 내 가게야. 내 돈으로 차린 거라고.

이희찬　그래도.

정경선　왜? 사장은 남자라고? 너는 남성 우월주의를 버려야 해. 세상이 바뀌었어.

이희찬　제가 무슨….

정경선　여보. 나, 분위기가 좀 바뀐 것 같지 않아?

백호영　(보는 둥 마는 둥) 글쎄.

정경선　(얼굴을 들이밀고) 잘 봐. (관심이 없자) 나랑 말 통하는 사람은 역시 성후 씨밖에 없어.

이희찬　오늘 유정이 누나가 아프다고….

정경선　그래? 그럼 오늘 성후 씨하고 나하고 둘이야? 그럼 둘이 가지 뭐.

- 경선, 껌 한 통 들고 나가고. 호영이 씩씩거린다.
- 어형사가 들어온다. 희찬과 호영이 눈치를 본다.

어형사　참, 별스런 일이 다 있네.

백호영　어, 어형사님 오셨어요.

어형사　우리 동네에 이상한 놈들이 나타났어. 이걸 뭐라고 해야 하나? 좀 추접스럽다고 해야 하나?

백호영　추접이요?

어형사　여러 놈 같은데, 어떤 놈은 툭, 치고, 어떤 놈은 밀치고, 어떤 년은 꼬집고. 헌데, 재밌어. 그러다가 연놈들이 나와서 싸다구를 때리고 도망간다네. 불꽃 싸다구. 우리도 범인 잡으면 구치소에 안 넣고, 죽도록 싸다구만 때렸으면 좋겠네.

- 어형사가 무지막지하게 귀싸대기 때리는 시늉을 한다. 모두 놀라고.

어형사 새로 나온 것 없어? (호영이 다른 것을 찾으면) 있어도 예전 거
쥐.

백호영 (왕뚜껑과 꼬마김치를 건네며) 여기 꼬마김치도 드세요.

어형사 내 입맛이 지조가 있어서…. 잘 먹을게. 수고. 아, 뭔가 있
는데….

- 어형사가 나가면.

이희찬 왜 이렇게 떨리죠? 중딩한테 맞고 다녀서 우습게 봤더니,
형사 맞네요.

백호영 (장부에 뭔가를 적으며) 그래 봐야 어리바리, 어리굴젓이야.

- 어형사가 다시 들어오면, 호영이 놀라서 장부를 떨어트리고.

어형사 거, 삼각김밥이라던가? 그게 왕뚜껑하고 궁합이 '딱'이던
데. (장부를 주워 호영에게 주려고 하면서) 여기.

백호영 (삼각김밥 주면서) 이, 이거요? 여기요.

어형사 진작 알려 주지 그랬어. 나는 내내 삼각김밥도 모르는 사람
이었잖아. (삼각김밥을 받고 장부를 주려다가) 이건 뭐야~ (장부
를 넘겨 보며, 말 리듬 타고) 2014년 4월 11일 꼬마김치, 12일
꼬마김치, 13일 꼬마김치랑 천하장사 두 개, 외상… 장부고
만. (넘기며) 2015년 4월 23일 꼬마김치, 24일 꼬마김치랑
왕뚜껑. 나랑 취향이 똑같네. 어떤 놈이여? … 나여?

백호영   어… 이, 이게… 외, 외상, 장부가 아니라….

• 어형사가 장부를 덮고, 호영에게 주기 전에 앞쪽을 살짝 보고, 모른 척.

이희찬   (호영이 희찬의 옆구리를 치면) 형사님이 뭐 좋아하시는지, 제가
          적어 놓은 거예요.

어형사   어… 그래? (장부를 희찬에게 주고 나가며) 그럼, 앞으로… 삼각
          김밥도 적어. (돌아보며) 니가 여기서 그렇게 오래 일했냐?

이희찬   그럼요.

어형사   그믄 담에 봐. 아, 뭔가 있는디…. (나가고)

백호영   (어형사가 나가는 것을 끝까지 확인하고) 이건 못 봤겠지?

이희찬   뭐요? (장부 앞을 보고) 이거요? 어리… 어리굴젓 같은, 한심
          한 씹탱구리. 어형사 이름이 어리굴젓이에요? 아니면, 어
          한심? 어구리?

백호영   어한구야. 어리굴, 젓같은, 한심한 씹탱, 구리. 희찬아, 우리
          전략을 수정해야겠다.

• 바바리를 입은 남자(멀티맨)가 들어온다.

손님   금요일에는 아이스크림, 반값이죠? 두 개 주세요. 아니, 세
          개 주세요.

백호영   예, 손님!

• 암전.

4막 2장 〈볼펜 똥〉 (거리, 밤)

- 편의점 옆 골목. '소변 금지' 팻말이 서 있다.
- 성후와 경선이 누군가를 기다리고 있다. 성후가 불안한 듯 볼펜을 돌린다. 볼펜을 멀리 (무대 밖으로) 떨어트린다. 눈치를 보다가 결국 줍지 못하고, 앞주머니에서 다른 볼펜을 꺼내 돌린다.

편성후   (태연한 척) 유정 씨는 많이 아픈가 봐요. 결근을 다 하고.

정경선   여자는 그럴 때가 있어요. 몸이 아프다기보다 괜히 센치해진달까?

편성후   경선 씨, 오늘은 분위기가 좀 다른 것 같은데요?

정경선   (호들갑) 역시 성후 씨는 달라. 저, 여기, (왼쪽 눈 옆을 가리키며) 필러 했잖아요.

편성후   주름 있었어요? 전혀 몰랐는데…. 경선 씨, 피부에도 신경 많이 쓰시죠? 제가 콜라겐 좀 대접할까요?

정경선   콜라겐? 아, 돼지껍데기! 저 그거 좋아해요. 그럼 저도 성후 씨에게 선물 하나 할까요? 만년필 어때요? 성후 씨는 항상 요것만 쓰던데….

편성후   저는 이게 좋아요. 모나미 칠쩜영(7.0).

정경선   왜요?

편성후   모나미 칠쩜영은…, 볼펜 똥이 많이 나오거든요.

정경선   그럼 안 좋은 거 아녜요?

편성후   볼펜 똥을 볼 때마다 저는 마음이 편안해져요. (경선이 고개를 끄덕이면) 모나미 칠쩜영은 1963년에 개발된, 대한민국에서 가장 오랜 역사를 가진 볼펜이에요. 국민 볼펜이라고 나 할까요?

- 바바리를 입은 남자가 아이스크림을 먹으면서 지나간다.
- 경선과 성후는 몸을 숨기고. 애틋한 분위기가 연출된다.

정경선 (살피고) 갔어요. (성후를 살짝 밀어내고) 성후 씨, 저도 어렸을 때 모나미 볼펜에 몽당연필 끼워서 썼어요.

편성후 그래요. 다른 볼펜들은 자신과는 다른 필기구들과 어울리지 못해요. 조금 천박하달까? 심지가 수명을 다하면 그대로 끝이에요. 하지만 모나미 칠쩜영은 달라요. 몽당연필을 자신의 품에 꼭 안고 새로운 생명을 이어 가죠.

정경선 정말 아름다워요. 그런데 칠쩜영이 아니라 0.7밀리미터 아녜요?

편성후 보통은 그렇게 읽지요. 그런데 제 눈에는 칠쩜영으로 보여요.

정경선 성후 씨는 특별한 눈을 가졌군요?

편성후 2.0세대라는 말 알지요? (경선 모르지만 아는 척) 2.0세대는 기성세대와는 달라요. 80년대 386세대, 90년대 신세대, 외환위기 이후 88만 원 세대에 이어 나타난 새로운 세대가 2.0세대예요. 그들은 빠르죠. 시대의 변화에 민감해요. 이들은 민주화 시대, 문화의 시대, 신자유주의 시대를 한 단계 뛰어넘는 질적 변화를 가져왔죠.

정경선 아, 예. 정말 똑똑하세요. 근데⋯ 그게 왜⋯?

편성후 칠쩜영. ⋯. 폼 나잖아요. 그리고 이 볼펜은 예의와 정이 있어요. (뒤를 딸깍거리며) 노크식 타입이죠. 딸깍, 딸깍. 내 손길

을 기다려요. (경선을 살짝 만지고)

정경선 아, 똑딱이요? 실은 저도 예전에 이 볼펜만 쓴 적 있어요. 잉크가 많이 새잖아요. 손에 잉크가 묻어 있으면… 공부를 열심히 한 것 같아요. 성후 씨 손에 잉크 묻은 것도 그런 거 아녜요?

편성후 하하하. 그래서 우리가 잘 통하는군요.

정경선 (성후가 깍지를 끼려고 하면 밀치고) 그런데 왜 아무도 안 나타나죠? 배 안 고프세요? 제가 맛있는 거 사 드릴게요.

편성후 그럴까요? 이만큼 기다렸으면 됐죠.

정경선 그냥 했다고 해요. 누가 확인하는 것도 아니고. 우습지 않아요? 노상방뇨 상습지역. 여기서 오줌 쌀 남자를 기다린다는 게.

편성후 저도 좀 그래요. 차라리 제가 쌀까요? 하하하. (사이) 어, 누가 와요.

• 한쪽에서 술에 취한 남자(멀티맨)가 나온다. 아무도 없음을 확인하고 오줌을 싼다. 경선과 성후가 몸을 숙인다. 자연스럽게 애정 행각 포즈가 된다.

정경선 (반갑게) 싸요, 싸. 싸고 있어요. 노상방뇨 상습지역이라더니 그 말이 맞는 모양이에요.

편성후 저도 보고 있어요.

• 성후와 경선은 오줌 싸는 남자의 뒤로 몰래 가서 손을 들어 때리려고 하지만 쉽지 않다. 성후가 경선을 일부러 민다. 부딪친다.

오줌남   (놀라서 옷을 추기며) 에이! 뭐야, 뭐.

편성후   (경선의 손을 잡고) 튀어요.

　　• 암전.

(E·성후) 하하하. 이 정도면 충분하죠?

(E·경선) 그럼요. 다 큰 어른이 오줌을 지렸으니 됐어요, 됐어. 우리
　　　　　맛있는 거 먹으러 가요. 제가 쏠게요.

4막 3장 〈점조직〉 (편의점, 늦은 오후)

　　• 편의점. 교대 시간에 맞춰 유정은 유니폼을, 희찬은 자기 옷을 입는다.

어형사   (들어오며) 편의점을 지들 맘대로 열었다, 닫았다 해? 어젯밤
　　　　　에는 또 왜 닫았어? 다들 어디 있었어?

서유정   (옷을 입으려다 멈추고) 회, 회식, 회식했어요.

어형사   회식? 또? 좋은 사장님이네.

서유정   (옷을 입던 어정쩡한 포즈로) 그럼요. 우리 사장님이 최고죠.

백호영   (긴장해서) 예, 제가 최곱니다.

어형사   그래. 나도 그렇게 생각해. (폼 재고) 그런데 말이야… 나는
　　　　　왜 지금까지 그걸 몰랐을까? …. (모두 긴장하면) 삼각김밥에
　　　　　전주비빔밥, 맛도 있드만.

　　• 다들 긴장하다가 한숨.

- 어린이집 귀싸대기 사건이 뉴스에서 나온다.
- (E) 뉴스 소리
- 호영과 유정, 희찬이 넋을 놓고 TV를 보다가 놀란다.

어형사 마침 나오네. 첨 봐? 온종일 떠들썩했는데…. 내가, 뭔가를 찾았어. 저걸 보고 단서를 찾았단 말이야.

백호영 뭘요?

어형사 그놈들 말이야. 싸다구 때리고 다니는 놈들. (둘러보고) 저 여자 선생이 그놈들과 한패야.

백호영 우리 동네가 아니잖아요, 저긴.

어형사 그놈들은 점조직이야. 첨엔 그때 그 중딩 놈들이 아닌가 했거든. 근데 뭔가 달라. 종북 같은 느낌이 들었어. 그놈들은 지역마다 셀 조직이 있겠지. 저 여자는 인천 지역 행동 대장일 테고.

이희찬 (갑자기 끼어들며) 아니에요.

어형사 니가 어떻게 알아?

이희찬 (더듬고) 아니, 아니라니까요.

어형사 그놈들과 한패가 아니라면, 어떻게 저렇게 무자비하고 잔인하고 인정머리 없이 때릴 수가 있지?

이희찬 그 사람들은 저렇게까지는 안 때려요.

백호영 (시계를 보고, 희찬에게) 너 집에 안 가니?

어형사 잠깐! 그럼, 너도 싸다구 맞아 봤다는 거야?

이희찬 그냥, 그렇다는 거죠.

어형사 똑바로 말해!

이희찬 아니요. 네, 맞았어요.

어형사 그래? 그럼 신고를 했어야지.

이희찬 그, 그러게요.

어형사 넌 왜 맞았어?

이희찬 몰라요. 그냥 지나가다가.

어형사 너, 뭔가 있어. 서(署)로 같이 가자. (자연스럽게 왕뚜껑과 삼각김밥과 꼬마김치를 집으며) 뭐 새로 나온 건 없지? 없으면 말고. 야, 빨리 따라와.

• 어형사가 희찬이를 데리고 나간다. 암전.

5막 〈엉망진창이네〉

5막 1장 〈배신〉 (편의점, 밤)

- 편의점. 경선, 성후, 호영이 심각한 표정으로 있다.

정경선　희찬이는 좀 위험하다고 했잖아.

백호영　(불안하게 서성이며, 시계를 보고) 다 불어 버리면 어떡하지? 아니야, 아닐 거야.

정경선　당신이 그걸 어떻게 알아?

백호영　지금까지 내가 공짜로 준 빵만 해도 얼마친데, 설마 배신 때리겠어?

편성후　(볼펜 끝으로 바닥을 치며) 모르는 일입니다. 대처해야 돼요.

정경선　어떻게요?

편성후　우선, 잡아떼야죠. …. 모릅니다, 기억나지 않습니다.

백호영　말이 되는 소리를 해요.

정경선　말이 왜 안 돼? 정치인들도 다 그렇게 통과되잖아.

편성후　어형사를 포섭하는 것은 어때요?

백호영　뭘로? 돈 줘?

정경선　컵라면 좋아한다면서…. 몇 박스 갖다 줘.

- 유정이 고양이 밥을 놓고 들어오면.

백호영　(유정에게 성내며) 하지 말라면 좀 하지 마. 몇 번을 말해.

서유정　(놀라서) 아, 네. 죄송해요.

정경선　지금 나한테 화낸 거지.

백호영　아니야. 도둑고양이 밥 주지 말라고.

정경선　정말이야?

백호영　정말이야. 도둑고양이한테 한 거야. 아니야. 아이, 씨.

정경선　그럼 매일 준다고 해. 꼬마김치하고 삼각김밥하고. 공짜로.

백호영　(답답하다는 듯) 어형사가 어린애도 아니고, 그게 통하겠어?

편성후　(박수를 치며) 통합니다. 라면하고 김밥 정도는 비리가 아니니까 아주 자연스럽죠. 김영란법 아시죠? 100만 원까지는 마음껏 받아도 되니까.

백호영　그럼, 매일 나만 손해 보라고?

편성후　손해라니요? 사장님이 제일 많이 때렸잖아요.

백호영　내가? 나는 밀치기만 했어요. 귀싸대기 때린 것은 유정 씨지.

서유정　아니, 제가 뭘요?

백호영　유정 씨가 제일 세게 때렸잖아. 처음 때린 것도 유정 씨고. 유정 씨 때문에 이 일이 시작된 거 아냐?

- 바바리를 입은 남자(멀티맨)가 성을 내면서 들어오려다가 지켜본다.

서유정　왜 저예요? (경선 보며) 사장님이 하자고 했잖아요.

정경선　왜 가만있는 나를 건드려?

편성후　　그래요, 경선 씨는 꼬집고 밀기만 했죠.

정경선　　맞아요. 그것도 살짝. 아주 살짝.

- 경선이 성후의 볼을 살짝 꼬집는다. 성후도 좋아하며 경선의 볼을 살짝 집는다.

백호영　　두 사람, 지금 뭐 하는 거야?

편성후　　예? 우리가 뭐?

백호영　　우리? (성후의 멱살을 잡으며) 이 자식이! 지금 남의 마누라한테 뭐 하는 거야?

정경선　　(호영에게 달려들고 세게 꼬집으며) 그만해. 아무 죄도 없는 성후 씨한테 왜 그래? 당신 미쳤어?

백호영　　뭐? 미쳤어? 그래, 나 미쳤다, 미쳤어. 니들 바람났지?

정경선　　바람이라니, 천박하게.

백호영　　니들 하는 꼴이 그렇잖아. 왜, 정식으로 이혼이라도 해 줘?

정경선　　말이면 다야?

- 호영과 경선, 성후가 엉겨 붙어 싸우면. 유정이 말리고.
- 바바리맨이 어딘가에 전화를 건다. 희찬이 바바리맨에게 뭘 하느냐는 듯 어깨를 치면, 희찬을 확인하고, 두고 보자는 듯 손가락질을 하고는 도망친다.
- 희찬은 싸움 중인 호영과 성후를 보고 놀라서 들어와 말린다. 희찬을 본 이들은 싸움을 멈추고.

이희찬　　(놀라서) 왜 그러세요? 왜 싸워요?

서유정　어떻게 됐어?

백호영　말했지? (살피고, 갑자기 화를 내며) 말했구나, 말했어. 이 자식이.

- 호영이 희찬의 싸대기를 때리고.

이희찬　(달려들며) 왜 때려요?

정경선　내가 그럴 줄 알았어. 내가 뭐랬어. 얘, 못 믿는다고 했잖아.

편성후　(혼잣말) 아! 불구속 수사인가? 조금은 희망적이군.

백호영　니가 먼저 시작했다고 말했지?

이희찬　예?

백호영　니가 그 교수 놈한테 복수해 달라고 해서 시작한 거잖아.

이희찬　그건 그렇지만….

정경선　아, 맞다. 사실이 그렇구나. 네가 시작하자고 한 거였어.

편성후　(손뼉을 치며) 다행입니다. 다행이에요. 주동자가 가려졌으
　　　　　니. 정말 다행입니다.

- 경선과 성후가 손을 맞잡고 좋아한다.
- 이를 보고 호영이 성후의 뺨을 때린다. 성후도 호영의 뺨을 때린다. 두
  사람은 멱살을 잡고 다시 싸우려고 한다.

서유정　그만! 그만해요! 우리끼리 뭐 하는 거예요? 희찬이 말부터
　　　　　들어봐요.

이희찬　에이, 씨. … 실망이에요. 정말, 나한테 이럴 줄은 몰랐어요.

서유정　… 사장님들이… 틀린 말, 한 것은… 아니잖아.

이희찬　누나까지 왜 그래?

서유정　미안해.

백호영　어형사가 뭐래?

이희찬　어형사요? 어형사, 전형사, 최형사, 정형사… 우리한테 아무 관심도 없어요.

정경선　왜?

이희찬　신고는 들어왔는데, 그냥 갔대요.

편성후　폭행죄가 분명한데… 아니라고? (고개를 갸웃갸웃)

서유정　그럼, 경찰서에서 내내 뭐 했어?

이희찬　… 어형사한테… 삼각김밥 종류 알려 줬어요. 그 형사 새끼 또라이예요, 상또라이, 어리바리 개또라이.

• 호영과 유정, 경선과 성후가 안도의 숨을 내쉬다가 웃는다.

이희찬　… 사장님도, 누나도, 모두 정말….

서유정　미안해, 희찬아. 정말 미안해.

백호영　미안하다. 내가 잠깐 돌았나 보다. 밥은 먹었니? 배고프지?

• 호영이 가서 빵과 우유를 가져온다.

이희찬　저. 그만둘 거예요. 알바비나 주세요.

백호영　그러지 말고. 다시 잘 지내자. 내가 조금 더 신경 써 줄게. (빵과 우유를 주면서) 우선 이거 먹어. 배고플 거 아냐?

이희찬　(빵을 먹으려다 살피고) 이거 날짜 지났잖아. 우유도, 씨바. 이틀이나 지났네. 나한테 맨날 날짜 지난 빵이랑 우유 줬지?

백호영　아니야. 나도 모르고 가져온 거야.

이희찬 씨바. 졸라 거짓말만 하는 새끼. (빵을 던지고)

백호영 뭐야, 이 자식아! 그럼 너, 제시간에 한 번이라도 온 적 있어? 네가 똑바로 했으면….

이희찬 알바비나 빨리 줘요.

정경선 너 그만두면 우리 모임은 어떻게 해?

이희찬 그것도 안 하는 거죠.

편성후 (믿지 못하겠다는 듯) 너, 왜 도망을 치려는 거지? 경찰이랑 쑈부 봤지? (흥분해서 멱살을 잡고) 우리한테 다 떠넘기고 도망치려는 것 아냐?

이희찬 아니에요.

편성후 (멱살을 놓고) 그만두더라도 비밀은 지켜라.

이희찬 쳇, 이까짓 게 무슨 비밀이라고.

편성후 (멱살을 잡으며) 이 자식이!

• 희찬도 "이 또라이 새끼가!" 하며 멱살을 잡는다. 서로 뺨은 때리지 못하고 머리를 들이민다. 유정이 두 사람을 말린다.

이희찬 에이, 씨바. 내가 여기를 빨리 그만둬야 저런 새끼 쌍판을 안 보지. (호영에게) 돈이나 빨리 줘요.

백호영 그래. 그만둬라, 그만둬. (계산대에서 봉투를 가져와 준다) 자, 여 있다.

이희찬 (살피고) 돈이 왜 이것밖에 안 돼요?

백호영 무슨 소리야. 정확하게 맞춘 건데….

이희찬 8시간씩 20일이면, 89만 원이 넘어야 하는데… 50만 원도 안 되잖아요.

백호영　활동하러 다닌 시간은 빼야지.

이희찬　예? 하이, 쓰바.

- 호영이 희찬의 봉투를 뺏는다. 만 원짜리 몇 장을 뺀다.

백호영　경찰서 다녀온 시간을 뺐어야 하는데 깜빡했네. 네가 과자
　　　　　먹은 것은 봐줄게. CCTV에 다 찍혔긴 한데.

이희찬　씨바. 더럽다, 더러워!

백호영　뭐야 이 자식아!

서유정　사장님 제 알바비도 지금 주시면 안 돼요?

백호영　유정 씨는 왜?

서유정　그, 그냥요. 어차피 오늘 알바비 주시는 날이잖아요.

백호영　(계산대에서 봉투를 가져와 준다) 여기.

서유정　(살피고) 사장님, 저도 왜 이것밖에 안 돼요?

백호영　말했잖아. 싸대기 때리러 다닌 시간 뺐다고.

서유정　저는 사장님 두 분이 시켜서 한 거잖아요.

백호영　무슨 소리야. 자발적인 사회정화 활동 아니었어?

서유정　무슨 소릴 하시는 거예요?

백호영　무슨 소리? 니가 좋아서 한 거잖아?

서유정　아니에요. 전, 처음부터, 다 알바였다구요.

백호영　니가 제일 많이 때렸잖아.

서유정　알바였으니까요.

정경선　유정 씨까지 왜 그래?

서유정　정규직… 열심히 하면 (경선에게 다가가) 정규직 시켜 주신다
　　　　　고 했잖아요.

정경선　내가? 그냥 열심히 하라고 했지. 유정 씨한테 뭘 시켜 준다
고는 안 했잖아. 나, 말 함부로 하는 여자 아니야.

이희찬　뭐야, 누나. 사장이랑 그런 약속을 했어?

백호영　이 쬐끄만 편의점에서 무슨 정규직이야, 정규직은.

서유정　성후 씨도 똑똑히 들었죠?

편성후　아, 글쎄요. 저도 기억이 잘….

서유정　정말 그랬다니까요?

편성후　그럼, 그때 문서로 받아 뒀어야죠. 대한민국 사회는 법치국
갑니다. 문서로 증명할 수 있어야 해요. 유정 씨가 그걸 몰
랐구나?

서유정　정규직 시켜준다고 해 놓고는…. 나쁜 놈들 혼내 주면, 딱
한 사람만, 정규직으로 뽑을 거라고 해 놓고는….

이희찬　에이, 씨. 정규직이 뭔데? 그게 뭐야? 저 새끼들이 진짜 귀
싸대기 맞을 새끼였고만.

백호영　뭐야, 이 자식아!

　• 호영이 희찬의 멱살을 잡으며, 희찬은 호영을 머리로 들이민다.

이희찬　너는 진짜 나쁜 새끼야.

백호영　너 나한테 또 맞아 볼래?

서유정　누가 누구를 때려요?

정경선　(유정 보고) 넌 가만히 있어.

서유정　가만히 있으라고? 야, 반말하지 마. 내가 너보다 나이 많아.
당신, 뭐가 나쁜 건지 모르지? 당신들이 진짜 나쁜 거야.

- 유정이 경선에게 귀싸대기를 때리려고 손을 들었다가 경선에게 잡힌다.

정경선 그럼 너는…. (손을 놓고 가서 유정의 가방을 뒤집는다. 빵과 우유가 쏟아진다) 니가 진짜 나쁜 거야. 도둑년.

서유정 그건 유통기한 지난…. 고양이 주려고….

백호영 뭐야. 이런! 내가 도둑년하고 함께 일했구나.

이희찬 당신이 준 빵이랑 우유도 다 유통기한 지난 거 내가 모를 줄 알아?

백호영 알았어? 그럼 처먹지 말았어야지.

이희찬 안 먹으면 짤릴까 봐 먹었다, 쓰바야. (봉지를 까서 호영의 입에 빵을 처넣는다) 나쁜 새끼들아, 니들끼리 잘 먹고 잘살아라.

- 경선이 뛰어와 희찬을 꼬집고 할퀸다. 유정이 말리다가, 결국 호영과 희찬, 경선과 유정이 엉겨 붙어 싸운다. 성후는 그 옆에서 볼펜 끝으로 계산대 바닥에 탁, 탁, 치면서 고개를 젓고 있다.
- (E) 경찰차 경보음
- 싸움을 멈추고. 서로를 바라본다. 긴장.

편성후 (불안해하며) 뭐야, 이 소리. 지금 우리 잡으러 오는 거야? (희찬을 가리키며) 이 새끼, 거짓말했어. 경찰이랑 짜 놓고는. 이 프락치 새끼. (경선 보고) 나, 나는 갈게요.

백호영 이 새끼, 자기만 혼자 살겠다고?

정경선 (성후의 옷자락을 잡고) 혼자 어딜 가요?

편성후 잡지 마세요. (뿌리친다)

정경선 어디 가는 거예요? (다시 잡으며)

편성후　왜요? 왜 잡으시는 건데요?

정경선　(다른 사람들 눈치를 보며, 작게) 혼자만 도망가겠다는 거예요?

편성후　(경선의 귀에 대고) 도망이라뇨? 도망이 아닙니다. (폼 잡고) 후퇴입니다.

정경선　후퇴? 후퇴 좋아하시네. (경선이 성후의 따귀를 때린다)

편성후　(뒷걸음질하며) 너, 너, 다음에 봐.

　• 성후가 도망치려는 순간, 어형사가 들어와 나가지 못한다.

어형사　(느긋하게) 신고 들어왔어. (놀란 척) 싸웠어? 누구누구 싸운 거야.

　• 어형사가 손가락으로 호영과 희찬을 찍으면 두 사람 고개를 젓고, 희찬과 성후를 찍으면 두 사람 고개를 젓고, 유정과 경선을 찍으면, 두 사람 고개를 젓고.

어형사　싸운 거야? 안 싸운 거야? (얼굴을 살피고) 상태들이 아니네. 서(署)로 가야긋어.

이희찬　우리가 왜 싸워요.

정경선　안 싸웠어요. 우리 친해요.

어형사　에이, 폭행이 쌍방이야…. 이 좋은 시상에서 왜 싸워? (희찬의 머리를 때리며) 어이, 삼각김밥. 쿠데타 했어?

편성후　(끼어들며) 다들 아시는 분들 같은데, 고성방가 범칙금으로….

어형사　(성후 보고) 당신 뭐야?

편성후　(순진한 표정으로) 볼펜 사러 왔는데요. (볼펜을 꺼내고) 모나미
칠쩜영.

　　• 성후가 사람들에게 "안녕", 인사하고 나간다. 네 사람은 성후가 나가
　　는 방향으로 고개가 따라간다. 바바리맨이 들어온다. 막혀서 또 못 나
　　간다.

어형사　(바바리맨 보고) 어, 왔네. (호영 보고) 싸워서 온 것이 아녀….
이 사람한테 불량식품 팔았다면서. 대장균 아이스크림. 악
덕업주라고 신고 들어왔어. 이 사람, 죽을 뻔했대. 설사하
고, 피똥 싸고. 온몸이 간지라서 옷도 못 입고….

정경선　(바바리맨 보고) 어? 너, 너, 바바리맨.

다같이　바바리맨?

　　• 호영, 경선, 희찬, 유정, 바바리맨을 둘러싼다. 경선이 바바리맨 뺨을
　　때린다.

어형사　뭐여. 엉망진창이네. 다들 체포해.

　　• (E) 짝, 짝, 짝, 소리가 반복되면서, 암전.
　　• (E) 경찰차 경보음. 커지다가 작아지면, 소리가 한꺼번에 들린다.

(E·호영) 아는 처지니까, 수갑은 좀….

(E·성후) 저는 볼펜 사러 온 사람이에요.

(E·희찬) 에이, 몰라요. 싫어요.

(E·유정) 저는 사장님이 시키는 것만 했어요.

(E·경선) 저는 몰라요. 기억도 없어요.

에필로그 〈짝, 짝, 짝〉

- 한쪽 밝아지면, 어형사 걸어가다 뒤돌아보며.

어형사   아는 처지에…. 아니야, 아니야. 명색이 형산데, 아는 처
지라고 봐주면 세상이 어떻게 되겠어. 그러면 안 돼. ….
허허. 내가 이 편의점에 뭔가 있을 줄 알았다니까. 허허,
허허.

- 어형사 웃음소리. 암전.
- 반대편 밝아지면, 지구용사특공대처럼 성후, 경선, 호영, 유정, 희찬이
팔짱을 끼고 자신만의 특장을 연출한다.
- (E) 짝, 짝, 짝, 소리가 반복되면서, 암전.

교동 스캔들

• 2013년 한국문화예술위원회 공연예술 창작지원사업 선정

제작: 까치동
연출: 전춘근(2013년) 정경선(2015년)
출연: 박현미·백진화·신유철·정진수(이상 2013년)
김경민·백호영·전춘근·조민철(이상 2015년)

공연 현황
- 2013년 3월 13일~17일 창작소극장(전주)
- 2013년 11월 22일~12월 1일 창작소극장(전주)
- 2015년 7월 10일~12일 한국전통문화의전당(전주)

때

2013년

곳

전주한옥마을

무대

오래된 한옥의 툇마루. 집 뒤로 새끼목이 있는 커다란 은행
나무가 서 있다. 툇마루에서 연결된 방문은 극의 효율적 진
행을 돕는 매체다. 닫힌 문은 그림자를 통해 과거의 일을 전
하거나 주인공의 독백으로 외로운 자아를 형성한다. 문이
열리면 그곳은 또 하나의 무대다. 인형극을 통해 과거를 전
한다. 공간 중 하나인 〈슈퍼〉는 간단한 소품식 배경을 활용
해 중앙 무대를 활용한다.

등장인물

최현우, 이이화, 나대기, 오순자, 문화해설사(오순자 겸)

1막 〈은행나무에도 꽃이 피나요?〉

1막 1장 〈현우〉 (정오, 민박집 마당)

- 암전 속에서 종소리 들린다.
- 한쪽 불이 밝아지면, 은행나무 한 그루 잠깐 비추고. 다시 암전.
- 암전 중, 상큼 발랄한 음악. 전주한옥마을 안내 멘트.

(E·여) 전주한옥마을을 찾아주신 관광객 여러분께 알려 드립니다. 한옥마을 관광안내소는 평일 오후 2시, 주말 오전 10시, 오후 1시, 3시에 해설사와 함께하는 한옥마을 투어를 진행합니다. 관광객 여러분의 많은 관심 바랍니다.

- 밝아지면, 개밥그릇을 든 이화가 나온다. 이화는 관객 속에서 사라진 개를 찾는다. 담 너머로 보이는 은행나무를 잠시 바라보기도 한다.

이이화 현우야, 현우야! 이 녀석이 또 어디로 사라진 거야? (관객 보고) 아저씨, 현우 보셨어요? (중얼중얼) 오늘은 또 어디에 한눈을 파셨나? (다른 관객에게) 현우 못 보셨어요? 좀 못생기긴 했는데요, 어깨가 떡하니 벌어졌구요, 하체가 튼튼해요. 크기는 요만하구요. 아, 우리 집 개예요. 이 녀석 밥 먹을 시간 됐는데 또 사라졌네요. 하여튼 빨빨거리고 돌아다니는 건 누구랑 똑같다니까. 그래도 밥때 되면 꼭 왔는데….

• 한 손에 화장지를 쥔 최현우가 코를 막고 들어온다.

최현우   (투덜거리며) 21세기에 푸세식이 뭐야. 전통 체험이 화장실 체험인 거야? 아줌마, 어젯밤에 화장실은 푸세식이라고 말씀해 주셨어야죠.

• 현우와 이화, 마주 보고 놀란다. 현우는 반갑게 알은척하지만, 이화는 애써 모른척한다.

최현우   (신기한 듯) 어, 어…. 이, 이화, 맞지? 나, 현우야, 현우. 오랜만이다.

이이화   (차갑게·애써 모른척하며) 현우? 저 모르는데요.

최현우   (살피며) 모른다고? 대학 동기 현우. 내가 너무 잘생겨졌나?

이이화   글쎄요. 모르겠어요.

최현우   (더 자세히 살피며) 아닌가? 맞는데…. (이화가 화를 내려 하면) 죄송합니다. 너무 비슷하게 생겨서…. 근데 주인아줌마는 어디 가셨나요?

이이화   지금 안 계세요. …. 대실은 오전 10시까지예요. 추가 비용 안 내시려면 빨리 나가 주세요.

최현우   네에, 알겠습니다.

• 최현우, '맞는데, 맞는데…' 중얼거리며 방으로 들어간다. 현우의 뒷모

습을 바라보는 이화. 슈퍼 아저씨 들어온다.

나대기   딸내미, 뭔 일 없장?

이이화   오셨어요?

나대기   딸내미, 왜 전화를 안 받었냐? 느그 엄니가 우리 슈퍼로 전
          화했드라.

이이화   그럴 일이 좀 있었어요.

나대기   느그 엄니가 맘이 안 놓이능가 자꾸 들이다보라고 혀서 내
          가 지금 순찰 온 거여. (마루에 앉으며) 참말로 나는 느그 엄
          니가 그렇게 출세헐 줄은 몰랐다.

이이화   출세요?

나대기   미국 갔잖여? 그믄 출세헌 것이지. (시계를 보고) 인자 떴것
          네. '떴다 떴다 비행기, 날어라, 날어라, 겁나게 날아 버리
          라.' 혔겄어. 두어 달은 기시다 오겄지?

이이화   모르죠. 손자 보는 재미에 아예 눌러 사실지.

 • 이화도 툇마루에 앉아 인형을 만지작거린다.

나대기   너. 또 인형 맨드냐? 너는 그 종이 쪼가리 가지고 뭘 잘 만
          들더라, 잉. 이번에는 뭐 맨드냐?

이이화   저도 잘 모르겠어요. 그냥 조선시대 새색시?

나대기   새색시? 너는 어찌 시집갈 생각도 안 허냐? 니 동생 미국
          서 애 둘 낳을 동안 뭣 허고. …. 니가 시집을 가야 엄니가
          맘을 놓을 것인디.

이이화   결혼 안 한다니까요.

나대기 다들 그렇게 말허고, 잘들 가더라. (관객 보고) 전주 3대 거짓 말이 있어. 전주 노처녀들 '시집 안 가요!'허고. 전주 음식 점 주인들이 '우리 집이 젤로 맛있어요!'허고. 아, 어떻게 다 맛이 있것어. 그중에 맛없는 곳도 있것지.

이이화 하나는 뭐예요?

나대기 어, 우리 마누라가, '내가 방구 안 뀌었어!' 허는 거. (인형 보고) 이쁜 것이 똑 누구를 닮았네. 이름이 뭐여?

이이화 아직 안 지었어요.

나대기 순허게 생겼웅게 순자 어뗘? 순자. …. 싫어? 춘자보다는 낫잖여.

• 현우가 가방을 챙겨 들고 나온다.

나대기 손님 있다등만, 아직도 안 갔능가 벼? 지금 몇 시여? (과장되 게 다시 시계 보고) 추가 요금 받었어? 짜장면 값은 나오것는 디. (이화에게 귓속말로) 손님 표정이 왜 그려? 뭔 일 있었어? (크게) 관광지서 서로 그르믄 안 돼. 나는 진상 부리는 손님 헌테도 얼매나 친절허게 허는디. 그리야 여그 한옥마을이 발전헐 것 아녀.

• 현우는 아저씨 말이 신경 쓰인다. 나가려다가.

최현우 저… 아침 먹을 곳이 어디 있나요? 점심인가?

이이화 (홍보 전단지를 주면서) 직접 찾아보세요.

- 나대기가 최현우에게 어깨동무를 하며 나간다.

나대기 밥 먹을 디 찾어? 그믄, 내가 존 데 알려 줘야지. 전주 하믄 음식 아녀? 콩나물국밥, 비빔밥, 오모가리탕, 한정식, 겁나게 많지. 오색진미에 호화찬란허니. 근디 나는 교동집 짜장면이 젤로 맛있데? 짜장 어뗘? (이화 보고) 이화야, 일루 하나 배달허라고 허까?

- 당황하고 속상한 표정의 이화. 이화의 이름을 듣고 웃는 최현우.
- 최현우가 슈퍼 아저씨를 보내고 다시 들어온다.

최현우 아저씨, 잠깐만요. 먼저 나가 계세요. 곧 나갈게요.

나대기 알았어. 빨리 나와. 배고픈게. (혼잣말) 아따, 내가 짜장면 두 그릇 얻어먹을라고 에린놈의 시끼 말을 다 듣네. (나가고)

최현우 (이화에게 다가가서) 이화. 맞네. 왜 모른척한 거야?

이이화 (차갑게) 기억이 안 났어.

최현우 말이 되는 소리를 해라. 7년밖에 안 됐는데…. 많이 된 건가? (놀리며) 혹시, 단기 기억상실증? 아니면, 드라마에서 나오는, 어떤 특정한 기억만 잊어버린다든지 하는, 뭐 그런 건가? 하하. 넌 옛날이나 지금이나 똑같다.

이이화 뭐가 똑같아?

최현우 그냥.

이이화 (화내며) 뭐가 똑같아?

최현우 그냥 그렇다고. …. (조금 화내며) 옛날에도 너 거짓말 잘 했잖아.

이이화 (화내며) 내가 무슨 거짓말을 했어?

최현우 오랜만에 만났는데, 싸우지 말자. 하하하. (장난스럽게) 아무리 그래도 그날 밤이 기억 안 난다고는 못 하겠지?

이이화 (크게 화내며) 똑같은 건 너야. 넌 모든 게 장난이지? 진지함이라고는 찾아볼 수 없어.

최현우 (장난치듯 노래하며) 첫날밤에, 첫날밤에….

- 이화가 현우의 뺨을 때린다. 놀란 두 사람. 암전.

1막 2장 〈해설사〉 (낮, 은행나무 앞)

- 문화해설사가 사람들을 이끌고 은행나무 아래로 온다. (해설사는 몇 번 더 등장한다. 〈프롤로그〉처럼 독립된 장면도 있지만, 대부분은 장면 전환이나 시간의 흐름 등을 보여 주기 위함이다. 각 장면의 특징을 살리고, 반복되는 대사를 포함해 각 대사와 애드리브(ad lip)를 효율적으로 써야 한다)
- 그 무리에 전주시 홍보 전단지를 든 최현우도 끼어든다.

해설사 자, 이쪽으로 오세요. 제 말을 잘 따라 주셔야 전주한옥마을을 제대로 구경할 수 있어요. (관객에게) 제가 여러분께 질문을 하나 할게요. 이 나무가 심어진 때는 언제일까요? (관객과 질문·답을 나누고) 맞아요. 이 나무는 600년 된 은행나무예요. 600년 전이면 태조 이성계가 조선을 건국하던 그즈음입니다. 그런데 이 나무에는 아주 재미있는 이야기가 있어요. 뭘까요? 실제로 얼마 전에 아주 신기한 일이 일어나기도 했어요. 지금 이 밑동에 있는 작은 나무 보이시죠? DNA 검사를 했는데 이 큰 나무의 친자(親子)라고 합니다. 예전부터 이 나무 아래에서 심호흡을 다섯 번 하면 아들을 낳는다는 말이 있었는데요. 이 나무마저도 이렇게 늦둥이를 봤어요. 혹시 늦둥이 보고 싶으신 분? 자녀 한 분 더 낳고 싶으신 분? 나오셔서 이 나무에 빌어보세요. 간절하게. 이 나무를 심은 분은 한벽루를 지은 최담 선생이라고도 하고, 그 아들인 연촌 최덕지 선생이라고도 합니다. 특히 최덕지 선생은 아주 미남에다가 학식과 인품이 훌륭한 분이었다고 해요. 그래서 사람들은 이 나무에 최덕지 선생과 같이 뛰어난 인물을 낳게 해 달라고 빌지요. 아, 그리고 하나 더 있어요. 이 나무에서 사랑을 고백하면 어떤 일로 헤어진다고 해도 그 두 사람은 결국 다시 만나게 된다고 해요. 그래서 많은 연인이 이곳에서 영원한 사랑을 기원하는 기도를 올립니다.

최현우 저 질문이 있는데요. 은행나무에도 꽃이 피나요?

해설사 글쎄요. …. 꽃이 피니까 열매를 맺겠죠?

최현우 은행나무꽃을 보신 적 있으세요?

해설사 글쎄요. …. 그쪽 분들 해찰하지 마시구요. (관객 보고) 자, 기도 그만하세요. 이제 이동해야 합니다. 지금 안 가면 시간을 맞출 수가 없거든요. 다음 투어 장소는 소설 「혼불」의 최명희 작가를 기념하는 최명희문학관입니다. 가시죠.

• 사람들 가면, 현우가 은행나무를 만진다. 진지하게 기도를 올리는 것

처럼 보인다. 그러다 자기 뺨도 만진다.

• 아련한 음악 소리 커지면서. 잠시 암전.

1막 3장 〈이화〉 (늦은 오후, 민박집 마당)

• 채반에 말리던 나물을 뒤집는 이화. 장독대에 가서 항아리를 닦다가 심란한 듯 빨랫줄에 걸린 이불을 쳐댄다. 툇마루에 인형 만들기 재료가 있고.

최현우   (들어오며 능청스럽게) 방 있어요?

이이화   그럼요. (최현우를 확인하고, 한숨)

최현우   방 주세요.

이이화   없어.

최현우   있잖아! 저 방으로 주세요.

이이화   저 방, 예약 있어.

최현우   예약? 흐흐흐. 거짓말! 앗, 나의 실수! (자기 뺨을 만지면서) 거짓말은 아니, 겠지만, 그래도 저 방으로 줘.

이이화   옆 골목에 좋은 집 많으니까, 그쪽으로 가.

최현우   삐져야 할 사람은 나 아닌가? 맞은 놈은 난데. 그러지 말고 저기 저 방 줘.

이이화   왜 자꾸 저 방을 달라고 해?

최현우   한옥마을에서 은행나무가 보이는 방은 여기, 이 방밖에 없잖아.

이이화   그게 무슨 상관인데?

최현우 상관이 아주 많지. (인형들 보고) 그런데 이건 뭐야?

이이화 아까 일은 미안해. 그런데 난 너와 이야기하고 싶지 않아. 얼굴 보는 것도 싫구.

최현우 (느끼하게) 나는 당신하고 아주 많은 이야기를 나누고 싶어. 대답할 때까지 물어볼 거야.

이이화 너는 더 뻔뻔해진 것 같다. (툭, 던지듯) 인형 만들어.

최현우 종이로?

이이화 한지야.

최현우 한지로도 인형을 만드는구나. 어떻게?

이이화 인형 틀 만들고, 거기에 한 장 한 장 한지를 붙여.

최현우 이걸로 인형극을 하나? 아니면 그냥 작품이야? 언제부터 시작했어?

이이화 육칠 년 정도.

최현우 그럼…, 나한테 뗀 정을 인형에 붙인 건가? 사연 하나에 한지 한 장, 사연 또 하나에 한지 또 한 장….

이이화 (화가 나서) 넌 여전히 모든 게 장난이구나.

최현우 미안해. 정말 미안해.

이이화 미안… 하다구? 그런 말도 할 줄 알아?

최현우 세월이 사람을 변하게 하더라구.

이이화 어떻게 살아? 평일에 여행도 다니고. 직장은?

최현우 내 직장은 여전히 전국 방방곡곡 발길 닿는 곳.

이이화 니 아버지와 형들 말이 맞았네. 그렇게 살면 날백수가 될 거라더니.

최현우 하하하. 기억력 좋은걸! 근데 마냥 날백수는 아니야. 이젠 가끔 일도 하니까. 한때는 인형하고 관련된 일도 했지.

이이화　인형 뽑기?

최현우　오우, 농담도 해 주시고. 고마운걸!

이이화　그럼, 연극?

최현우　오우, 정답인걸! (이화가 흘겨보면) 미안한걸! 하하. 연극까지는 아니고 후배 녀석 때문에 대본을 써본 적이 있어. 같이 연극을 해 볼까 했는데 포기했지.

이이화　왜?

최현우　너무 가난해서. 그 후배가 연극 때문에 사랑하던 여자와 이별을 했거든.

이이화　상대가 그런 걸 몰랐나?

최현우　알았지. 하지만 양쪽으로 문이 열리는 냉장고를 살 수 없을 만큼 가난하다는 건 몰랐지.

이이화　설마?

최현우　설마는 사람 잡는 기술이고. 하하. 남녀 문제가 어디 그것뿐이겠어?

이이화　그래, 인연이 아니니까 그랬겠지.

최현우　우리는 인연이라 다시 만난 건가? 저 방, 내가 쓸게.

이이화　다른 곳으로 가. 난 여전히 니 얼굴을 보고 싶지는 않으니까.

최현우　열흘!

이이화　열흘?

최현우　우선 그만큼만 있자.

이이화　설마 여기에서 글을 쓴다는 건 아니겠지?

최현우　딩동댕! 정답!

이이화　뭘 쓰는데?

최현우　차차 말해 줄게.

이이화　쓰면 뭐 하니? 맨날 떨어지던데….

최현우　어? 알고 있었네?

이이화　옛 관계에 대한 예의랄까. 매년 1월 1일이면 신문을 봐. 니
　　　　이름은 어느 곳에서도 볼 수 없었지만.

최현우　그래도 최종심까지는 올랐잖아. 우리 술이나 한잔할까?

이이화　술은 무슨….

최현우　원래 신춘문예 떨어진 사람한테 위로주 사 주는 거야. 나
　　　　최종심에서 네 번 떨어졌거든.

이이화　네 번?

최현우　그래, 네 번. 오늘 나한테 4차까지 사라.

이이화　하하하.

최현우　드디어 웃었다! 이화가 웃었다. (이화의 목소리를 흉내 내듯이)
　　　　이화가 울면 이화우 흩날릴 제, 이화가 웃으면 이화만발!

• 두 사람 함께 웃다가 나간다. 암전.

1막 4장 〈해설사〉 (늦은 오후, 거리)

• 문화해설사가 사람들을 데리고 은행나무 아래를 지나간다. 현우와 이
　화가 문화해설사 앞을 지나간다.

해설사　여기에서 잠깐 멈춰 보세요. (관객에게) 다 같이 손을 모아
　　　　보세요. 소원을 말하고, 기도를 드리세요. 제 말을 잘 따

라 주셔야 한옥마을을 제대로 구경할 수 있어요. 이 나무
는 600년 된 은행나무인데요, 이 나무 아래에서 기도를 다
섯 번 하면 아들을 낳는다는 말이 있어요. 이 나무도 이렇
게 늦둥이를 봤어요. 자, 기도하세요. 처녀 총각들은 하지
마세요. 해찰하지 마시구요. 다음 보실 곳은 경기전입니다.
빨리 가시게요. 빨리 가야 많이 보죠.

• 암전.

1막 5장 〈나대기〉 (밤, 민박집 마당)

• 이화와 현우가 툇마루에 앉아 있다. 약간 비워진 소주 한 병.
• 둘 다 조금은 취한 듯 다소 흥분된 모습이다.

최현우 (술잔을 입에 대기만 하고) 허, 취한다…. 벌써 네 번째. 이건 정
말 잔인한 거야. 미술대회나 음악대회면 최우수상이나 우
수상일 수도 있는데 말이야.

이이화 억울하면 가서 따져. 왜 신춘문예는 딱 한 사람만 상을 주
는 건가요? 미술, 음악, 체육처럼 순위를 정해 주세요.

최현우 그런데 말이야, 그게 약점이자 치명적인 매력이지. 하하하.
(정색하고) 아, 청춘을 다 바친 신춘문예에서 또 낙방하다니,
내가 더 이상 무슨 낙으로 살아야 할까. 그래서 어느 날인
가 포장마차에서 소주를 마셨지. 네 번째 낙선을 기념하는
마흔 번짼가, 마흔한 번짼가, 건배를 하면서.

이이화	한 잔? 두 잔?
최현우	아니. 석 잔.
이이화	우와! 그거 치사량일 텐데.
최현우	그건 중요한 게 아니야. 마지막 술잔을 든 내 눈에 (일부러 더 흥분한 것처럼) 노랗게 칠해진 어느 건물이 보였어. 무작정 달려갔지.
이이화	술값은?
최현우	술값? 글쎄. 받으려고 안 했던 것 같은데…. 헌데, 그건 중요한 게 아니야. 건물에 들어서자마자 옥상으로 올라갔어. 엘리베이터는 타지 않았어. 그냥 쏜살같이 계단을 뛰어올랐지. 그리고 활짝, 옥상 문을 열었어.
이이화	왜 옥상문이 열려 있었을까?
최현우	요즘은 옥상을 개조해서 찻집이나 녹지 조성을 한 곳이 많거든. (사이) 웅, 웅, 씌웅, 씌웅, 바람이 불었어. 온몸이 아리듯이 차가웠지.
이이화	아, 상쾌한 바람!
최현우	아니야. 태풍이 온 것 같았어. (흥분해서) 내 몸이 마구 흔들릴 지경이었지. 나는 바람을 헤치고 난간에 섰어. (난간에 선 것처럼) 바람이 계속 불었지. 위태로운 순간들이었어. 나, 조금만 잘못했어도 죽었을지 몰라. 근데 그때 갑자기 뭔가가 내 얼굴로 쏟아져 내리는 거야.
이이화	별빛? 달빛?
최현우	아니, 신문지. 바람이 얼마나 심하게 불던지 신문지들이 마구 하늘을 날아다녔어. 그중에 한 장이 내 얼굴을 덮친 거지. 나는 신문을 읽지 않을 수 없었어.

이이화	죽으려고 한 사람이 신문 읽어서 뭐 하려고?
최현우	저승 가면 그곳 사람들이 이승 소식을 물어볼 거 아냐. 가장 최신 뉴스로 알려 드려야지. 헌데 그 신문에서 아주 재미있는 기사를 발견했어.
이이화	뭔데?
최현우	은행나무. 전주한옥마을 전주 최씨 종대에 있는 600년 된 은행나무가 자손을 보았다, 뭐, 그런 내용이었어.
이이화	그게 그렇게 중요했어?
최현우	(일부러 흥분한 것처럼) 그건 우연이 아니거든. 숱하게 솟은 빌딩숲에서 하필 그 빌딩을 선택했다는 것, 숱하게 많은 층수 중에서 하필 옥상을 선택했다는 것, 숱하게 떠돌던 그 많은 신문지 중에서 하필 24면 신문지가 내 얼굴을 덮었다는 것, 숱하게 많은 기사 중에서 하필 그 박스기사를 먼저 읽었다는 것, 숱하게 많은 글자 중에서 하필 전주 최씨라는 단어가 눈에 띄었다는 것…. 우연을 가장한 필연이랄까? 내가 전주 최씨잖아. 저승에 가면 당연히 선조들을 뵐 텐데 얼마나 궁금해하시겠어?
이이화	그래서 전주한옥마을까지 오셨다? 이 은행나무를 보고 죽겠다고?
최현우	맞아. 저승 가면 그 나무를 심은 분도 만날 수 있잖아.
이이화	보니까 어때?
최현우	그냥 나무더라고. 새끼라고 해서 똑같이 생긴 줄 알았는데.
이이화	똑같이?
최현우	똑같이. 크기도 모양도 다 똑같이. 나무는 조금 다를 줄 알았어. 제크와 콩나무처럼 말이야.

이이화　(심각하게) 그런데… 정말 죽으려고 한 거야?

최현우　ㅎㅎㅎ. 왜? 걱정되니?

이이화　걱정은 무슨….

최현우　애초부터 죽겠다는 생각은 없었어. 그냥 극적인 뭔가가 필요했어. 한두 번도 아니고 네 번이나 떨어졌는데, 어떤 제스처가 필요하지 않겠어? 난 예술가를 꿈꾸는 사람이니까.

이이화　(박차고 일어서며 차갑게) 넌 똑같아. 그때나 지금이나.

최현우　(갑작스러운 반응에 놀라) 아니야. 나 변했어.

이이화　변하지 않았어. 변한 척하고 있을 뿐이야.

최현우　…. 그래, 난 똑같아. 변한 게 없지.

이이화　(화내며) 넌 정말 구제불능이야.

최현우　그래. 난 구제불능이야. 모두들 그렇게 말하지.

이이화　(소리치며) 넌 나쁜 놈이야! 넌 겁쟁이야!

최현우　(소리치며) 그만해! 네가 뭘 알아. 대체 뭘 아냐고!

- 이화, 툇마루에 앉으려고 하면, 현우는 뭔가 할 말이 남았다는 듯 진지한 표정으로 이화의 팔을 잡으려 하고.

이이화　이 집에서 나가줘.

- 아련한 음악과 거리를 지나는 사람들의 시끄러운 소리들.
- 슈퍼 아저씨 나대기가 들어온다.

나대기　어이, 딸내미.

이이화　(놀라서) 어, 아저씨.

나대기   왜 그리 놀라? 어이, 딸내미. 나, 방 하나 줘.

이이화   바로 옆에 집 놔두고 무슨 방이요?

나대기   마누라가 어찌 그리 방구를 뀌어 쌓는지 내 코가 다 헐었어, 헐었어.

  • 슈퍼 아줌마 순자가 삶은 고구마를 들고 따라서 들어온다.

오순자   하이고, 나만 뀌는가? 내 방구는 그래도 조신허지. 자기는 뿡, 뿡, 대포를 쏘믄서.

나대기   내 방구는 소리만 커. 당신 방구 냄새가 어떤지 알아? 허이구, 은행 밟은 냄새는 양반이여, 양반.

오순자   당신 발 꼬린내보다 낫어.

이이화   그만하세요. 싸울 일도 아니구만.

오순자   딸내미, 고구마 좀 쪘는데 먹어 봐. 맛나.

나대기   고구마? 큰일 나브릿네, 큰일. 고구마 먹고 방구 끼믄 이를 어쩐다냐.

오순자   하이구, 그려, 그려. 오늘 밤에 고구마 방구 냄새 좀 맡어 봐.

  • 현우가 수돗가에 조용히 앉아 있다가 소리를 내서 얼굴을 씻는다.

오순자   어이구, 놀래라. 저 총각은 누구여? 총각, 와서 방구 좀 먹어. 아니, 고구마 좀 드셔.

  • 순자가 싫다는 최현우를 기어이 잡아끌고 고구마를 까 준다. 이화와 현우는 어색하지만, 대기·순자 곁에 앉아 고구마를 먹기 시작한다.

나대기 어라? 숨겨 둔 남자친군 줄 알았드만, 아까 그 손님이네. 아따 우세스럽네, 기냥.

오순자 (현우에게 고구마를 까 주면서) 우세스런 것을 아는 양반이 마누라 방구 낀다고 동네방네 소문을 내고 댕겨?

나대기 소문은 무신…. 내가 딱 여기 딸내미헌티만 말했어.

• 이화가 자리를 피한다.

오순자 우리 손님은 유부남이여, 총각이여?

최현우 결혼 안 했어요.

나대기 넘의 남자가 결혼을 했든 안 했든 무슨 상관이여? 자네 남편 결혼했는가 안 했는가나 궁금해 혀.

최현우 (부부가 싸우려고 하면 말리듯이) 아저씨, 여기 오래 사셨어요?

나대기 암만. 내가 육이오 끝나자마자 태어났응게, 딱 육십 년 살었는가 비네.

최현우 그럼 저 은행나무 관련된 전설이나 그런 거 아세요?

나대기 암만. 알지. 한옥마을서 산 사람치고 모르는 사람이 있가디. 내가 아들만 여섯이여. 우리 나이치고는 쫌 많제. 그것이 다 저 은행나무 덕 아닌가.

오순자 은행나무는 무신…. 은행나무가 낳았어? 내가 낳았지.

나대기 그려, 당신이 낳았지. 애도 숨풍숨풍 잘 낳더만, 숨풍숨풍 방귀도 잘 뀌어.

최현우 저 나무가 아들 낳게 해 준 나문가요?

나대기 암만. 아들만 낳게 해 주는 것이 아니고, 신통방통 나무지. (아내 눈치를 보며) 모든 집에 평화를 주고, 안식을 주고, 기쁨을 누고, 축복을 주시지. 할렐루야!

오순자 교회 댕기는 사람이 왜 그런 미신을 믿고 그런대? 아멘!

나대기 미신이 아녀, 이 사람아. 교회를 댕겨도 믿어얄 건 믿어야지. 할렐루야!

오순자 (혼자서 중얼거리며 기도를 시작한다) 하나님 아부지, 용서하소서.

나대기 이 나무가 전주 최씨 종가를 아주 오래오래 지켜 주고 있지. 600년도 넘었다고 혀. 이 나무를 심은 양반이 최담 씨라고도 허고, 그 아들인 최덕지 씨라고도 허고. (아내의 기도에 맞춰) 할렐루야!

오순자 하이고, 600년 전이라면서 누가 심었는지, 누가 알것어.

나대기 암만. 모르지. 헌디 나는 최담 씨보담도 그 아들내미가 심었다는 디에 한 표여. 자녠, 기도나 혀. 하나님헌티 물어보등가.

오순자 하나님 아부지, 용서하소서.

최현우 아까 한옥마을 안내 책자도 읽었고, PC방에서 자료도 찾아봤는데, 재밌는 이야기가 많더라구요.

나대기 암만. 많지. 과거 보러 갈 적으 절을 하고 가면 장원급제는 따 논 당상이고, 은행나무 아래서 기도를 드리믄 아들 낳는다고 허고. 그래서 기도허는 사람들이 쉴 새 없이 모이지. 다른 나무 밑에는 장기 두고 윷놀이허고 그러는디, 어디 이 나무서 그런 사람 있던가? 다른 나무랑은 차원이 다르잖여.

오순자 지나가던 개도 오줌을 안 눠.

최현우 언제부터 그런 신통한 힘이 생긴 거예요?

나대기 언제? 아주 옛날부터지. 이 나무가 심가졌을 때부텀이것지. 근디 왜 자꾸 묻는 것이여?

• 이화, 마실 것을 가지고 들어온다.

최현우 사실은 은행나무 이야기를 글로 써 볼까 해서요.

나대기 뭔 글? 소설, 뭐 그런 거? 작가 선생님이신가 보네?

오순자 뭔가 눈빛이 다르다 했더니만 보통 양반이 아니었구만.

최현우 아니에요. 아직 작가는….

나대기 작가가 아녀?

이이화 (조심스럽게) 아직 작가는 아니지. 신춘문예 떨어졌잖아.

나대기 떨어졌다고?

최현우 (이화 보고) 떨어졌다기보다는 2등만 네 번 했다고 하자.

나대기 2등만 네 번?

오순자 2등이라도 네 번이나 했으믄, 실력이 짱짱하다는 소리 아녀?

나대기 초짠감만, 초짜!

최현우 (조금 흥분해서) 초짜는 아니구요. 연극도 한두 편 써 봤구요. 대학 다닐 때는 문학상도 많이 탔어요.

나대기 상?

오순자 많이 탔어?

나대기 아따, 연극도 하고….

오순자 상을 많이 탄 작가 선생님이시구만.

최현우 (이화 눈치 보고) 아니요. 아직 작가라고 하기에는….

오순자 유명허든 안 혀도 실력이 있으믄 그만이지. 요즘은 이름보다 실력이랑게. 우리 교회 목사님 봐요. 신도는 몇 명 안 돼도 얼매나 말씀도 잘하시고 성령이 충만혀?

나대기   암만. 할렐루야여. 한옥마을 전설로 소설을 쓴다니께 우리
가 적극적으로다가 지원을 해야긋네.

최현우   (난처한 표정으로) 지원이요? 아니, 저는 아직 그렇게 실력이
좋은 사람은 아닌데요.

나대기   신춘, 그거 2등을 여러 번 했담선. 그믄 됐지, 뭐.

오순자   소설도 쓰고, 연극도 허고 그믄 좋것네.

나대기   암만. 좋지. 어디 그뿐이여? 티비 드라마도 하고, 영화도 찍
고 그러것지. 꿈자리가 좋더니만 이리 좋은 일이 생기네.

최현우   아저씨, 저는 아직 그럴 만한 작가가 아닙니다.

  • 이화, 현우를 조금 다른 눈으로 바라본다.

나대기   아따, 비싸게 굴기는. 그리서 안 쓸 거여?

최현우   쓰긴 쓰죠. 은행나무로 글을 쓰러 왔으니까.

나대기   그믄 됐지, 뭐.

오순자   이 양반이 그리도 한옥마을발전위원회 부위원장님이여.
말 한마디면 시의원님도 오셔.

나대기   암만. 문자만 보내도 와. 허허. 내가 힘 좀 쓰믄 될 것잉만.
내가 이러고 있을 일이 아니지. (나가면서) 아 참. 나 이 집서
똥 좀 싸고 가께. 나는 이 집 변소가 참 좋더라.

  • 대기·순자 부부 퇴장하면.

이이화   발등을 찍었구나.

최현우   그러게.

이이화   정말 쓸 거야?

최현우   쓰긴 써야지.

이이화   정말 저 나무에 관심이 있었던 거야?

최현우   진짜 은행나무 이야기가 궁금해서 왔다니까! 단지 그뿐이
야. 그래서 열흘이나 계약했잖아. 조사하고 인터뷰하고, 글
쓰고, 열흘!

나대기   (화장실에서 나오며 현우에게) 근디 말이여. 내가 부탁이 하나
있는디⋯. (속삭이듯) 여자 주인공 이름은 순자가 어뗘?

최현우·이이화   순자?

• 암전.

2막 〈은행나무꽃을 본 적 있나요?〉

2막 1장 〈작가〉 (밤, 은행나무)

- 현우가 은행나무 아래에서 우두커니 하늘을 보며 생각에 잠겨 있다. 이화 다가온다.

최현우 나에게 보낸 엽서 기억해?

이이화 아니.

최현우 아! 나는 감동이었는데 너는 기억도 못 하다니…. 은행나무 그려서 보냈잖아. (떠보는) 근데 왜 은행나무를 파랗게 그렸니?

이이화 내가 언제?

최현우 파란색이었어.

이이화 노란색이야. 그거 노란 은행잎을 작게 오려 붙여서 보낸 거거든.

최현우 하하. 걸렸는걸! 왜 뻔히 알면서 모른척해?

이이화 자존심 상하니까. 네가 답장 안 보냈잖아.

최현우 안 보낸 거 아니다. (진지하게) 엽서에 보내는 사람 주소가 없었어.

이이화 푸하하하. 변명이 너무 궁색하다. 그나저나 시작은 했니?

최현우 아니.

이이화 어쩌냐?

최현우 쓰면 되지.

이이화 그게 그렇게 빨리 써져?

최현우 그때그때 달라요.

이이화 정말 은행나무 보러 온 거야?

최현우 그렇다니까. 몇 번째 물어봐? 너 혹시… 너를 만나러 온 거 아니냐, 이런 말이 듣고 싶은 거야?

이이화 꿈도 야무지다.

최현우 정말로 저 은행나무 때문에 왔어. 그런데 환상처럼 네가 내 눈앞에 나타난 거지.

이이화 판타지야? 참, 은행나무 공부는 했어? 은행나무는 암나무와 수나무가 있어. 가까운 거리에서 서로 마주 봐야 열매를 맺는단다.

최현우 서로 바라보기만 해도 저절로 사랑이 샘솟아서 탐스러운 열매를 맺는 건가?

이이화 오, 그렇게 말하니까 진짜 작가 같네.

최현우 (폼 잡고) 그대와 내가 마주 보면…. 사람도 그렇겠지? 서로 마주 보아야 인연이 더 깊어지겠지?

이이화 아니. 그런 것만은 아닐 거야.

최현우 나무도 자신의 존재를 알리기 위해 씨를 뿌리는데 나는 뭔가, 싶어. (한숨을 쉬고) 은행나무꽃, 본 적 있니?

이이화 은행나무꽃? 처음 들어 보는 것 같다. 은행나무꽃! 멋진데?

• 이화가 은행나무 아래를 살피다가 뭔가를 줍고, 주먹을 쥔 뒤 현우에

게 내민다.

이이화 맞혀 봐.

- 이화가 현우의 손바닥에 조심조심 은행을 놓는다.

최현우 은행 열매?

이이화 이건 은행 열매가 아니라 씨야.

최현우 씨? 냄새난다. 버려라.

이이화 은행에서 나는 냄새는 소중한 자신의 아이를 보호하려는 어미의 마음이야….

최현우 하하하. 그만해. 은행 냄새가 어미의 냄새라…. 슈퍼집 아주머니는 대단한 모성애를 가진 모양이네.

- 두 사람의 웃음소리 커지면서 암전.

2막 2장 〈해설사〉 (낮, 거리)

- 우산을 쓴 문화해설사가 사람들을 데리고 빠른 걸음으로 지나간다.

해설사 조금 빨리 걸으시게요. 제 말을 잘 따라 주셔야 한옥마을 구경을 제대로 할 수 있어요. (말을 빠르게) 이 나무는 오래된 나뭅니다. 자, 비가 오니까 은행나무에서 잘 삭은 냄새가 나지요? 어때요? 자, 이제 서둘러 가시게요. 해찰하지 마시구요.

- 암전.

2막 3장 〈마케터〉 (낮, 민박집 · 은행나무)

- 낮은 책상에서 글을 쓰고 있는 현우. 고민이 많다.
- 나대기가 들어와 현우에게 여러 사람을 소개한다. (관객을 대상으로 시의원 · 종손 · 목사 등을 연출한다. 경우에 따라 관객에게 짧은 대사가 써진 종이를 주기도 한다) 최현우는 그 자리가 민망하고, 맘에 들지 않는다.
- 이화는 주변에서 현우를 애처롭게 바라본다.

나대기　(관객 보고) 의원님 오셨네. (현우 보고) 이분이 여기 교동 시의원 ○○○ 의원님입니다. 바쁘실 텐디 어찌 여그까장 오셨어요, 잉? 아, 우리 최 작가님 응원차 오셨다구요? 암만, 우리 의원님은 참말로 대단헌 분이랑게요. 우리 최 작가한테 좋은 말씀 한마디 해 주시죠.

시의원(관객)　반갑습니다. 제가 여기 시의원입니다. 기대가 아주 큽니다. 해리포터나 반지의 제왕 효과 아시죠? 소설 한 편이 자동차 수출 금액보다 더 많은 세상입니다. 그걸 스토리텔링 마케팅이라고 하지요. 한옥마을 발전을 위해서 잘 부탁드립니다. 하하하. 저도 최씹니다.

나대기　(관객 보고) 허이고, 전주 최씨 연촌공파 종손님도 오셨네.

종손(관객) 아주 장한 일을 허신다고 들었습니다. 우리 연촌 선생은 인품이 뛰어나고 오복을 두루 갖춘 인물이었지요. 전주 최씨는 조선시대에만 문과 급제자가 109명이고, 생원진사시(生員進士試)를 포함하면 급제자가 500명도 넘습니다. 그 내용을 다 써 주세요. 하나도 빼지 말고요. 500명. 잘 부탁합니다.

나대기 (관객 보고) 할렐루야. 목사님 오셨어요? 우리 최 작가가 좋은 작품을 쓸 수 있도록 기도 부탁드립니다.

목사(관객) 기도합시다. 아멘.

나대기 최 작가, 잘되는가? 왜 그려? 날이 궂어서 그려? 자네가 존 일을 헌다고 다들 먼 걸음을 허시는구만. (목록표를 꺼내서 보고하듯이) 내일 아침 일찍 중랑장공파 종손이 오신다고 혔고, 점심에는 소윤공파 종손·종부님, 송애공파 종손·종부님이 점심을 함께 허것다고 연락이 왔어. 내일 저녁에는 우리 자치회 사람들 모이라고 혔어. 암만히도 우리가 방세 정도는 내 줘야 할 것 같아서 말이여.

최현우 아닙니다. 절대 그러실 필요 없습니다.

나대기 사양하면 우리가 미안허지. 모다 선의로 허는 일잉게. 헌디 작품은 언제나 나오는가? 벌써 열흘 안 넘었는가?

최현우 그렇게 빨리 나오는 게 아닙니다.

나대기 그려, 그려. 내가 뭘 알것는가? 여튼, 욕보소. (나가면서 혼잣말로) 얼마나 대단헌 작품을 쓴다고 이렇게 오래 걸려?

- 현우, 한숨을 쉬고 펜을 책상에 내려친다.
- 암전. 암전에서 들리는 소리.

(E·여) 전주한옥마을을 찾아주신 관광객 여러분께 알려 드립니다. 한옥마을 관광안내소는 평일 오후 2시, 주말 오전 10시, 오후 1시·3시, 해설사와 함께하는 한옥마을 투어를 진행합니다. 특히 오늘부터 일주일 동안은 밤 7시와 9시에 야간투어를 진행하오니, 관광객 여러분의 많은 관심 바랍니다.

2막 4장 〈선수〉 (밤, 민박집 마당)

· 이화, 인형을 놓고 앉아 있다.

이이화 (인형을 들고) 나쁜 사람 같지는 않지? 이상한 사람은 맞아. 많이 엉뚱해. 한마디만 하면 금방 삐지고 툴툴거려. 어떤 때는 말이 너무 빨라서 못 알아듣겠어. 제일 큰 문제는 습관적으로 한숨을 쉰다는 거야. 그리고 웃긴 건 그 사람 글 쓴다고 앉아 있으면 입술이 툭, 튀어나온다. 하하하.

최현우 (화장지를 들고 나오면서) 다 들었어. 내 욕하고 있었지?

이이화 (놀라서) 아니. …. 없는 줄 알았어. 미안해. (코를 막고) 냄새나.

최현우 푸세식이 편해졌어. 생각도 잘 나는 것 같고. (옷 냄새를 맡으며) 너무 오래 있었나?

이이화 정말 편해? 뒤에 가면 수세식 화장실 있는데….

최현우 아, 뭐야. 수세식 있었으면….

이이화 저기 쓰여 있잖아.

· 보면, 종이에 써진 안내판 〈좋은 화장실은 뒤에…〉

최현우 (급하게 흥분하며) 저 말은, 지금은 없는데, 뒤에, 나중에 만들겠다, 이런 뜻 아니었어? 참 나. 그럼 옛날 화장실 문은 못 들어가게 막았어야지.

이이화 수세식 화장실은 한겨울에 물이 얼어서 못 쓰는 날도 있거든. 그래서 옛날 화장실도 그냥 놔뒀어.

최현우 에잇.

이이화 쪼그려 앉아 있느라 힘들었을 텐데, 과일 좀 먹어. (과일을 깎으며) 부담 많이 되지?

최현우 (한숨 쉬고) 일이 이렇게까지 커지다니…. 아, 도망가고 싶을 뿐이야.

이이화 (최현우를 빤히 보며) 도망?

최현우 아니, 아니야. 그냥 해 본 소리야.

이이화 얼마나 썼어?

최현우 시놉을 다시 정리하는 중이야. 주요 장면은 몇 개 썼고. 소설로는 잘 안 풀어져서 어제부터 연극 대본 형식으로 하고 있어.

이이화 힘들어 보여. 오늘은 좀 쉬어.

• (방에 들어가서) 이화가 한지등을 켠다.

최현우 오우, 분위기 좋은데.

이이화 선물 받았던 거야.

최현우 누구한테서?

이이화 나한테서. …. 내가 만들었거든. 다른 사람한테 선물해야 할 것 같아서 포장해 뒀는데, 며칠 전에 뜯었어. 그리고 나한테 선물해 줬어. 내가 나에게.

최현우 왜 이렇게 쎈치해? …. 힘든 일 있어?

이이화 아니. …. 아침에 비가 왔잖아.

최현우 달랑 비 때문에? 가수 '비'도 아니고?

이이화 그래, 비! 아침에 비가 오는데 너무 좋은 거야. 나는 그때 어느 처마 밑에서 누군가와 드문드문 이야기하며 서 있는 상상을 했어.

최현우 누구? 나?

이이화 그냥 있어.

최현우 애인?

이이화 훗.

최현우 나도 지금은 없는데… 연애했어?

이이화 뭐, 그냥, 조금.

최현우 못 해 봤구나. 내가 처음이자 마지막? 이거 영광인걸.

이이화 아니야. 더 했어.

최현우 딱 보면 나오지.

이이화 그럼, 너는?

최현우 나는 선수잖아.

이이화 선수? 선수신데 열흘이 넘도록 휴대폰이 잠잠할까?

최현우 지금은 없다고 했잖아.

이이화 …. 왜?

최현우 내 맘이지. 나는 선수라 여자가 필요할 때만 사귀거든.

이이화 진심이야?

최현우 뭐가? 이 여성분께서 정말 내 실력을 못 믿으시나 보네. (원고를 가져와서) 잘 들어 봐. "내 마음이 하늘이라면 당신은 아마도 늘 그곳에 있는 작은 별일 거야. 오늘도 나는 너를 세면서 살고 있어."

이이화 왜 작은 별이야?

최현우 (느끼하게) 작은 별을 보려면 자세히 오래 봐야 하니까.

이이화 으, 느끼해, 느끼해. 진짜 선수 같아.

최현우 잠깐, 아직 안 끝났어. (이화를 지긋이 보고) 당신이 작은 별이어서 감사해요.

이이화 으, 느끼 찬란. 느끼 빤쓰.

최현우 느끼 찬란, 느끼 빤쓰라니? 인형 만드는 사람이 이 정도 감성도 없어서야.

이이화 그건 미안한데, 그래도 쫌 그래. 왜 신춘문예 떨어졌는지 알겠어.

최현우 앗, 내 트라우마를 건드리다니.

이이화 미안해.

최현우 미안하면 나 좀 도와줄래?

이이화 뭘?

최현우 어제 보여 준 부분 있지.

이이화 흡월?

최현우 그 부분을 꼭 넣어야 할 것 같긴 한데, 상황 자체가 이해가 안 돼.

이이화 이런 거 어때?

• 이화가 면장갑 한 짝을 말아 오른쪽 손가락에 끼워 손인형을 만든다.

이이화 달의 정기를 받아들이는 장면이야. 여자 주인공이 은행나무 아래에서 두 팔을 벌리고 이렇게 서 있어.

- 이화가 오른손 손가락에 낀 인형의 팔을 벌리고, 큰 숨 들이쉰다. 한참 있다가 숨을 내쉰다. 인형과 이화가 한 몸으로 움직인다.

이이화 (왼손으로 허벅지를 치며) 유모가 크게 손뼉을 치지. 한 숨통! 그때 주인공은 이렇게 말하는 거야. 비옵나니, 비옵나니, 제 몸에 깃드사이다. 참, 주인공 이름은?

최현우 아직. 지금도 그냥 순자야.

이이화 푸하. 순자? 들을 때마다 웃겨. 어쨌든, 우리의 여주인공 순자 씨는 계속 달의 정기를 빨아들여. 마침 바람이 불고, 은행나무 이파리들이 날리기 시작해.

- 이화, 박수를 치고. 다시 면장갑 인형과 함께.
- 현우는 이화가 연출하는 장면보다 이화에 빠져든다.

이이화 두 숨통! 아! 내게 들어오시느라고 이렇듯 몸이 뜨겁고 숨이 가쁜 것인가? 세 숨통, 네 숨통! 서방님. 서방님의 다른 생명. 이 은행나무가 들려주는 소리를 듣고 싶어요. 종소리가 들려요. 종소리, 저 힘찬 종소리. 서방님이 제 이름을 불러 주는 것 같아요. 순자, 순자. 푸하하. 이를 어쩌나. 감정선이 순자 씨에서 전혀 살지 않아. 순자를 주인공이라고 하기에는 쫌 그렇지 않아?

최현우 쫌? 많이 그렇지. 자, 다시 그 상황으로 가 보자. 그때 몰래 아내를 보고 있던 최덕지가 그제야 아내의 마음을 이해하는 거겠지? 아, 순자, 순자, 최덕지의 작은 목소리가 순자의 몸에 스미듯이 작은 소리로 이름을 부르면, 그때, 갈등 해소!

이이화 아니. 한 번 더 해야 해. 다섯 숨통! 여기까지. (스스로 연기를 하면서. 천천히, 마치 자신의 삶을 내보이듯) 그예 밤은 가시는가 요. 아름다운 아침을 약속했던 밤은 기어이 가고야 마는 것 인가요. 홀로 남겨 두고, 시방, 기언시 가고야 마는 건가요?

최현우 시방? 기언시?

이이화 (눈물을 닦고) 전라도 사투리야.

최현우 갑자기 사투리를 왜 써?

이이화 그냥 하나 써. 시방은 사투리 아니고 표준어야.

최현우 아! 대사는 좋은 것 같은데, 다시 한번만 말해 줄래?

이이화 안 적었어? 난, 생각 안 나. 뭐라고 했지?

최현우 내 머리도 그렇게 좋진 않아. …. 차라리 우리 같이 쓰자. (진지하게, 연인에게 말하듯) 난 당신의 감성이 꼭 필요해.

이이화 난 작품을 써 본 적이 없는데?

최현우 방금 한 말들 있잖아. 그게 내가 원하는 것들이야. 인형도 함께 만들면 좋지 않을까? 어떤 구체적인 형상 같은 것들 이 보일 것 같은데….

이이화 좋아. 같이 해. 사실 나도 관심이 있었거든.

최현우 예전에도 몇 번 그런 생각이 들었어. 혹시 우리가 아주 먼 과거에도 연인이지 않았을까, 하는.

이이화 왜?

최현우 너와 내가 만나고 사랑하고 이별하고 다시 또 만나는 순간 순간이 너무나 자연스러웠던 것 같아서.

이이화 훗. 이번엔 정말 선수 같았어. 그때도 그랬던가, 당신은?

- 이화, 갑자기 일어나서 나간다. 눈물을 감추려는 듯. 암전.

2막 5장 〈해설사〉 (밤, 거리)

- 문화해설사가 은행나무와 다른 쪽으로 사람들을 데리고 지나간다.

해설사 자, 이쪽으로 오세요. 제 말을 잘 따라 주셔야 한옥마을 구경을 제대로 할 수 있어요. (말을 빠르게) 오늘 야간투어에서는 아주 특별한 이벤트를 준비했어요. 전동성당이 박신양·전도연 씨가 출연한 영화 〈약속〉의 배경지라는 것 모두 아시죠? 정말 감동적이었죠? 여러분들 중에서 이 장면을 흉내 내시는 분들에게 선물을 드릴 거예요.

- 문화해설사는 관객들에게 대사를 주고, 시킨다. (관객에게 영화 〈약속〉의 마지막 부분을 읽게 하는 이 장면은 최현우와 이화의 사랑 이야기와 흐름을 함께하니, 꼭 진행한다)

채희주(관객) 이번엔 신부에게 묻겠습니다. 신부 채희주는 신랑 공상두를 남편으로 맞이하여 영원토록 한 지아비만을 모시며 살 것을 서약합니까? 네. 이에 두 사람의 결혼이 원만히 이루어졌음을 선포합니다. 다음은 주례사야. 신랑 공상두는 18세에 부산 남포동 뒷골목 양아치로 입문하여 그 후 이십오 세라는 약관의 나이로 상두파를 조직, 두목의 자리에 앉게 됩니다. 현재 많은 사업장에 카지노까지 가지고 있는 재력

가로서 딴에는 야쿠자의 한국 상륙을 원천 봉쇄한다는 미명 아래 온갖 폭력을 자행한 되게 나쁜 놈입니다.

- 채희주가 공상두에게 말하라고 쿡 찌른다.

공상두(관객) (주저하다가) 신부 채희주는 우선 총명합니다. 심청이 못지않은 효녀입니다. 또한 미국까지 가서 공부하고 온 꽤 괜찮은 의삽니다. 푸른 들판과 같은 미래가 있습니다. 곧장 가면 그걸로 만사형통입니다. 어느 날 벼락을 맞죠. 진 구덩이에 빠집니다. 나오라 해도 안 나옵니다. (잠시 말을 못 잇는다) 미친개한테 물린 거죠. (울먹이다가 눈물이 주르륵 흐른다. 사내의 첫 눈물이다) 당신께서 저한테, '니 죄가 무엇이냐'고 물으셨을 때, 이 사람을 만나고, 사랑하고, 홀로 남겨 두고 떠난 게 가장 큰 죄일 것입니다. (눈물범벅이 된다) 하지만 이 사람을 사랑하는 데 있어서만큼은 정말이지 인간이고 싶지 않았습니다.

- 해설사의 감사 인사와 함께, 암전.

2막 6장 〈순자〉 (밤, 민박집 마당)

- 이화와 현우가 인형을 만들고 있다. 얼굴 부분을 만들며 옥신각신한다.

이이화   그 사람은 엄청나게 잘생겼대. 이지적이고.

최현우   그러니까 나랑 비슷하게 만들면 되지.

이이화   넌 정말 아니라니까.

- 대기 부부 들어온다. 순자는 무를 깎아 먹고 있다.
- 대기는 현우야, 현우야, 하면서 개를 부르고 쓰다듬는다.

나대기   현우야, 현우야, (개를 부르는 손짓) 이놈 장가가야긋는디. 어디 좀 보자. 아이구, 이놈이 나를 무네. (발로 차는 시늉)

이이화   아저씨 오셨어요? 그러지 마세요.

나대기   청춘 남녀 둘이서 뭐 허는 것이여, 시방? 딱 붙어 가꼬는.

오순자   (들어오며) 당신이 뭘 걱정이여?

나대기   소문이 요상시런게 그러지. 둘이 붙어 댕긴다고 동네서 짜 허드만.

오순자   기운 펄펄한 청춘 남녀가 그럴 수도 있지, 뭐.

나대기   자네는 시방 글 안 쓰고, 뭣 혀? 글을 다 쓴 모냥이제?

최현우   아직….

나대기   서너 밤 자믄 한 달이여!

이이화   아저씨, 작품이 그렇게 빨리 나오나요?

나대기   물론 그것이 쉽게 나오지는 않겠지.

오순자   (무 조각을 건네며) 최 작가님, 이것 쪼까 잡사 봐. 매옴허니 좋네.

나대기   내가 뭐 도와줄 것은 없을랑가? 나도 예전에 예술 허던 사람인디.

오순자   이 양반은 멀쩡헌 쌀밥 먹고 왜 씨잘떼기 없는 소리를 허고 그려.

나대기 씨잘떼기 없다니. 내가 어릴 적으 저어기 매곡교 아래 쇠전 강변 천막극단에서 소리도 보고, 국극도 보고 다 그릿는디.

오순자 진짜로 쓰잘데기 없는 소리구만. 근디 어쩌게 쓰고 있어?

최현우 그냥, 뭐. 조금씩, 조금씩.

나대기 딸내미헌티 자네가 부담이 크다고 들었네. 우리는 본시 자네가 이거 쓰는 것을 비밀로다가 헐까 했었는디, 이 여편네 주딩이가 가만있들 안 혔어.

오순자 내가 무신…. 당신이 시의원님헌테 곧바로 전화했으면서.

나대기 아, 다른 사람은 몰라도 시의원님은 알고 기셔야지.

오순자 허이고, 그 냥반이 알믄 그것이 뭐 비밀이 되간디. 주둥이가 막걸릿집 대폿잔 같어서.

나대기 아, 자네는 안 그릿어? 담배 사러 오는 사람들헌티도 자랑해놓고는.

오순자 자랑을 헐 만형게 했지요. 존 일잉게.

나대기 내가 그 속을 모를 줄 아능가?

이이화 그만하세요. 이미 알려진 건데요, 뭐.

오순자 쫌만 구경허믄 안 되는가? 뭐, 내가 본다고 뭘 알것어?

• 순자가 원고를 뺏어서 본다.

오순자 (넘기다가) 진짜로 순자네, 여자 주인공이 순자여. 그믄 내가 주인공이여?

나대기 다 남편을 잘 둔 덕이여.

오순자 그건 그려.

나대기 (원고를 가락에 맞춰 흥얼흥얼) "호젓한 천변. 최덕지 뒤를 순자가 따른다. 발걸음은 가볍다. 주위를 의식하는 최덕지. 순자는 최덕지와 대화를 나누면서도 가만히 있지를 못한다." 여기서부터는 서로 말하는 부분이네. 여기, 자네가 한번 히 봐.

오순자 내가 어떻게 혀?

나대기 아, 왜 못 혀? 자네가 순자 아녀? (최현우에게) 이 사람이 가끔 이 동네 해설사도 허고 그려. 솔찬히 잘헌당게. 똥그란 모자 딱, 쓰고, (귀와 볼 사이를 가리키며) 요기에다 마이크 딱, 차고, 그른 이뻐.

오순자 참말로…. 줘 봐. (책을 읽듯이) "저 물줄기 좀 보세요. 계속 우리를 따라왔어요."

나대기 아, 좀 잘히 봐. 감정을 넣어서 히야지. 남편보다 드라마를 더 섬기는 사람이 왜 이 모냥이여.

오순자 아, 그믄 당신이나 잘해 보쇼.

나대기 암만. 나는 잘허지. (책을 읽듯이) "우리가 저 물줄기를 쫓아온 것이오." 자, 인자 순자 차례여.

오순자 "저기 흰 옥들 좀 보세요. 푸른 물이 계곡의 바윗돌에 부딪쳐서 흰 옥처럼 부서지고 있어요." 근디 이것이 뭔 소리여? 봉게 천변 따라서 왔다듬만, 왜 또 흰 옥이 나와?

나대기 다 그런 것이여. "집에 거의 다 왔소. 이제 가마에 오르시오."

오순자 "서방님, 제가 살던 남원도 그렇지만, 이곳도 너무 아름다워요. 저기 낚싯대를 든 아이들 좀 보세요. 우리 구경 좀 하다 갈까요?" 그려. 전주천이 다시 좋아졌지. 물놀이허는 아들도 많드만.

· 대기가 원고의 몇 장을 무작정 넘기고.

나대기 "보는 눈이 많소. 구경은 다음에 하고 우선 가마에 오릅
시다."

오순자 "자꾸 가마에 오르라 하시면, 아버님께 첫날밤에도 서책만
보셨다고 이를 겁니다."

나대기 "그날까지 꼭 읽어야 할 부분이 있었소. 지금 나에게 중요
한 것은 학업에 열중하는 것이오." 뭐여, 첫날밤에도 책을
봤다고? 이런 거짓말이 어딨어? 어떤 미친놈이 첫날밤에
공부를 혀? 말이 안 되잖여.

오순자 긍게요. 순자가 참 슬펐것는디.

이이화 그냥 그런 게 있어요. 설정이에요, 설정.

나대기 그려, 딸내미가 그렇다믄 그런 것인디 암만 생각혀도 몰르
것네. 어디 달달헌 디 없어?

최현우 몇 장 더 넘기시면 조금 있어요.

나대기 (원고 몇 장을 무작정 넘기고) "그거 봤지요?"

오순자 뭐요?

나대기 아니, 여기 써 있는 거여.

오순자 뭐가 써 있는디?

나대기 봉실댁이 그러는구만.

오순자 봉실댁은 또 누구여?

나대기 "아니, 그거 봤지요." 이렇게 여기에 써 있다고. 봉실댁이
그랬다는고만.

오순자 아아, 거기 나오는 사람이구만.

나대기 "새 마님이랑 덕지 도련님이랑 손잡고 다니신 거." "그뿐

이 아니여. 지체 높으신 댁 마님이 그러셔야도 될랑가요? 보는 사람 맴도 생각을 혀 주셔야지 어떻게 허고 싶은 대로 기냥. 혼례 치른 지 몇 달 안 됐응게." 최담, 그 냥반 아들이 믄 높으신 냥반이고, 큰 가문의 시조이신디, 좀 달라야 허는 거 아녀?

오순자　뭐시가 그러간디? (보고) 그 냥반은 최고의 미남에다가 학식도 높은 양반이고, 모다들 존경을 받았던 사람인디. 이렇게 써도 되나?

나대기　그 냥반이 자네처럼은 안 생겼어.

이이화　이건 소설이고 연극이잖아요. 그래서 더 훌륭한 사람이 됐다, 뭐 그렇게 되겠지요.

나대기　암만. 그리야지. 그리도 나는 쫌 그라네. 하늘같이 존경받아도 시원찮을 냥반을 그냥 이렇게 속물로다가 그리믄 쫌 그란디.

오순자　그건 그렇다고 허고, 순자 나오는 디 좀 더 봐요.

나대기　맨 끄트리는 어떻게 돼?

최현우　아직.

나대기　서둘러서 후딱 써.

이이화　그렇게 빨리 써지는 게 아니에요.

나대기　그리도 끄트리는 좋겠지? 입신양명허시고, 이 한옥마을 잘되게 은행나무도 심으시고.

• 이화 나간다.

최현우　저, 은행나무는, 제가 생각할 때는 그냥 심는 것보다는 사연이 좀 있어야지요.

나대기 암만. 그리야지. 존 놈으로다 하나 잘 맨들어 봐.

오순자 순자도 잘되것지?

최현우 여자 주인공은 죽어요.

나대기 아니, 순자가 왜 죽어?

최현우 갈등 구조가 그래요. 문헌에도 첫 번째 부인이 죽었다고 하고…. 그래야 이야기가 좀 더 재미있죠.

오순자 재미있자고 순자를 죽여? 참 이상한 사람이네.

최현우 (웃으며) 그렇다고 아주머니가 죽는 것은 아니잖아요.

오순자 순자가 죽는다는디, 그믄 내가 죽는 것이지. 내가 주인공인디. 어떻게 주인공을 죽여?

최현우 그냥, 이름이 순자일 뿐이구요. 나중에… 이름 바꿀 거예요.

오순자 바꾼다고? 왜?

최현우 순자는 쫌…. 제가 생각해 둔 이름이 있어요.

오순자 정말 이상한 사람이네. 그럼 처음부터 순자라고 허지 말든가.

최현우 그때는 그 이름을 쓸 수 있을지 망설였거든요.

오순자 참말로 진짜 이상한 사람이네. 내 이름이 어때서 그려? (일어서며) 에이. 기분 잡치 버릿네. 기냥 가야긋다. 당신은 왜 안 일어나. 뭐 존 것 있다고.

나대기 알았어, 나도 가야지. 잘들 있어. 나도 가야긋네.

- 부부는 성질난 듯 나갔다가 순자가 다시 들어와 성을 내고 나간다.
- 잠시 암전되고, 은행나무 쪽 밝아지면, 이화 기도를 드리는 듯. 암전.

2막 7장 〈인형〉 (밤, 민박집 방)

- 이화가 툇마루에 앉아 종이를 오려 붙이면서 조선시대 여성 인형을 만든다.

이이화   (인형에게) 아씨, 볼살이 너무 없는 것 같은데 어쩌죠? 보톡 스 좀 맞으셔야겠어요. (볼 부분에 한지를 붙이고, 들어서 전체적 으로 살핀다) 다리가 너무 짧다.

- 이런저런 자료를 몽땅 들고 들어오는 최현우.

최현우   (자료들을 내려놓으며) 아무래도 괜한 일을 한 것 같아. (침울한 표정으로) 처음부터 새로 시작해야 할 것 같기도 하고.

이이화   마무리가 안 돼서 그래?

최현우   그렇기도 하고, 부담이 너무 커.

이이화   슈퍼집 아저씨랑 아주머니는 그냥 그러려니 해.

최현우   쉽지 않네. 솔직히 걱정돼.

이이화   우와, 예전의 자신감은 다 어디 가고?

최현우   그러게. 이번에 작품 쓰면서 보니까, 실력도 안 되는 사람 이 너무 큰 짐을 진 것 같아.

이이화   (여자 인형을 들고) 서방님, 기운 내세요. 시원한 맥주라도 한 잔할까요?

- 이화가 남자 인형을 현우에게 준다.

최현우 (인형을 들고) 시끄럽소.

이이화 뭐야?

최현우 나는 시원한 소주가 좋소. 오모가리탕에 찬 소주나 한잔하면 좋겠소만. (인형을 내려놓고, 한숨) 아! 최덕지라는 사람의 꿈은 결국 뭐였을까? 입신양명?

이이화 그거야 그 사람 인생이 그러니까 당연한 것이고. 그 사람 부인, 순자? 그 부인에 의해서 어떻게 바뀌었을까, 그게 중요한 거 아냐?

최현우 그렇겠지? 나는 너무 뻔한 것만 쓰는 것 같기도 해.

이이화 (인형 들고) 서방님, 서방님. 서방님 꿈은 무엇인가요?

최현우 (웃는다) 서방님? 처음 들어 봐.

이이화 (인형 들고) 설레십니까?

최현우 (인형을 들고) 조금, 설레오.

이이화 (인형 들고) 서방님 꿈은 무엇인가요? (인형 내리고) 최덕지 말고 너.

최현우 꿈? 뜬금없이 웬 꿈 타령이야? 알잖아. 네 꿈은 뭔데?

이이화 꿈? 뜬금없이 웬 꿈 타령이야? 내가 먼저 물었잖아.

최현우 내 꿈은 너도 알잖아.

이이화 내가 네 꿈을 어떻게 아니?

최현우 그래, 모른다고 치고. 그럼 네 꿈은 뭐야?

이이화 내 꿈은 인형 만드는 사람.

최현우 어떤 인형? 한지 인형?

이이화 너 정말 바보구나! 꿈은 감성이고 희망인 거야. 한지는 인형을 만드는 재료일 뿐이고. 나는 사람들이 내가 만든 인형을 보고 오래된 추억도 떠올리고, 새로운 꿈을 꿀 수 있는 그런 인형을 만들고 싶어.

최현우 (인형 들고) 허허. 네 꿈이 정말 야무지구나. 대회에라도 내보 지 그래?

이이화 때가 되면. 내가 좀 더 내 작품에 당당해질 때, 그리고 더 많은 사람과 함께 나눠도 되겠다는 생각이 들 때. 넌 어떤 작가가 되고 싶은 거야?

최현우 그냥 작가지, 뭐.

이이화 (인형 들고) 서방님, 작가가 돼서 무엇 하시려고요? 어서 대 답해 보세요.

최현우 메이커 있는 작가가 돼야지. 책도 잘 팔리고, 연극도 되고, 영화도 되고, 드라마도 돼서 돈도 많이 벌고, 유명해져야지.

이이화 유명해져서 뭐 하게?

최현우 유명해지면 좋지.

이이화 나는 네가…. 아니다.

최현우 왜 말을 하다 말아?

이이화 현우야, 나는 너의 생각이 더 많이 들어간 글을 썼으면 좋 겠어.

최현우 그게 쉬운 일이 아니야.

이이화 쉽지 않으니까 해야지. 나는 네가, 너의 글을 썼으면 좋겠 어. 예전처럼. 네 생각을 그대로 담아 봐. 그럼 좀 더 쉽게 써질 거야. 너, 그거 아니? 너, 글 참 잘 써.

최현우 아니야, 못 써.

이이화 잘 쓴다니까.

최현우 아니야, 정말 못 써.

이이화 상도 많이 받았잖아.

최현우 대학 때 받은 상이 무슨 소용이야. …. 나는 아직도 그날 그 사람 이야기가 머릿속을 떠나지 않아.

이이화 대학 때 특강했던 그 소설가?

최현우 응. 내 글을 보고….

이이화 그 사람이 쓰레기야, 쓰레기. 누군가가 힘들여서 쓴 글을 보고 쓰레기라고 말하는 사람은, 그 사람이 쓰레기인 거야.

최현우 그때도 누군가가 그렇게 말해 줬었는데….

이이화 기억나?

최현우 기억이 났다가 안 났다가 그래. 하하하. 난 정말 글을 못 쓰는 것 같아.

이이화 그래. 너 못 쓴다, 못 써. 나가자. 오모가리탕에 쓴 소주나 한잔하러 가자.

• 이화가 인형을 놓고, 현우와 어깨동무를 하며 나간다. 암전.

2막 8장 〈해설사〉 (밤, 은행나무)

• 문화해설사가 은행나무와 다른 쪽으로 사람들을 데리고 지나간다.

해설사 자, 이쪽으로 오세요. 제 말을 잘 따라 주셔야 한옥마을 구경을 제대로 할 수 있어요. (말을 빠르게) 저 언덕에 큰 정자 보이시죠? 저게 오목대입니다. 조선을 건국한 태조 이성계가 고려의 장군이던 시절인데요, 남원에서 왜놈들을 무찌르고 한양으로 돌아가는 길에 저곳에서 정몽주 대감하고 술 한잔 잡수셨다고 하지요. 술에 취한 이성계 장군이 '나는 고려를 멸하고 새로운 나라를 세우겠다'라는 의미로 대풍가를 읊었는데, 그 시를 듣고 정몽주 대감이 삐져 가지고 그 반대편에 있는 남고산에 올라가서 또 시를 남겼다고 해요. 그 시가 바위에 새겨 있는데, 한자로 써 있어서 무슨 말인지는 모르겠어요. 전주한옥마을은 역사 깊은 문화유적도 많지만, 사랑이 가득한 곳이랍니다. 은행나무가 있는 이 길을 은행로라고 하는데요, 이 길에서 연인들이 손을 잡고 깨금발로 30m를 가면 절대 헤어지지 않는다고 해요. 31m를 가면 1년 안에 꼭 헤어진대요. 32m를 가면 2년 안에 헤어지구요. 그러니까 이 사람하고 딱 50년만 살아야겠다, 생각하시면 깨금발로 80m를 가면 돼요. 50년 살려면 발이 무지하게 아프겠지요? 그래서 하체가 부실한 사람은 사랑하기도 힘들죠. 모두 사랑을 위해서 건강을 챙기시기 바랍니다. 사진 촬영도 다 하셨지요? 이제 우리 저어쪽까지 옆 사람 손잡고 깨금발로 가시게요.

• 해설사가 깨금발로 사라지면 이화, 은행나무 아래로 나온다. 은행나무에게 말한다. (인형으로 처리)

이이화　당신은, 무얼 좋아해요? 나는… 똑같이 반복되는 일상이지만 사소한 일이 계속 일어난다는 게 가장 좋아. 내 곁에 있는 가족과 친구들, 내 이야기를 잘 들어주는 사람, 음악, 영화, 바다, 항상 보는 하늘, 잠, 또 있는 거 같은데…, 너무 많아서 모르겠어. 당신의 미소와 따뜻한 마음과 당신의 눈과 당신의 코, 당신의 입술, 그 모든 것이 좋아요. 사랑? 그런 건 잘 모르겠어. 그냥 좋아. 좋아졌어. 엉뚱한 것도 좋아. 말을 빠르게 하는 것도 좋아. 한숨을 쉬는 것도 좋아. 금세 삐지는 것도 좋아. 툴툴거리는 것도 좋아. 뭔가에 집중하면 입술이 뽀롱 튀어나오는 것도 좋아, 멍하니 입을 벌린 모습도 좋아, 투명한 눈동자가 좋아, 아이같이 웃는 모습이 좋아. …. 너는 참 좋은 사람인데, 너는 왜 날 지켜 주지 못했어?

· 암전.

3막 〈은행나무꽃이 피었습니다〉

3막 1장 〈신문〉 (아침, 슈퍼)

- 신문을 보고 있는 순자.

나대기 뭔 일이래? 신문은 김치전 부칠 때나 쓰는 거라면서. 쓸데 없으면 그 신문지 뚤뚤 말아서 냉장고에다가 좀 넣어둬. 냉장고서 구린내가 나데.

오순자 났어, 났어, 났어.

나대기 뭐가?

오순자 그 소설인가 연극인가 쓴다는 거 신문에 났어.

나대기 어떻게? 아따, 신문기자들은 참 대단허당게. 어찌게 그걸 알았대?

오순자 아, 왜 몰라. 시의원 알믄 다 안 거지.

나대기 잘 나왔어?

오순자 아직 몰라. 글씨가 째간혀서 뭔 말인가 모르것어.

나대기 줘봐. (읽으며) (도섭처럼, 흥얼거림) '전주한옥마을 은행나무에 얽힌 이야기가 소설과 연극으로 제작된다.' 암만. 그렇지.

오순자 우리가 쓰라고 했다고 나왔어?

나대기 가만있어 봐. 음, 그렇지. 은행나무는 연촌 최덕지가 심은 것으로, 암만. 그기에 얽힌 이야기들을 소개했구만. 은행나무 새끼 친 것도 나왔고. 여기 내 이름 나왔네. 한옥마을보존회, 괄호 하고, 내 이름, 여그, 여그, 나대기, 나왔구만. 우리가 작가헌티 장소를 무료로 제공해 주었다, 이렇게 나왔어.

오순자 아따 출세했네.

나대기 출세는 무슨. 한두 번도 아니고.

오순자 내 이름은 없어? 주인공이 순자라고 안 나왔어? 순자, 없어?

나대기 기둘려 봐. '이번 작품 제작에 한옥마을과 보존회의 명암이 달려 있다. 과연 작품이 제대로 나올 것인지, 투자비만 날리는 것은 아닌지 미지수다.'

오순자 미지수가 뭐여?

나대기 잘 모르것다고.

오순자 미지수가 뭐냥게?

나대기 잘 모르것다고.

오순자 뭘 몰라?

나대기 (고함을 치며) 가만 있어 봐. 승질난 게. '아직 정식 등단도 안 한 작가 지망생이 이처럼 중요한 작업을 할 수 있을지는 아무도 모른다.' 이게 뭔 말이여?

오순자 뭣인디. 뭘 자꾸 모른다는 거여?

나대기 최 작가가 정식 작가가 아니라는디?

오순자 에이, 뭔 상도 받고 그릿다고 안 혔어? 이거 쪼까 쓴다고 뭔 호강을 허것다고 그런 거짓말을 혔겠어?

나대기 그거야 모르는 일이제.

오순자　그럴랑가? (혼자서 중얼거리며 짧게 기도를 한다) 하나님 아부지, 만약 최 작가가 작가가 아니라면 용서하지 마소서. 아멘.

나대기　(전화를 걸며) 여보시오. 거그 신문사죠. 문화부 아무개 기자 좀 바꿔 주쇼. 아, 나는 이름을 밝힐 수 없는 독잔디. 오늘 한옥마을 은행나무 기사에서, 정식 등단도 안 한 작가 지망생이란 말이 대체 무슨 말이요? 내가 그거 확인도 안 허고 일을 시켰다는 그 말이요? 당신. 똑바로 기사 쓴 거 맞어? 그 사람 상도 받고 연극도 올리고 그랬다고 혔는디. ⋯. 아, 아, 그려. 그것이 그런 것이여. 그믄 암껏도 아니란 말이구만. 기자님 말씸이 맞것지요. 암만요. 기자님 말씸잉게 그것이 옳것지요.

- 대기 부부에게 전화가 계속 온다. "아이고, 그것이 제가 잘 몰라서. 아닙니다, 죄송하게, 면목이 없습니다. 그것이 죄송허게 됐습니다. 면구스럽구만요. 제가 혼쭐을 내야죠." 부부 모두 전화기를 내던지고.
- 최현우가 들어온다.

최현우　아저씨, 안녕하세요. 담배 한 갑 주세요.

나대기　담배? 지금 자네가 담배 사 피울 때여?

최현우　예?

오순자　작가 아니람선?

최현우　무슨 말씀이세요?

나대기　자네 작가 아니라고 신문에 났어. 자네 뭣이여, 정체가 뭐여? 당신, 정체가 뭔디 은행나무고 한옥마을이고 소설을 쓴다, 연극을 쓴다, 그리 난리를 쳤어.

오순자 그러게. 왜 난리를 쳐, 난리를.

최현우 아니, 제가 언제 난리를 쳤습니까? 저는, 진짜로 은행나무를 소재로 작품을 쓰려고….

나대기 작가도 아닌 것이 쓰긴 뭘 써.

오순자 그러게. 쓰긴 뭘 써.

최현우 제가 작품을 쓰면 안 되나요?

나대기 내가 이럴 줄 알았다니까. 이놈 글 쓴 거 봉게 어쩐지 좀 이상하다 혔어. 사실관계를 완전히 참 거시기 허고, 중상모략을 허고 그러듬만.

오순자 중상모략뿐이여? 살인자여, 살인자. 순자를 죽였어, 순자를….

최현우 말씀이 심하십니다.

나대기 심허다고? 작가도 아닌 놈이 말대꾸를 혀, 어린놈이. (멱살을 잡고)

• 암전.

3막 2장 〈은행잎〉 (오후, 민박집)

• 짐을 싸고 있는 최현우.

이이화 아직 작품 다 안 썼잖아.

최현우 써서 뭐 해.

이이화 쓰고 싶어 했잖아.

최현우 썼야 할 이유가 없어졌어.

이이화 이유가 뭐였는데?

최현우 생각 안 나.

이이화 우리 힘내서 다시 해 보자. 지금 떠나면 창피해서, 부끄러워서 도망가는 거야.

최현우 그래. 창피하고 부끄러워서 떠나는 거야.

이이화 술에 취한 너와 함께 보낸 그날 밤처럼? 너 책임질 일 한 적 없어.

최현우 나도 알아.

이이화 알면서도 나에게 그랬던 거야? 아무 일도 없었다는 걸 알았으면서도?

최현우 미안해. 그땐 아무런 생각도 없었으니까. 내가 바보 같지?

이이화 그래, 바보 같아.

최현우 난 원래 그래.

이이화 마음 많이 상한 것 알아.

최현우 네가 어떻게 알아?

이이화 이렇게 떠난다면 아무도 원망하지 마.

최현우 원망할 게 뭐 있어.

이이화 자신 있어? 원망 안 할 자신 있냐구!

최현우 아니, 없어. (큰 소리로) 원망해. 저주하고 싶을 만큼 싫어. 이중적인 인간의 그 모습들이 싫어.

이이화 나는 네가 싫어. 늘 도망만 가는 네가 싫어.

최현우 너에게 좋아해 달라고 말한 적 없어.

이이화 그때도 니 마음대로 떠났지.

최현우 내가 할 수 있는 일이라는 건 고작 이렇게 도망치는 일뿐이야.

이이화　나는 네가 달라진 줄 알았어. 그런데 마찬가지야.

최현우　달라진 척했을 뿐이야. 대담해진 척, 용기 있는 척.

이이화　이번에는 또 무슨 핑계를 댈 거야?

최현우　핑계? 난 핑계 댄 적 없어.

이이화　우리가 헤어지던 날.

최현우　그럼 어떻게 해? 그 사람 때문에 내가 쓴 글이, 내 인생이 모두 쓰레기가 됐는데….

이이화　아니야. 아무도 그런 생각하지 않아. 그건 그 사람 말일 뿐이잖아.

최현우　아니야. 모두가 나를 경멸하듯 바라봤어.

이이화　모두가 너를 위로한 거야.

최현우　그래, 걱정하고 위로했지. 유명 소설가 아무개가 최현우의 소설을 싸구려라고 말했다더라, 현우 어떡하면 좋냐, 최현 우를 위로해 주자…. 나를 걱정하고 위로한다고 말하면서 지들끼리 웃어 댔겠지.

이이화　너와 나 사이를 거부했던 것도 그 때문이야? 나는 너에게 뭐였니? 나도 너에게 아무런 위로가 될 수 없었어?

최현우　진심으로 나를 이해하려고 한 적 있어?

이이화　없어. 한 번도 없어. 넌 꿈속에서도 늘 도망만 쳤으니까. 아무리 가까이 가려 해도 늘 도망갔으니까.

최현우　…. 나, 갈게. 잘 있어.

이이화　(크게 소리치며) 평생 그렇게 살아라.

　• 현우, 짐을 챙겨 들고 나간다.

이이화 (현우가 사라진 곳을 향해) 바보. 너를 사랑하는 사람들 모두 너
만큼 아파. 네가 쓴 글의 소리를 들어 봐. 넌 이미 그걸 알
고 있어. 은행나무가 사람들 곁에서만 자라듯이 너도 마찬
가지야. 넌 늘 사람을 그리워하니까. 메이커 있는 작가가
되고 싶다고 했지? 나는 네 스스로 부끄럽지 않은 작가가
되기를 바랐어. …. 네 마음이 모두 풀릴 때까지 기다릴게.

- 은행잎이 날린다. 다양한 빛의 은행나무 이파리. 암전.

3막 3장 〈종소리〉 (밤, 민박집)

- 어디선가 들리는 종소리. 아련한 음악.
- 툇마루에서 인형을 만드는 이화. 그 모습을 몰래 보는 현우.

(E·이이화) 은행나무꽃을 본 적 있나요? 은행나무꽃은 눈길이 오래 머
무는 사람들의 마음에서 피어난대. 화려한 꽃잎은 없어도
마주 보는 서로의 눈이 반짝일 때, 은행잎들은 꽃잎처럼
보일 거야.

- 조명이 이화가 만든 인형 작품을 보여 준다. 은행나무가 꽃을 피운.
- 다부진 표정의 현우. 은행나무를 바라본다. 암전.

3막 4장 〈시방, 기언시〉 (오후, 슈퍼)

• 신문을 보고 있는 순자.

나대기   또, 뭔 일이래? 신문지 뚤뚤 말아서 냉장고다가 좀 넣어
둬. 냉장고서 또 구린내가 나데.

오순자   났어, 났어, 났어.

나대기   뭐가? 방구가 났어?

오순자   이 냥반이 그냥. 그것이 아니고, 우리 이화가 공예대전인가
서 상을 탔네.

나대기   (신문을 뺏어 보며) 종이 쪼가리로 인형을 잘 만들드만 그걸로
상을 다 받았네, 잉. 한옥마을 경사 났는디.

오순자   (신문을 다시 뺏으며) 이쁘게 잘 만들었네. 인자 시집만 가믄
되는디. 작품 제목이 '시방, 기언시'라네.

나대기   시방? 기언시? 뭔 작품 제목이 그려? (나가면서) 이화야, 이
화야.

• 암전.

3막 5장 〈꿈〉 (늦은 오후, 민박집 마당)

• 이화가 인형을 만들고 있다.

최현우   (들어오며 능청스럽게) 방 있어요?

이이화	그럼요. (최현우를 확인하고, 반가우면서도 야속한)
최현우	방 주세요. 저 방으로 주세요.
이이화	(거짓말인 것을 알 정도로) 저 방 이미 예약됐어요.
최현우	예약? 흐흐흐. 거짓말! 앗, 나의 실수! (자기 뺨을 만지면서) 거짓말은 아니… 겠지만, 그래도 저 방으로.
이이화	왜 자꾸 저 방을 달라고 해?
최현우	저 방에서는 늘 너를 볼 수 있으니까.
이이화	얼마나 있을 건데?
최현우	은행나무꽃이 필 때까지. …. 나, 술 사 줘.
이이화	오늘은 5차까지 가야지? 최종심에 다섯 번이나 올랐으니까.
최현우	응. 이번에는 꼭 될 줄 알았는데…. 아무래도 그것 때문에 떨어진 것 같아. 시방, 기언시. 그 단어가 마음에 안 들었는데 괜히 썼어. 하하하.
이이화	주인공 이름이 순자라서 떨어진 거 아냐?
최현우	하하하. 이화야, 공예대전에서 상 탄 거 축하해.
이이화	고마워. 하지만 이제 시작일 뿐이야.
최현우	너도 너의 꿈을 시작했으니까, 나도 내 꿈을 위해 더 노력할게.

• 이화와 최현우 마주 보고 있으면. 은행나무 날리고. 암전.

3막 6장 〈당선〉 (늦은 오후, 슈퍼)

• 신문을 보고 있는 순자.

나대기 신문 좀 그만 봐. 냉장고 구린내 때문에 살 수가 없당게.

오순자 났어, 났어, 났어!

나대기 또 뭐가? 구린내가?

오순자 아니, 이화네 집에서 글 쓰는 총각.

나대기 날백수?

오순자 여기 이 사람이 그 총각이잖어.

나대기 그 날백수 놈이 몇 달째 그 집서 있듬만…. (살피고) 이건 신춘문예 당첨됐다는 건디?

오순자 (흉내 내며) "그예 밤은 가시는가요. 아름다운 아침을 약속했던 밤은 기어이 가고야 마는 것인가요. 홀로 남겨 두고, 시방, 기언시 가고야 마는 건가요?"

나대기 시방? 기언시? 뭐 그런 걸 소설에다가 써도 되는 거여?

오순자 시방, 써 있잖여. 신춘문예는 이런 거 써도 되는가 벼.

나대기 아따, 거 내가 뭐라고 혔어. 최 작가가 얼매나 훌륭헌 사람인지 내가 말했잖여. 이화도 알랑가?

오순자 어마, 주인공 이름이 이화네? 순자가 아니고 이화여? 이게 뭐여?

- 두 사람 모두 "이화야, 이화야." 부르며 나간다.
- 한쪽에서 이화와 최현우 마주 보고 있다가 껴안는다. 암전.

누룩꽃 피는 날

- 전주시립극단 창단 25주년 기념공연(제88회 정기공연)

제작: 까치동
연출: 조민철
출연: 고조영·국영숙·김경민·김영주·김종록·백민기
서유정·서주희·소종호·안세형·염정숙·이병옥
전춘근·정경림·최균·홍자연·홍지예

공연 현황
- 2010년 5월 22일~23일 한국소리문화의전당(전주)

때

2010년 어느 날

곳

전주 막걸릿집

등장인물

이옥자, 정학습, 이영호, 나봉달, 주태백, 최인석, 박준영, 김
형숙, 우춘자, 강승철, 송명희, 백인철, 김미숙, 마임이스트
한여자, 여배우, 짜장면배달부, 풍물패 손님들

프롤로그 〈술심부름〉

- (E) 아이의 목소리로 들리는 노래 〈어린 시절〉

(E·아버지) "통에서 달라고 해라, 잉. 물 탄 거 말고. 아부지가 다 안
다고."

- 논길 따라 아버지 술심부름을 다녀오던 풍경. 한 아이가 신문지로 주
  둥이를 틀어막은 노란 양은 주전자를 들고 나온다. 주전자가 조금은
  무거운 듯 손을 바꿔 가며 들고도 낑낑거린다. 목이 마려운지, 무게를
  줄이려는 것인지, 그도 아니면 주전자에 담긴 것의 맛이 궁금한지, 막
  걸리를 주전자 뚜껑에 조금 따라 맛을 본다. 잠시 인상을 쓰더니, 한
  번 더 따라 마신다. 혀를 돌려 입가에 묻은 막걸리를 닦는다. 맛이 괜
  찮은 모양이다. 몇 차례 반복된다. 하늘이 땅인 것 같고, 땅이 하늘인
  것 같은. 주전자 주둥이에 입을 대고 마신다. 빙그레 웃는다. 얼굴이
  붉게 변한다. 아이는 주변 것들에 관심이 많다. 나비를 잡고, 잠자리도
  잡고, 꽃을 꺾어 사람들에게 선물한다. 아지랑이를 잡으려는 듯 제자
  리에서 뛰며 허공에 손짓도 한다. 혼자서 땅따먹기나 비석치기 놀이도
  한다. 짧은 노래를 한 소절 부른다. 이내 잠이 든다.
- 반주 시작되면, 한 사람씩 나오면서 노래.

○ **노래 〈막걸리〉**

(창자1)   탁주, 백주, 가주, 제주,

(창자2)   농주, 사주, 박주, 국주,

(창자3)   이화주, 추모주, 혼돈주, 만인주,

(창자4)   쌀막걸리, 보리막걸리, 현미막걸리, 유기농막걸
리,

(창자5)   생강막걸리, 딸기막걸리, 복분자막걸리, 오미자
막걸리,

(창자6)   생막걸리, 병막걸리, 종이막걸리, 캔막걸리,

(합창)   각양각색 천차만별 별의별 말 다 붙어도
우리의 술 막걸리는 대대손손 막걸리라
마지막 한 방울도 힘껏 짜고 주물러서
알뜰하게 걸러낸 술 장한 이름 막걸리라
막 거른 술 막 좋은 술 막 걸렸다 막걸리라

• (E) 전파 끊는 소리. 합창단 일시에 조용해지고.

(E·아나운서)   다음 뉴습니다. 쌀농사 대풍에 힘입어 14년의 밀가루
막걸리 시대를 닫고 쌀막걸리가 다시 출현할 것으로 보입
니다. 박정희 대통령은 오늘….

• (E) 전파 끊는 소리.
• 합창했던 이들이 쌀막걸리 소식에 기뻐하는 사이,
• 마흔 정도의 이영호가 나온다. 오랜 수령의 은행나무 앞에서 막걸리
빚기 전에 제의식을 행하고 있다. 진지하지만 무척 흥겨운 표정. 때는

1977년 12월.

이영호   (관객 보고) 술 냄새를 벌써 맡았다니? 뭔 사람이 이리 줄을 섰어. 허허. 지금 저 사람들 목구멍서 헛침만 대구 넘어가겠구만. 빨리 혀야지. (종이를 펼치고) 단기 4310년 서기 1977년 정사년 12월 8일, 바야흐로 대풍년을 맞이하야 14년 만에 쌀막걸리를 빚게 되었음을 천지신명께 엎드려 고하나이다. 정성에 정성을 다하여 비옵건대 이 한 잔 술을 흠향하여 주시옵고, 좋은 막걸리가 나올 수 있도록 두루 살펴 주시옵소서.

• 합창단은 〈묵은쌀〉, 〈그냥햅쌀〉, 〈정부미〉, 〈건강한햅쌀〉, 〈홍수에잠겼던쌀〉, 〈농약먹은쌀〉 등으로 분한다. 이영호는 〈건강한햅쌀〉을 선택한 후, 나머지 쌀을 쫓아낸다.

이영호   귀허고 귀헌 쌀막걸리 만드는데, 막 고를 수 있간디.

• 딸 이옥자(19세) 들어온다. 합창단 중 일부가 우물, 가마솥, 항아리 등을 가지고 나온다.

이옥자   아버지, 고두밥 식힌 것 가지고 왔어요.

• 옥자는 가마솥에 고두밥을 뒤적거리며 식히고, 일을 거든다.

이영호   쌀, 좋쟈? …. 정말 오랜만에 쌀막걸리 맛을 보게 됐어. ….14

년이야, 14년. 꼬두밥 다시 잘 뒤집어라. 차게 식어야 좋다.

• 영호는 식힌 고두밥에 누룩과 물을 넣고 적당히 혼합한 뒤 손바닥으로 치댄다. 옥자가 큰 항아리를 가져다주면, 항아리 안에 불을 붙여 소독하고, 항아리에 치댄 술덧을 안친다.

이영호　막걸리는 누룩과 물이 젤로 중허지. 배꽃 폈을 때 만들어 둔 누룩이 있어 다행이다. (물을 부으며) …. 여그 물이 얼매나 영특헌지 아냐? 이 동네 샘물이 아니면 도저히 이 빛깔허고 찰기허고 연한 맛을 낼 수 없지. 여기 교동서 만든 막걸리를 조선의 미식(美食)이라고 안 혔냐? …. 이 독아지는 진안서 사 온 거 맞지? …. 정성껏, 깨끗하게. …. 자, 이제 되었다. 며칠만 있으면 저 누룩에 꽃이 필 테고.

이옥자　조선의 미식은 모르것고요. 누룩에 무슨 꽃이 펴요?

이영호　양조장집 딸내미가 그런 말 허믄 못쓴다. …. 잘 삭은 누룩이, 더 잘 삭아져야 문득문득 취하는 것 아니것냐? (옥자는 더 모르겠다는 듯한 표정) 탁주 반 되는 밥 한 그릇이여. 배고픈 사람들한테는 이것이 밥이지, 밥.

• 술이 익어 가는 동안, 다시 시작되는 합창단의 노래와 춤.

○ **노래** 〈술 익는 소리〉
(1)　　　술독아지 누룩누룩 거품물고 술익는소리
　　　　　보골보골 뽀글뽀글 버금버금 뻐끔뻐끔
　　　　　사발사발 받쳐들어 한호흡에 맛나는술

(후렴)	아랑아랑 아랑아랑 아리랑가락으로 잘도 넘어
	간다
(2)	차고차고 넘치는정 목울대로 넘는소리
	동동동동 찰랑찰랑 꿀꺽꿀꺽 벌컥벌컥
	감미산미 고미삽미 걸걸하게 감치는술
(후렴)	아랑아랑 아랑아랑 아리랑가락으로 잘도 넘어
	간다

이영호　　자, 봐라. 부글부글 끓어오르쟈? 저것이 수불이다, 수불. 물에 불이 붙은 것 멩이지? 독아지에다가 손 한번 넣어 봐라. 방울방울 맺힌 것이, 바람에 꽃 이파리가 귓불을 톡톡 건들듯이 치쟈? 귀도 대 봐. …. 술 익어 가는 소리가 어뗘? 맛있겄쟈? 저것이 누룩꽃이여. 누룩꽃. 손으로 만져지고, 눈에도 뵈고, 귀로도 들리고, 냄새도 맡아지고, 맛도 좋지.

• (E) 보골보골. 술이 익어가는 소리. 이옥자 얼굴 환해진다.

(3)	전주고을 막걸리라 온고을의 건강한술
	알싸하고 쌉쌀하고 달큰허고 시원허고
	허기진배 불쑥불쑥 올라오면 우쭐우쭐 세상모
	두 내것이라
(후렴)	아랑아랑 아랑아랑 아리랑가락으로 잘도 넘어
	간다

• 이영호와 이옥자, 합창단 퇴장하면.

- 잠들어 있던 소년이 천진난만하게 기지개를 켜며 일어선다. 심부름에 늦었다는 것이 생각난 듯 벌떡 일어난다. 주전자를 든다. 주전자 무게가 가벼워진 것을 깨닫는다. 주위에서 물을 구해 주전자에 조금 넣는다. 그러고는 아무 일 없었다는 듯 웃는다. 약간 비틀거리다가, 달려간다. 첨벙첨벙, 주전자에 든 막걸리가 출렁거리는지, 배 속에서 막걸리가 요동을 치는지, 그도 저도 아니면 물구덩이를 밟고 뛰어가는 소리인지, 요란하게 들리고.
- 숨을 헐떡거리던 소년이 멈춰 서서 누군가(관객)에게 주전자를 건네면.
- 잠시 후 밖에서 들리는 소리.

(E・아버지) 자빠졌냐? 길바닥에 반이나 쥐 버렸네, 이 아깐 것을….

- (E) 막걸리가 목울대로 넘어가는 소리.

(E・아버지) 아! 이 여편네, 또 물 탔네.

- 소년은 논두렁에서 투둑투둑 튀고 있는 메뚜기 잡는 시늉이나 하며 모른척한다.

- 합창 후렴 '아랑아랑 아랑아랑 아리랑가락으로 잘도 넘어간다' 반복되다가 작아지고. 암전.

1막 〈은행나무 막걸릿집〉

- 무대_A 밝아지면. 막걸릿집 〈은행나무집〉. 서너 개의 탁자가 있다.
- 탁자①. 막걸릿집 우춘자가 정학습 교수의 술잔에 막걸리를 따라 준다. 정교수가 춘자에게 큰 소리로 말하면, 춘자는 "하믄요, 그렇지요!" 하며 반갑게 말을 돕는다.
- 탁자②. 혼자 마시고 있는 이영감(이영호). 허름한 옷차림. 술보다 안주 하나하나를 참 맛있게 먹는다. 이야기가 진행되면서 자꾸 주방을 의식한다.

정교수　(흥에 겨워) 막걸리 받으러 주장이나 구판장으로 가는데, 보통 5리, 10리 아닙니까? 주전자 주둥이에 입이 안 갈 수 있나요? 갈증 해소에는 막걸리가 딱이잖아. 그래서 심부름 길에 마시는 막걸리는 도둑 막걸리가 아니라, 심부름 값인 거죠. 하하하.

우춘자　(수줍은척하며) 지는 잘 몰르것어요. 지는 도시 출신이랑게요.

- 음악 소리 커졌다가 작아지면.

정교수　(시 낭송하듯) '전주천 건너서 막걸릿집을 구름에 달 가듯이 찾아가는 나그네. 아, 아, 술 익는 전주 고을 타는 저녁 놀…' 우 여사님, 어때요?

우춘자　(환상적으로) 술 익는 전주 고을 타는 저녁놀… 차암, 좋으네요. (살며시 손을 잡으면) 교수님 같은 분이 지 가게에 오싱게, 우리 가게 수준이 한참 높아지는 것 같아요. (교수가 의식적으

로 손을 빼려고 하면)

○ **노래** 〈사람이 살면은〉 (육자배기 가락이지만, 즐겁게)

(우춘자)　　사람이 산다고 몇백 년이나 사나요

　　　　　　살어생전 좋은 님으 손이라도 맘껏 잡아요

(정교수)　　에야라 놓아라 아서라 놓아라 남이 본다 놓아라

(우춘자)　　죽었으면 죽었지 한번 잡은 손을 놓을 수 있나요

　　　　　　당장으 사달이 난다 허여도 나는 못 놓겄어요

(정교수)　　섬섬옥수 그 손 놓고 술이나 한잔 따르소

・ 서류철을 든 공무원 최주사와 문화기획자 박준영이 들어온다.

우춘자　공무원 양반 오셨네.

최주사　(우춘자 말을 무시하고) 교수님, 계셨네요? 막걸리 좋아하신다
　　　　고 소문이 자자하던데.

정교수　(폼 잡고) 제가 아직 철이 덜 들었습니다. 어기적어기적 걷다
　　　　보면, 어슬렁어슬렁 막걸릿집 앞을 서성거리고 있더라구요.

・ 정교수 말에 우춘자는 한 번 더 감탄하고.

최주사　인사라도 하시죠. 여기는 정학습 교수님, 이쪽은 문화기획
　　　　일하시는 박준영 실장님. (어색하게 인사 나누고) 나봉달 시의
　　　　원님을 여기서 만나기로 했어요.

・ 최주사는 서류철을 펼쳐 뭔가를 쓴다. 이 동작은 새로운 사람들이 오

거나 막걸리와 관련해 좋은 의견이 나올 때마다 반복된다.

정학습　(관심 없는) 아, 예. 저도 약속이 있어서….

최주사　(관심 없는) 아, 예. (탁자③에 앉으며) 여기 막걸리 주세요.

주명창　(들어오며, 큰 소리로) 그렇게 시키믄 재미없지.

최주사　주명창 님이 웬일이세요?

주명창　(정학습과 인사하고 마주 앉으며) 주태백이가 막걸릿집 오는 것
　　　　이 새삼스런가?

최주사　아니 뭐 그런 건 아니고…. 여기 막걸리 좀 달라니까요.

주명창　(흉내 내며) 그렇게 시키면 재미없다니까요. 다른 곳이면 몰
　　　　라도 전주는 막걸리 시키는 것도 달라야. 제가 한번 시
　　　　켜 보지요.

　　　○ **노래** 〈주청〉 (춘향가 부분 인용)

(주명창)　우리 조상들의 지혜와 낭만이 걸쭉하니 발효되
　　　　어 넉넉하게 담긴 막걸리. 그 한 주전자를 청하
　　　　는 것도, 맛과 멋과 풍류의 고장 전주에서만큼은
　　　　그 기품이 다르니, 어디 한번 들어 보겠소?

(사람들)　얼쑤.

(주명창)　전라도 전주 고을 애주가라 하는 일이, 전라좌우
　　　　도 고을 술고래들을 고루 만나 정사를 논하고,
　　　　그들의 수고를 위로허는 것이 아니더냐? 여봐
　　　　라, 전주 고을 소문난 애주가가 전라도 각급 술
　　　　고래들을 급히 보자고 하여라.

(사람들)　예-이!

(주명창)	너희들은 예서 떠나 우도로 찾아가되, 예산, 익산, 함열, 옥구, 임피, 만경, 부안, 금구, 김제, 태인으로 돌아 각급 고을 술고래들을 전주 서신동 막걸리 골목으로 대령하라.
(사람들)	예-이!
(주명창)	아니, 잠깐! 만 원짜리 한 장씩은 준비하라 이르거라.
(사람들)	예-이!
(주명창)	여봐라, 전주막걸리를 냉큼 대령하렷다.

우춘자 (주전자를 들고 와서) 전주막걸리야 냉큼당큼 대령할 수 있으나, 맑은 술이요, 탁한 술이요?

주명창 반반이요.

최주사 무슨 반반이여? 양념 반 프라이드 반이여?

주명창 맑은 술 반, 탁한 술 반이요.

우춘자 요즘은 맑은 술 둘에, 탁한 술 하나를 넣더이다.

주명창 요즘 대세가 그렇소? 그럼 나도 그리 한번 먹어 보리다.

우춘자 여기 준비해 두었소. (탁자③에 주전자를 놓으며, 큰 소리로) 전주막걸리 현신이요.

• 모두 즐거운 웃음. 우춘자는 스스로 자랑스러운 듯 정교수를 보고.

정교수 주명창님은 이 집 사장님하고 친하신 모양이네요.

주명창 (우춘자 보며, 의아하다는 듯) 사장님이요?

우춘자 (제 발 저려) 지는 사장 아니구요, 여기 사장 언니 따로 있어요. 나는 이 집 대표 마담.

주명창   교수님은 처음이시죠? 저는 단골입니다. 사장님이 아주 호탕하시거든요.

- 이영감이 주방 쪽을 힐끗거리다가 탁자에 만 원을 올려놓고.

이영감   (일어서며) 잘 먹었고만.

우춘자   (귀찮다는 듯) 가시든가 마시든가.

- 이영감이 나가지 않고 주방 쪽을 기웃거린다.

우춘자   언니 없다니까요.

이영감   그럼 조금 있다 다시 오지.

우춘자   오시든가 마시든가. (이영감 나가고. 사람들이 의아하게 보면) 매일 서너 번씩 와요. (더 의아하게 보면) 혼자 와선 딱 한 주전자만 먹고 간다니까. 안주만 두 번 세 번…. (정교수의 탁자를 보고) 우리 교수님, 벌써 다 자셨네. 안주를 아예 몽땅 새로 바꿔 드려야긋고만.

최주사   우리는 아직 콩나물 대가리 하나도 없는데….

우춘자   공무원 양반은 가만있어요. 교수님부터 챙기 드려야지.

- 우춘자가 탁자①의 안주들을 거둬 간다.
- 정교수와 주명창(탁자①), 최주사와 박실장(탁자③)은 각각 다른 탁자에 앉았지만, 이야기를 함께 나눈다.

최주사　(정교수 보고) 전주는 이게 참 멋지드라구요. 안주가 떨어질 만하면 나오고, 안주가 안 떨어졌는데도 나오고, 안주가 펑펑 남아도는데도 나오고. 나오고, 나오고, 한도 끝도 없이 나오고, 또 나오잖아요.

주태백　전주 막걸릿집들이 어디 술집이간? 밥집이지. 막걸리는 쌀밥이고, 안주는 산해진미고.

　　• 네 사람은 서로 술을 따라주고, 술잔을 돌리며 이야기를 나눈다. 이후 술과 안주가 떨어지면 우춘자를 부르기도 하지만, 주태백과 최주사는 직접 가져다 먹기도 한다.

정교수　박실장님은 막걸리를 별로 안 좋아하시나 봐요? (박실장 어정쩡하게 있으면) 막걸리는 말입니다. 장작을 패든, 퇴비를 나르든, 논에서 김을 매든, 한 사발 쭉 들이켜고, 흙물 묻은 손으로 김치 쪼가리 하나 입에 조심히 가져다가, 질근질근 씹는 맛이 최고지요.

박실장　(형식적인 답변) 아, 예, 그러겠네요. 몸 쓰는 일 잔뜩 하고 난 뒤라면 역시 막걸리죠. 온종일 이삿짐 나르고 와인 마신다고 하면, 어쩐지… 화장 안 한 마누라 보는 것처럼 어색하겠죠?

정교수　이삿짐 나르고 난 뒤면, 프랑스 로마네 꽁띠 이천만 원짜리 와인보다 우리 막걸리가 훨씬 더 좋겠지요.

최주사　에이, 아무리 그래도….

정교수　참말이야. 와인은 그냥 입술이나 쪼끔 축이고, 고개를 끄덕끄덕하면서 살짝 미소만 지어야 하는데, 막걸리는, 자,

봐요. (일어서서) 벌컥벌컥 시워언허게 마시고, 캬아, 좋다, 하고는 손등으로 입 주변을 쓰윽 닦고, 아, 정말 좋다, 좋다, 할 수 있으니까 얼마나 좋은 술입니까. 여름철에 농촌을 생각해 봐. 논에서 김을 매던 농군들, 논두렁에서 마시는 막걸리….

• 정교수가 농부 모자를 쓴다. 다른 사람들에게도 씌워 주고, 그들을 이끌고 무대 중앙으로 나가 논에서 모땜하는 것처럼 선다. 이들이 주고 받는 말은 4구체를 유지, 흥얼거리는 노랫가락 형식이다. 농부1은 주명창, 농부2는 정교수, 농부3은 최주사, 농부4는 박실장이다.

• 재미있어 죽겠다는 표정으로 정교수를 바라보던 우춘자는 주전자로 박자를 맞춘다.

ㅇ **노래** 〈농부가〉

(농부들)　　어이가리 어이가리 천리먼길 어이가리

　　　　　　이양기도 못믿겠네 사람손이 제일이여

(농부1)　　쉬었다하자 쉬었다하자 배고파서 못허것다.

(농부2)　　새참오네 새참오네 쉬어갈일 생겼다네.

• 농부들, 손을 이마에 대고 보면. 오토바이 타고 등장하는 짜장면 배달부.

(농부3)　　통통불은 짜장면이 오늘날의 새참이라

(농부2)　　여보시오 농부님네 목이라도 축입시다

　　　　　　논물에다 담가놓은 맥주한병 꺼내오소

(농부1)　　아서라 말어라 아서라 말어라

매작지근 맥주소릴 당췌하질 말어라
논일밭일 씨게허고 더운맥주 웬말이냐
마누라들 심통술에 풋고추새참 없지마는
짱깨배달 이뿐놈이 막걸리를 사왔단다

- 짜장면 배달부가 짜장면과 막걸리 등을 꺼내 놓는다.

배달부 아저씨, 이러지 마시라니까요. 탕슉도 아니고, 곱빼기도 아
니고, 딸랑 짜장면 몇 그릇 시키면서 이런 심부름 좀 시키
지 마세요. 자요! 막걸리, 고추장, 된장, 풋고추, 마늘대. 내
가 슈퍼마켓 배달부도 아니고….

(농부들) 왔구나 왔구나 왔구나 왔구나
풋고추 단된장에 막걸리 한사발

- 어느새 등장한 김시인. 농부들은 반갑게 맞고, 시인의 낭독에 맞춰 같
은 몸짓을 한다.

김시인 (낭독) 제목, 불가음주 단연불가(不可飮酒斷然不可). 뻑뻐억한
막걸리를, 큼직한 사발에다가, 넘싯넘싯 그득 부은 놈을,
처억 들이대고는, 벌컥벌컥 한입에 쭈욱, 다 마신다, 진흙
묻은 손바닥으로, 입을 쓰윽 씻고 나서, 풋마늘 대를 보리
고추장에 꾹 찍어, 입가심을 한다, 등에 착 달라붙은 배가,
불끈 솟고, 기운도 솟는다.

(농부들)　　사발사발 벌컥벌컥 막걸리장단에 맞춰

어서어서 심어보세 어서어서 심어보세

일락서산 해떨어지고 월출동정 달솟는다

얼럴럴 상사디야 얼럴럴 상사디야

• 농부들은 일렬로 맞춰 춤을 추듯이 제자리로 돌아온다.

주명창　김시인님, 왜 이제 오셨어요.

정교수　시인님이 들려주신 내용이 채만식 선생의 수필 「불가음주
　　　　　단연불가」죠?

박준영　(아는척하지만, 다른 사람은 신경도 안 쓰고) 아, 제목 좋습니다.
　　　　　배부르라고 먹는 막걸리.

김시인　어떻게 아셨어요?

정교수　제가 국문과 교수 아닙니까. 하하하.

• 왁자지껄한 사이, 우춘자가 양쪽 탁자에 안주를 차려낸다.

우춘자　(안주를 가지고 오며) 교수님, 말씀을 너무 재미있게 잘하세요.

주명창　교수님 말씀이 참이요. 자, 다른 술 보세요. 소주는 탁, 한
　　　　　입에 털어 넣고, 오만상을 다 쓰면서 캬아악, 흐으, 그려,
　　　　　이 더러븐 세상. 이래야 어울리고. 맥주는, 자 한잔 쭉 혀,
　　　　　마시는 것은 막걸리랑 같지요. 헌디 금방 꺼어억, 트림이
　　　　　올라오잖아요.

최주사　막걸리도 트림 나와요.

주명창　막걸리는 쪼끔 있다가 나오지. 맥주 트림은 추접스럽게 껵,

허고 마는데, 막걸리는 시원시원허게, 부럭, 꺼어어억, 하
잖아.

• 김시인, 지저분하다고 손사래를 치고. 정교수와 우춘자는 배꼽 빠지게
   웃고. 박실장은 어정쩡하다.

최주사　에이, 머릿고기에 마늘 곁들여서 막걸리 먹고 트림해 보셨
　　　　어요? 안 해 봤으면 말을 하지 마세요, 옆 사람은 최소한
　　　　사망입니다.

• 주명창 일어서며. 소리 한판이 이어진다.

주명창　막걸리 이야기가 재미나게 시작되었으니, 제가 막걸리 이름
　　　　자들을 가지고 소리 한번 하지요. 아직 완성작은 아닙니다.

　　○ **노래** 〈막걸리 이름자〉
　　(주명창)　술이란 본시 곡물 익힌 것에 누룩과 물을 섞어
　　　　　　발효시킨 것인데, 막걸리는 마지막 한 방울까지
　　　　　　알뜰하게 걸러내기 위해 힘껏 짜고 주물러 막
　　　　　　거르는 술이라. 수천 수백 년 우리 민족 대대로
　　　　　　내려온 술이니만큼 그 이름도 여럿, 각양각색이
　　　　　　것다.
　　　　　　탁주, 백주, 가주, 제주, 농주, 사주, 박주, 국주, 이
　　　　　　화주, 추모주, 혼돈주, 만인주, 민족주, 애인주에,
　　　　　　쌀막걸리, 보리막걸리, 현미막걸리, 유기농막걸

리, 생막걸리, 병막걸리, 캔막걸리, 막걸리누보라.
막걸리가 일본으로 수출되면서 글자 하나가 더
늘었는데, 그것이 맛코리(マッコリ)라. 막걸리든
맛코리든 그 맛이야 변할 리 없겠지만, 일본 사
람들, 똑똑히 들으시오. 독도는 다케시마, 김치
는 기무치라 이름하야 자기네 것이라고 우기는
못된 심뽀는 부리지 말거라.
막걸리든 막코리든 별의별 말 다 붙어도 우리 막
걸리는 영원히 막걸리라.

• 박수 소리 요란하고. 암전.

2막 〈양조장 시절〉

- 탁자①(정교수·주명창·김시인)과 탁자②(최주사·박실장), 자신들의 이야기에 바쁘다.

정교수 (시계 보고) 주명창님, 그분 오실 때가 됐지요?

주명창 얼추 그러네요. 그분이 여기서 만나자고 하셨어요. (전화 걸고) 이영호 선생님이십니까? 주태백입니다. 옛날 양조장 시절 이야기 좀 듣겠다고 전화드렸던.

- 이영감이 전화를 받으며 들어온다. 서로 얼굴 마주 보며 껄껄 웃는다.

이영감 아까는 내가 그냥 지켜봤지. 미안허고만.

우춘자 (상황 파악 안 되고) 또 오셨네?

이영감 (귀엣말로) 주인 왔는가?

우춘자 (큰 소리로) 안 왔다니까요. 아까 한 주전자 드셨응게, 그냥 가요.

이영감 지금은 딴 사람 만나러 왔어.

- 정교수와 주태백, 김시인 등과 수인사를 하고 앉는다.

주명창 제가 어르신 뵌다고 하니까, 정교수님이랑 김시인님도 이 야기 듣고 싶다고 해서 함께했습니다.

정교수 어르신, 아까는 몰라봬서 죄송합니다.

이영감 나같이 쪼그맣게 양조장이나 했던 사람이 뭣에 쓸모가 있 는지는 몰라도 이렇게 불러 주니 감사합니다.

주명창 제 술 한 잔 받으시죠. 다른 술 같으면 안 권하겠는데, 막걸 리니까 한 잔만 하시죠.

이영감 (못 이기는 척) 요즘 몸도 안 좋고 해서 술 생각이 별로 없는 데, 막걸리라니까 딱 한 잔만 해 볼까요.

• 이옥자는 쓸데없는 짓을 한다는 표정.

이영감 막걸리야 지금은 건강식품이라고 찾는답디다만, 예전이사 흔헌 것이고 돈 없응게 먹는 술이었지요. 막걸리는 도수(度 數)도 낮고 헌디, 소주는 얼매나 짜르르헙니까. 맥주야 원 래 양복 입은 사람들이 많이 마셨응게. (한 잔 비우고) 술을 받았응게, 나도 한 잔 줘야지. 내가 이래 봬도 신식이여, 신 식. 젊은 사램헌티 술도 주고. 예전에는 막걸릿잔이 이렇게 크덜 안 했어. 농가에서야 대접이다가 먹었지만. 해방되고 난 게 커지듬만. 나야 좋았지, 뭐.

• 대학생들(강승철 · 송명희 · 백인철 · 김미숙)이 들어온다. 탁자③.

강승철 여기가 요즘 뜬다더라.

백인철 저 막걸리 못 마실 것 같은데…. (의아하게 보면) 사발식 한번

누룩꽃 피는 날 275

해 보세요. 다시 먹고 싶으신지.

강승철·송명희 나도 다 해 봤어, 이 자식아.

우춘자 (다가오며) 학생들은 맑은 술?

백인철 선배님, 맑은 술이 뭐예요?

송명희 맑은 술은 아래 가라앉은 텁텁한 것 빼고, 위에 뜬 맑은 부분만 담아서 주는 거.

백인철 (정말 궁금하다는 듯) 그럼 맑은 술은 상류층이 마시고, 탁한 술은 하층민이 마시는 건가요?

강승철 (무시하고) 탁한 거로 주세요.

송명희 아줌마, 요구르트 있죠?

우춘자 아가씨는 막쿠르트 드시게? 그믄 따로 줘야겠네.

송명희 네. 막걸리 두 병에, 요구르트 두 병 넣어 주세요.

• 이영감이 송명희를 이상하다는 듯이 바라보고.

강승철 얘가 얼마나 웃긴 줄 아니? 요즘은 요구르트 넣어 먹는데, 옛날에는 사이다, 매실, 녹차, 별별 것을 다 타서 먹었다니까.

송명희 맛있는 걸 어떡해.

백인철 그럼 저도 그거 먹을래요.

강승철 야야, 사내는 진검으로 승부한다. 아줌마, 탁한 거로 꾹꾹 눌러 주세요.

• 주명창이 이영감으로부터 술을 받아 마시고 놓으면.

이영감　자네도 막걸리 마시는 폼부텀 배워야긋고만. 막걸리는 리드미컬하게 마셔야 해. 몸 리듬에 맞춰야 맛있어. (주명창이 남긴 술잔을 든 뒤, 학생들 보고) 학생들도 여그 좀 봐. 늙은 사람이 젊은 사람 노는 데 끼믄 좋아허들 않을 것이지만 내 얘기가 나쁘든 않을 것잉게. 뭣 허는가, 여그 안 보고. 자, 막걸리는 마시는 간격이 들숨 날숨처럼 자연스러워야 혀. 그래서 단숨에 쭈욱~ 소리 내 마셔야 어울려. (손등으로 입가를 훔치며) 은근슬쩍 한두 방울 턱밑으로 흘리는 것은 애교 술이고.

송명희　(건성으로) 예, 예. 맛있게 드세요.

이영감　(기분이 안 좋다) 맛있게 먹으란 것은 참 존 소린디….

송명희　할아버지, 저희 오랜만에 뭉친 거거든요.

이영감　(주먹을 갖다 대며, 장난으로) 이렇게 뭉쳤냐? 아님 이렇게 뭉쳤냐?

주명창　(일어서며) 학생들, 미안허네. (이영감 보고) 어르신, 젊은 사람들은 젊은 사람들끼리 놀라고 하시구요.

이영감　딱, 하나만 물어보고. 학생, 아까 뭐라고 혔지? 막, 막 요쿠르트?

송명희　막쿠르트요.

이영감　귀헌 막걸리다 뭔 장난질이여?

송명희　제 돈 내고 제가 마시는 거거든요? 좋은 말도 세 번 하면 듣기 싫은 법이에요.

- 이영감과 대학생들은 속담으로 노래하듯 싸운다. 그런데 하다 보니 재밌다. 주명창과 정교수도 참여한다.

이영감　이로운 말은 귀에 거슬리지.

송명희　가는 말이 고와야 오는 말이 곱죠.

이영감　겉보리 술지게미가 사람 속인다던만 맹랑허네.

강승철　익은 밥 먹고 선소리한다는 말이 있어요.

이영감　보리술은 보리 내가 나게 마련이지.

백인철　콩 심은 데 콩 나고 팥 심은 데 팥 나니까요.

이영감　콩 볶아 먹다가 가마솥 터뜨린다더니.

주명창　어느 장단에 춤을 추랴.

이영감　참깨 들깨 노는데 아주까리가 못 놀까.

정교수　탕약에 감초가 빠질까.

송명희　아는 것이 병.

이영감　모르는 게 약.

송명희　약도 지나치면 해로워요.

이영감　앓느니 죽지.

다같이　피장파장!

이영감　이제 그만혀야긋네. 막걸리 거르려다 지게미도 못 건진다
　　　　고 혔응게, 자네들 많이 드소.

송명희　어르고 뺨치기네요.

주명창　학생들! 그만허세. 웃는 낯에 침 뱉으랴. 허허허.

•　모두 웃음. 노래 덕에 오히려 가까워진 사람들. 이영감의 재미난 말투
　에 관심을 보인다.

주명창　양조장은 언제까지 하셨어요?

이영감　술부텀 한잔허고. 목 마친게. (잔 내려놓고) 5공 말인가? 버틸

만큼 버텼는디, 막걸리가 도통 나가들 않응게 쫄딱 망혀 버렸지. 사람들이 삼겹살 먹고 그렇게 막걸리를 먹간디? 막걸리는 배부릉게. 고기는 소주에 먹어야 맛나잖어. 그때 막걸리는 밀가루, 고구마, 감자, 옥수수, 이런 거로 만등게 헛배만 부르지. 카바이드 알지? 카바이드 막걸리. 박통 때는 옥수수 전분 써서 카바이드 넣기도 했는데, 그게 일천 구백칠십칠년 정확히 십이월에 다시 쌀막걸리 히도 된다고 혀서 내가 온 공력을 들여서 쌀로 만들었는디, 안 나가. 한번 맥이 끊긴게 잇기가 어려워.

김시인   소주, 맥주 때문에 막걸리가 사양산업 됐다는 것이 맞네요?

이영감   똑 그것만도 아녀. …. 술잔이 갔으면 다시 와야지? (주명창 술 따르고) 술값 대부분이 뭔가?

학생들   세금이요.

이영감   잘 아네. 막걸리는 세금이 낮응게 싸구려 술이 되었고, 5공 띠부터는 먹고살 만헝게 싸구려는 안 먹을라고 허고. 마주왕(마주앙) 같은 거 먹었지. 옛적으도 바다에 빠져 죽은 사람보다 술에 빠져 죽은 사람이 더 많다고 했응게 술장사하믄 안 굶어 죽을 것이라고 혔는디. 내가 굶어 죽지는 않았지만, 집안은 곤궁하게 돼 버릿지. 식솔들이 고생 좀 했지.

김시인   사모님하고 자녀분들은?

이영감   알아서 뭣 헐라고? …. 딸년 하나 있는디, 한 십 년 됐는가? 안 본 지가.

정교수   아니, 왜?

이영감   알아서 뭣 헐라고? …. 내가 못 헐 짓을 좀 혔지. 허허. 살림이 여럿이었거든.

정교수　허허. 그 연세 어르신들은 다들 한두 명씩 있지 않았나요?

이영감　암만. 그릿지. 헌디 조강지처를 못 챙깃어. 말년은 조강지처가 존 법인디.

정교수　따님은?

이영감　궁금헌 것이 참 많네. 허허. 한잔허세.

　• 암전.

3막 〈막걸릿집 안주〉

- 가게 밖에서 휴대폰으로 통화하고 있는 나의원.

나의원　(휴대폰 들고) 알았다니까 그러네. 내가 누구야. 나, 나봉달
　　　　시의원님이야. 걱정 말어. 어, 지금? 안 돼. (혼잣말로) 이놈의
　　　　세상이 날 하루도 가만 놔두지 않는구만.

- 최주사, 가게에서 나온다.

최주사　(나의원 발견하고) 의원님, 오셨으면 들어오셔야지요.
나의원　(알았다는 손짓, 계속 통화하며) 내가 예산을 받쳐줘야 할 수 있
　　　　는 일이지. 뭐, 하는 것들 봐서. 그래, 그건 걱정 말어. 내가
　　　　물어볼게…. (전화를 끊고. 최주사 보고) 바쁜 사람을 왜 오라
　　　　가라 그래?
최주사　(나의원 어깨를 주무르며) 의원님께서 계셔야 일이 진행되죠.
　　　　어서 들어가시죠.
나의원　헌데 왜 이 집이야? 〈한바탕〉 있잖아. 우리 처제가 하는
　　　　데. 몰라?
최주사　요즘 이 집이 뜬다고 해서 한번 와 봤어요. 다음에는 꼭 거
　　　　기서 하겠습니다. (한쪽을 보고) 참, 주명창님 계시데요.

나의원 주명창? (자신의 왼쪽 빰을 만지작거리며, 최주사가 가리킨 곳을 살
피고) 아, 다른 집 가면 안 돼? 아니야, 가자구. (앞서 들어가며)
뭐 해? 빨리 안 들어오고?

- 무대_A. 탁자②. 우춘자가 대학생들의 탁자에 막걸리와 안주를 놓는다.
- 송명희는 이후 안주들을 휴대폰 카메라에 담느라 정신이 없다.
- 아무 말 없이 조신하게 앉아 있던 김미숙은 쇼핑백에서 상자를 꺼내
고, 상자에서 와인 잔을 꺼낸다. 막걸리를 따르고, 와인을 마시듯, 술
잔을 돌리고, 향을 맡고, 살짝 맛을 본 뒤, 살풋한 미소. 깊은 맛의 음
미. 사람들이 의아하게 바라보면.

김미숙 (해맑게) 보졸레누보 막걸리, 정말 해 보고 싶었어요.

백인철 (안주 놓는 것을 도우며) 우와! 조기찌개, 풋고추, 오이무침,
다슬기, 오이냉국, 돼지고기 수육, 나물, 무조림, 옥수수, 배
추. 선배님, 뭘 이리 많이 시키셨어요?

송명희 (당황스럽다는 듯) 이게 기본이야. 전주는 원래 그래.

백인철 아줌마, 이래가지고 뭐가 남아요?

우춘자 몰라. (살짝 웃으며) 그래도 쩨까 남은께 하것지.

백인철 서울에서 이렇게 하면 대박이겠네요.

강승철 손님은 대박이지, 주인은 쪽박이고.

백인철 아줌마, 다 먹지도 못하겠는데요? 이제 그만 놓으세요.

우춘자 천천히 다 드셔. 요즘 같은 세상에 여러 사람이 와서 많이
먹어주니 서로 좋은 것 아녀?

백인철 근데 여긴 언제부터 생겼어요?

우춘자 몰라. 〈은행나무집〉 이 이름은 한 30년 가차이 됐다고 허

드만.

강승철 주모의 전설이 여기라면서요?

우춘자 전설? 아, 그거. 한 3년 됐다든디.

• 무대_B. 한쪽에서 이옥자. 모노드라마처럼.

이옥자 당신, 당신이 우리가 중국산 쓰는 거 봤어? 봤냐고! 여자라고 무시허는 것이여? 막걸릿집 한다고 무시허는 것이여, 시방? (한바탕 속내를 푼다) 나, 자정에 장사 끝나믄 얼마 자도 않고 새벽 5시에 장 보러 가는 년이여. 제철 채소로 싸게 사서 손님상 내놀라고. 오전 내내 손톱 빠지도락 재료 다 듬고, 저녁 되믄 손님들 앞에서 직접 무쳐서 내놔. 말 그리 함부로 허는 거 아녀. 이것이 시방, 뭐 허는 거여. 상을 엎어? 아이구 아까라, 이 귀헌 것들을.

• 이옥자는 바닥에 떨어진 음식들을 주워 담다가 자기 입에 넣고 씹는다. 씹다가 뱉어 상대방의 입에 처넣는다.

이옥자 아나! 그래, 나는 손님들 먹던 음식 다시 내는 것이 아니라, 내가 씹던 거 뱉어서 손님 주둥이에 처넣는 년이다. 옜다! 처먹어라.

• 무대_A. 탁자②.

김미숙 (해맑은 표정) 정말 멋진 분이시네요.

강승철 그게 아닌 것 같은데. 전경들이랑 학생들이랑….

우춘자 아, 몰라. …. 쓰잘데기 없는 소리는 말고, 학생들은 맞나게 나 자셔. 그라고 (남학생들 보며) 전주막걸리라도 많이 마시믄 건강만 해치고, (송명희 보며) 공짜 안주 맛있다고 자꾸 주워 먹으믄…, 살찐다, 잉.

강승철 아줌마 바뀌었어요. (송명희 가리키며) 얘가 젤 잘 마셔요.

- 나의원과 최주사, 들어온다. 나의원은 과장된 말과 행동으로 사람들을 만난다.

이영감 내가 잠깐 뭣을 좀 가져와야긋고만. 우선 술 자시고 있어. (나가면)

나의원 (들어오며) 다들 계셨네요? 아이구! 우리 교수님, 반갑습니다. 시의원 나봉달입니다. 김시인님, 이게 얼마 만입니까? (박실장 보고) 아, 자네, 지난번에 부탁한 거 내가 잘 검토하고 있어. 걱정 말어.

주명창 아따, 인사 한번 거네.

나의원 어, 주명창. 오랜만이네. (최주사에게 귓속말로) 저놈은 볼 때마다 기분 나뻐. 사상이 아주 불량하다니까.

최주사 (귓속말로) 왜 그러시는 거예요?

나의원 (귓속말로) 나 안 찍은 놈이여.

정교수 (말을 끊고) 나의원님, 막걸리 한잔 받으세요.

최주사 자리를 합칠까요?

나의원 아, 이 사람아, 무슨 소리를…. (정교수가 좋다고 하면, 싫지만) 그러시지요.

- 탁자①. 다들 자리에 앉으면. 어색하다. 모두 웃음. 다시 웃음. 또 웃음.
- 나의원은 극이 진행되는 동안, 계속 바쁘다는 듯 시계를 본다.
- 탁자②. 대학생 탁자에서 '원더걸스', "원하는 만큼 더도 말고 덜도 말고 걸러서 스스로 마시자" 하며 큰 소리로 건배한다.

나의원　건배 한번 하시죠. 건배사는 우리 교수님이.

정교수　글쎄요. 의원님께서….

나의원　(서둘러서) 그럼 제가 우리 교수님 앞에서 문자 하나 쓰겠습니다. 대나뭅니다. 대화를 나누며 무한한 성공을 위하여! (반응이 없자) 그럼 지화자로 할까요? 지금부터 화끈한 자리를 위하여!

주명창　그냥 마돈나로 해. 마시고 돈 내고 나가자!

- 탁자②. 대학생들이 '껄껄껄', "좀 더 사랑할껄. 좀 더 즐길껄. 좀 더 베풀껄" 하며 큰 소리로 건배.

박실장　(시의원 눈치 보고) 제가 할까요? 요즘은 '당신멋져'가 유행인데? 당당하고 신나고 멋지게, 져 주면서 살자.

나의원　이상한 사람이네. 아니, 왜 져주면서 살아?

- 박실장은 뭔가를 크게 잘못한 듯 난처한 표정.

정교수　어쨌거나, 뭐든 상관있습니까? 자, 한잔합시다. 얼씨구!

다같이　좋다!

- 모두 한잔하고. 다시 어색하다. 모두 웃음. 다시 웃음. 또 웃음.

정교수   제가 한 말씀 하지요. 멋과 맛이란 말이 있어요. 이것은 여유가 있을 때 즐길 수 있는 것이고, 그 여유를 가져오는 매개체가 될 수 있는 것이 바로 술입니다. 제 막걸리 내력이 50년입니다. 왜 50년이냐?

- 정교수 말이 끊임없이 이어진다. 따분해하는 사람들.
- 그사이에 한 여자가 들어와 주위를 살핀다. 탁자③에 와서 의자를 닦고 손수건을 깐다. 잠시 밖으로 나가서 선글라스 낀 여자와 함께 들어온다. 영화 촬영하러 온 여배우와 코디. 이들은 주위를 크게 의식한다. 그러다 막걸리 한 상이 차려지고 나서는 게걸스럽게 먹기 시작한다.

한여자   (우춘자에게 다가가, 비밀스러운 표정으로) 아줌마, 저분이 누군지 아세요?
우춘자   (툭, 던지며) 내가 어떻게 알아?
한여자   저분이… 아니에요. 저분이 여기 오신 줄은 아무도 몰라야 해요.

- 탁자①. 정교수의 말은 비디오를 빨리 돌리는 것처럼 연출한다. 말이 끝나면 박수.

정교수   어찌 되었든, 제가 내린 결론은, 전주는 전통술 특구로 지정해야 한다는 거예요.
나의원   좋으신 말씀입니다.

- 하던 일을 멈추고, 정교수를 넋 놓고 바라보는 우춘자.

최주사   좋은 말씀이셨습니다.

정교수   아, 나, 아직 안 끝났는데…. (최주사가 더 하라는 손짓) 자, 여길 보세요. 전주만큼 안주를 푸지게 내놓는 곳이 없어요. 막걸리 맛도 경지에 이르고 있지 않습니까?

- 최주사가 그만하라고 신호를 하지만, 정교수는 말을 쉬 끝내지 않는다. 오히려 최주사의 손을 잡아채고.

송명희   (탁자②. 잔 비우며) 나는 거시기. 거절 말고 시방부터 기가 막히게 보여 주자!

- 사람들이 대학생들의 건배사를 들으며 키득거린다.

여배우   (탁자③. 우춘자 부르며) 아주머니, (다른 탁자 가리키며) 저게 뭐죠? (코를 감싸고) 톡 쏘는 거.

우춘자   삼합?

여배우   저걸 삼합이라고 하나요? …. 왜, 우리는 안 주나요? 여기 사람이 아니라고 차별하는 건가요?

우춘자   영부인이 와도 안 돼. 우린 두 주전자 마셔야 삼합이 나가.

여배우   아하, 마일리지 개념이군요.

우춘자   어디서 본 사람 같은디…. 배운가? 사인 한번 멋지게 하고 가믄 특별히 줄 수도 있지.

• 한여자가 말리지만, 여배우는 벽에 '나, 전주에서 막걸리 마시는 여자
예요. 김해수'라고 적는다.

우춘자　김해수여? 이쁘긴 헌디 테레비랑은 크기가 쪼까 다르네,
잉. 나보담도 못헌 거 같어.

• 대학생들 일어나 사인해 달라고 매달리면, 여배우와 한여자는 도망치
듯 나간다.
• 무대_B. 한쪽에서는 머리에 뭔가를 잔뜩 인 이옥자. 다른 쪽에서는 용
수를 든 이영감이 온다. 둘은 문가에서 얼굴을 보고. 무심코 지나치려
다가. 다시 본다. 놀라고.

이옥자　(화가 나서) 여기가 어디라고 찾아왔어요? 다시는 보지 말자
고 했잖아요.
이영감　내가… 너한테… 할… 말이 없다. ….

• 이영감이 이옥자에게 다가가면, 밀쳐낸다. 이영감, 힘없이 쓰러진다.

이옥자　말도 섞기 싫으니까 다시는 오지 마세요. …. 인연 끊고 사
는 것이 더 편해요.

• 한여자가 뛰어들어와 가게 문을 열고 들어간다. 이옥자는 그 자리에서
주저앉고. 이영감은 밖으로 나간다.
• 무대_A. 문 열리면, 한여자 들어온다.

한여자   (다시 들어와서) 사인해 드렸으니까 삼합 주셔야죠.

  • 탁자①.

정교수   좋은 막걸리를 만들려면 무엇보다 좋은 누룩이 있어야 해
          요. 제 마지막 말씀은 좋은 누룩은 우리 밀로 만들어야 한
          다는 겁니다.
최주사   지금 밀농사 하는 곳이 어디 있나요?
정교수   (뻘쭘하다) 아! 없나요? (뜬금없이) 그럼 짓지요, 뭐.
박실장   (기회를 잡았다 싶은) 밀 재배는 제게 복안이 있습니다. 전주
          천, 삼천 고수부지에 우리 밀을 조성하는 방법입니다. 고창
          청보리밭이랑 메밀밭 가보셨지요? 관광에도 큰 효과가 있
          을 겁니다.
나의원   관광? 그거 좋네.
주명창   농사는 누가 지어?
박실장   노인분들 일자리 창출 사업을 하면 충분할 텐데요. 농과대
          학에 위탁하는 것도 좋고.
나의원   일자리 창출 사업? 그건 더 좋네.
박실장   전주막걸리를 살리는 것이 전주 관광으로 이어진다, 뭐 그
          런 거니까요. 자, 생각해 보세요. 전주 도착해서 낮에는 전
          주비빔밥 먹고, 전주한옥마을 관광하고, 저녁에는 전주막
          걸리와 푸짐한 안주로 풍류를 즐기고, 다음 날 아침에 전
          주콩나물국밥으로 해장하고.
주명창   막걸리 많이 마시면, 별수 없이 자고 가야 허니까.
박실장   (고무되어) 술과 관련된 시와 음악, 춤, 다양한 얘깃거리가

있는 열린 판이 있는 축제는 어떠세요? 화해와 화합의 축제. 결국, 전주에서 술을 마시면 화해와 화합이 자연스럽게 이뤄진다는 이미지를 만드는 겁니다.

· 모두 손뼉을 치면, 으쓱하는 박실장.

나의원　　자네, 그거 정리해서 가지고 와.

박실장　　마침 제가 막걸리축제를 기획하고 있는데, 의원님이 도와주시죠.

최주사　　그렇지 않아도 나의원님 뵙자고 한 게 그 축제 때문인데요, 시의원님들이 적극적으로 밀어 주셨으면 해서요.

나의원　　그래? 예산안이랑 기획서 한번 가져와 봐.

주명창　　선수는 따로 있었구만.

나의원　　(일어서며) 교수님, 정말 죄송한데요, 제가 잠시 다녀올 곳이 있어서요.

주명창　　바쁘시면 안 와도 됩니다.

· 탁자②.

백인철　　(한참 취해서) 나는 개나리다, 개나리! 계(개)급장 떼고, 나이 잊고, 이(리) 쓰봉 한판 붙자.

· 밖으로 나가려던 나의원이 갑자기 뭔가가 생각났다는 듯 우춘자에게 간다.
· 정교수는 화장실에 가는지 잠시 자리를 비운다.

나의원 (성의 없이 툭 던지며) 이 집 고들빼기가 맛있다면서? 비법이
뭐야?

우춘자 비법은 무슨…. 난 몰라요. 음식은 다 사장 언니가 알아서
헝게.

나의원 그럼 자네는 여기서 뭐 해?

우춘자 대표 마담. 지금 우리 사장 언니 없는디. 순창 어디 절에서
누룩을 아주 잘 담갔다고 해서 갔어요. 며칠 돼요.

• 문 열리면, 머리에 뭔가를 잔뜩 인 이옥자 들어온다.

우춘자 어매! 사장 언니 와 버렸네.

나의원 (점잖게) 안녕하십니까. 시의원 나봉달입니다. 이 집 고들빼
기김치하고 홍어 무침이 맛있다고 소문이 자자하던데, 방
법이 뭡니까?

이옥자 그런 건 뭣 하러 물으신대요? (춘자 보고) 춘자야, 이것 좀 받
아라.

나의원 제가 시의원인데요, 시정에 필요해서 그렇습니다.

이옥자 고들빼기김치 담그는 것이 시정에 왜 필요하대요? (춘자 보
고) 춘자야, 이것 좀 받으라니까. (머리에 인 것을 내려놓고)

나의원 그러지 마시고 알려 주세요.

이옥자 넘들 허는 것허고 똑같은디. (춘자 보고) 춘자야, 세금 냈지?

나의원 넘들은 어떻게 하는데요?

이옥자 그냥 조물조물허믄 돼요. 그냥 잘 다듬어서, 양념 맛있게
해서, 무치는 것밖에 없어요. (춘자 보고) 춘자야, 너 또…!

나의원 아, 참. 깝깝허네. 비법 좀 알려 달라니까요!

- 화장실에 다녀오던 정교수가 옥자를 보고 화석처럼 굳어진다.

이옥자 아따 시방 내가 더 깜깝허요. 잘 들어 보시오, 잉. 그냥 새
벽 시장서 존 놈으로 사다가 깨끗허게 다듬고, 양념도 존
것으로다가 해서 조물조물하면 된다니까요.

나의원 별것도 아닌 것 같구만.

이옥자 별것도 아닌디, 왜 자꾸 물어 싸요?

나의원 아, 참 나! 그럼 전은 어떻게 부쳐요?

이옥자 자서 봤응게 알잖어요. 뭐 특별난 것이 들어간 것도 아니고
그날그날 음식 만들고 남는 재료들 잘게 썰어서 부치죠, 뭐.

나의원 (성질이 나서, 큰 소리로) 조미료고만, 조미료! (옥자 보고) 아주
머니, 저 시의원 나봉달이거든요!

이옥자 나봉달든 너봉달이든, 내사 알 바 아니고. (춘자 보고) 춘자
너 이리 와 봐.

- 사람들이 모두 바라보고 웃으면. 나의원 굴욕스러운 표정으로 나간다.
박실장과 최주사, 나의원을 배웅하러 나간다.
- 이옥자도 정교수를 보고 놀란다. 서둘러 안으로 들어간다. 정교수 따
라 들어간다.

정교수 (탄식 같은) 옥자 누님….

- 암전. 무언가를 암시하는 듯한 음악.

4막 〈막걸릿집 전설〉

• 화장실에서 돌아오던 백인철. 걸게 차려진 탁자①을 부러운 듯 본다.

주명창 (백인철을 의식하고) 우리는 안주가 한참 넘치는디, 좋은 일
좀 헐까요?

최주사 그럴까요. 학생! 여기 안주 가져가서 먹어.

백인철 (단호하게) 우리도 술 더 마시면 돼요.

• 송명희가 교수에게 꾸벅 인사하며 안주를 가져온다. 강승철·백인철
무념하게 앉고.

송명희 (안주를 집어 먹고) 이 집 안주 너무 맛있다. 막걸리는 풋고추
에 맛있는 된장만 있으면 되는데…. (고추를 된장에 찍어 한 입
베어 물고) 아, 매워, 아!

강승철 고추 너무 좋아하지 마라. 여자가 고추 너무 좋아하면 안
돼. 명희야, (막걸릿잔을 내민다) 한잔해! 매울 때는 막걸리 한
입 물고 있으면 금세 사라져. (술을 따른 뒤, 손가락으로 젓는다)
막걸리는 이렇게 새끼손가락으로 휘휘 저어야 더 맛있는
거야.

송명희 더러워, 더러워. 아까 오줌 싸고 손도 안 씻고.

강승철　나 손 안 대고 싸.

송명희　아아, 오빠하고 같이 있으면 나까지 드러운 사람처럼 보여.

강승철　(술잔을 내밀며) 야! 백인철! 너도 한잔해!

백인철　(아까부터 계속 깔깔거리며 웃는다) 아하하하하하. (술에 취해 빨개진 자기의 얼굴을 손으로 만지며) 나 얼굴 익었어?

이옥자　(꽃게찜 안주를 내주며) 이 봄날에 단풍 들었네! 보기 좋다! 옜다, 안주 서비스다.

- 비 내리는 소리.
- 탁자①에 정교수와 주명창, 김시인, 최주사, 박실장.

정교수　비가 내리는 모양이네.

주명창　(분위기 바꾸려고) 자, 막걸릿집 관록은 이 주전자의 찌그러진 정도하고, 주모의 육자배기 가락이라고 하였겠다. (큰 소리로) 여보, 주모. 날도 그러한데 한 곡조 뽑으려오?

우춘자　나중에 헙시다. (흥이 나게) 이따가 손님 몰려올 거요. 비만 오면 자다가도 벌떡 일어나서 찾아오는 손님들이 많응게요. 우리 집 빗소리가 그렇게 좋다나, 어쨌다나.

김시인　왜 비가 오면 막걸리 생각이 날까요?

- 비나리 조의 음악 잠시 뜰리고.

정교수　그러게 말입니다. 제가 재미없는 얘기 하나 들려드릴까요? 아버지 없는 집들이 다들 그랬겠지만 우리 집도 무척 가난했어요. 그래서 어머니가 막걸리 빚는 집에서 술지게미를 얻어 오면 거기에 사카린을 넣고 끓여 먹곤 했지요.

박실장   (분위기 파악 못 하고) 저도 먹어봤는데. 진짜 맛있잖아요.

정교수   그랬지요. 어찌나 맛있던지 아홉 살이었던 저와 일곱 살, 네 살 동생들은 미친 듯이 먹고 또 먹었어요. 우리 세 형제는 얼굴이 빨개지고 곤드레만드레 흥얼거리며 곯아떨어지곤 했어요. 어느 날인가, 이렇게 비가 많이 오는 날인데, 우리는 또 그 술지게미를 한참 먹고 있었지요. 그런데 잠이 든 줄 알았던 막내가 도통 일어나질 않는 거예요. 막내야, 막내야, 막내야. 아! 가난. …. 그 어린 생명에게 술지게미만 먹였으니, 세상과 영영 안녕을 한 겁니다. 그 뒤로 막걸리라면 이가 갈렸는데….

김시인   어쩜…. 그럼 언제부터 막걸리를 다시 드셨어요?

정교수   군대 있을 땝니다. 어느 날 막걸릿집에서 막걸리 벼락을 맞았지요. 온몸으로 막걸리를 뒤집어썼는데 머리카락에서, 코끝에서 뚝뚝 떨어지고, 얼굴을 타고 흘러내려 오는 막걸리를 한 방울, 두 방울, 받아먹고 있으니까 왜 이렇게 맛있는지. 그때 저에게 막걸리 세례를 퍼부은 여자가 있었는데요, 오늘 그 사람을…. 아, 제가 분위기를 다 망쳐 버린 것 같네요. 너무 반가운 사람을 만나서…, 제가 좀 센치해졌습니다. 죄송합니다.

- 김시인이 낮은 음성으로 박인희 노래 〈세월이 가면〉을 부른다. 사람들이 따라 부르고. 정교수는 회한에 잠긴다. 주명창이 조심스럽게 젓가락 장단을 맞춘다.
- 무대_B. 난처한 듯한 표정의 이옥자. 정교수가 가서 그 앞에 선다.

정교수 누님 말대로 열심히 공부해서 교수 됐소.

이옥자 잘했네. 내가 안주 몇 개 해 줄 테니까 먹고 가.

정교수 왜 자꾸 가라고 그래요? …. 어찌 살았소?

이옥자 그냥저냥. 인생이 돌고 돌아서 여기 다시 왔네. …. 교수님
이 막걸릿집 허는 사람이랑 안다고 허믄 보기 안 좋은게
어여 절루 가.

정교수 그런 말이 어디 있어요? 나는 지금도 누님이 내 머리에 쏟
아준 막걸리가 제일 맛있는 것 같소. …. 누님, 지금도 꽃
좋아해요?

이옥자 이 나이에 꽃은….

- 김시인의 노래가 끝나고.
- 정교수는 자리로 갔다가 갑자기 일어서며 밖으로 나간다.

최주사 (분위기 바꾸려) 오늘 우리가 가수를 만났습니다. 정말 잘하
세요.

- 박실장과 대학생들이 민중가요로 화답한다. 느리게 부르다가 빨라지
는 노래. 흥겨운 젓가락 장단.
- 노래를 부르며 학생들은 탁자①로 자연스럽게 합석한다.

박실장 (술에 취한 목소리) 저는 이 노래 때문에 공짜 술 많이 먹었습
니다. 친구들이랑 탁자 두들기면서 운동가요 불러 젖히면
여기저기에서 막걸리를 보내 주곤 했으니까요. 몰래 술값
계산하고 가시는 분들도 많았구요.

김미숙 (해맑은 표정으로 박실장 보며) 그럼 오늘 우리 술값은 아저씨
가 내주시는 거예요?

박실장 (절대 그럴 일 없다는 표정으로 뜨아하게) 학생 술 많이 마신 것
같으네.

- 민중가요가 배경음악으로 나지막이 들리면.

강승철 (주명창 보고) 아저씨, 혹시 은행나무집 전설 아세요?

주명창 모르진 않지. 87년도 6월항쟁 때 일인데. 전경들한테 쫓
기던 학생들이 도망치다 들어간 곳이 하필 이 집이었다네.
곧이어 전경들도 막걸릿집까지 쳐들어왔는데….

- 무대_B. 밝아지면, 30대 이옥자가 운영하던 막걸릿집.
- 이옥자가 코를 움켜쥐고 가게 문을 닫으려고 한다. 머리에 띠를 두른
  학생들이 "아줌마, 저희 좀 살려 주세요, 숨겨 주세요." 하면서 들어온
  다.(술집에 있던 사람들이 각각의 역할을 대신해도 좋다)

이옥자 야야, 언능 이리 오니라. 막걸리로 얼굴 좀 시쳐라.

- 이옥자가 학생들의 손바닥마다 막걸리를 따라 주면, 학생들은 눈을 씻
  기도 하고, 마시기도 한다. 곧이어 전경들이 들이닥친다. 전경들은 사
  정없이 학생들에게 폭력을 가하고, 끌고 가려고 한다.

이옥자 (소리를 지르며) 시방, 이것이 시방, 뭐 허는 거여! 야, 이놈
들아!

- 이옥자가 말려 보지만 소용없다. 난투 속에서 전경들의 모자가 벗겨지기도 하고. 화가 난 이옥자는 큰 독에서 바가지로 전경들에게 막걸리를 끼얹는다. 온몸으로 막걸리를 받은 전경들.

이옥자   (나긋한 목소리로 느릿하게) 막걸릿집엘 왔으믄, 막걸리 맛이 나 보고 가야지. …. 뭣들 허고 있어. 자, 다들 앉어. 학생도 앉고, 군인 양반도 앉고. 내 집 왔으면 내 손님잉게 내 말 들어.

- 이옥자는 학생들과 전경들 앞에 큰 우동 그릇을 놓고 막걸리를 가득 부어 준다. 어색한 분위기 이어지면, 전경 한 사람이 천천히 걸어 나와 우동 그릇을 들고 조금씩 경건하게 마시기 시작한다.

이옥자   참 맛나지? 다들 한 잔씩 혀. 술값은 외상으로 해줄 텡게.

- 막걸리를 마시던 전경이 어깨를 떨며 눈물을 흘리기 시작한다. 이름표에 〈정학습〉. 그 모습을 보던 학생들과 전경들도 하나둘 훌쩍거리기 시작한다. 이옥자는 일부러 분위기를 띄우려고 노력한다.

이옥자   울어라, 울어라. 술 마시면 원래 그렇게 눈물이 나오는 법이여. …. (젊은 시절 전경인 정학습을 보고) 군인 양반 이름이 학습이여? 학습이 뭐여, 학습이. 열심히 공부해서 선생님, 아니 교수님 돼야긋고만. …. 자 한 잔씩들 더 먹어. 또 한 잔 마시면 지지고 볶는 이 세상사 아무껏도 아니다.

- 학생들과 전경, 이옥자가 함께 어울린 짧은 춤판.

  O **노래** 〈꽃날맞이〉 (흥겹게 부르다가, 천천히 읊조리다가, 슬프게)
  (이옥자)　　꽃맞이 가세 꽃맞이 가세

  　　　　　　꽃물결 꽃보라 꽃잠처럼 설레는 꽃맞이 가세

  　　　　　　술도 안주도 꽃이라 귀한 님 눈웃음 같은 꽃이라

  　　　　　　꽃술 한 잔 꽃눈 트고 꽃단풍 한 점 꽃비 내리네

- 계급이 높은 전경 한 사람이 뛰어 들어온다. 사태를 파악하고, 정학습을 발로 짓밟기 시작한다. 끌고 나가면. 이옥자와 학생들이 달려들지만, 소용없다. 다른 전경들이 (정신을 차린 듯) 다시 학생들을 끌고 간다. 난데없는 상황에 이옥자, 말을 잃고 서 있다가,

  　　　　　　꽃노을 홀딱 젖어 발그레 꽃물이 들면

  　　　　　　꽃마음 만발하여 춤을 춰도 꽃춤이요 노래해도 꽃노래라

  　　　　　　꽃바다 덩더꿍이 덩더꿍이 꽃내미장단

- 쓸쓸하게 울리는 이옥자의 소리
- 무대_A. 탁자①

주명창　　그 일 있고 이 집이 아주 명물이 됐지. 헌데 오래 못 했어. 이유는 모르것고.

송명희　　전주에 막걸리박물관 생기면 그분이 모델 해도 되겠네요.

강승철　　아까 그 할아버지도 있잖아.

주명창　그렇네. 예전에 양조장 했던 분들, 소문난 막걸릿집 했던 분들 찾으면 전주막걸리 역사가 나오겠구만. 그나저나 어르신은 어디 가셔서 안 오시지?

박준영　(졸면서) 막걸리박물관? 그거 아주 멋진데!

- 우당탕. 조금 전부터 졸던 박실장이 의자에서 미끄러진다. 정신을 못 차리고.

김시인　이 사람 갑자기 왜 그래?

최주사　조금 전까지 멀쩡하더니만 금세 취한 모양이네요. 제가 택시 잡아 주고 오겠습니다. 가시죠, 박실장님.

박실장　(술에 취해 자기 잔을 보고) '빈 잔만 남겨 놓고 떠나가느냐, 얄미운 사람~~~.'

- 모두 웃음. 암전.

5막 〈술 익는 소리〉

- 탁자①에 주명창, 김시인, 대학생들이 몰려 있다. 김시인은 졸고, 백인철은 엎드려 자고, 김미숙은 코를 골고. 두 사람은 지들끼리 논다.

우춘자   이것 좀 드세요. 막걸리 안주는 누가 뭐래도 따신 밥 말은 콩나물국이 최고지요. 근디 우리 정교수님은 어딜 가셨대?

- 최주사의 부축을 받은 나의원이 술에 취해 어설픈 유행가를 엇박자 가락으로 목청을 돋우며 들어온다.

주명창   술 취했으면 집에 보낼 것이지 뭣 하러 데리고 와?
최주사   (손으로 입을 가리고) 이 똥고집을 누가 말려요.
나의원   남자가 병뚜껑을 깠으면, 바닥을 봐야지. (주전자를 들고) 어, 벌써 다 먹었네? 여보, 주인장!

- 나의원이 손을 들어 주인을 부르려 하자, 최주사가 말린다. 나의원이 성질을 내자 최주사가 숟가락을 들어 주전자 옆구리를 탁탁, 친다. 그 소리에 우춘자 다가온다.

우춘자   한 주전자 더 하시게? 많이들 하신 것 같은디. 더 드릴 안

주도 없고.

나의원　허, 정말 오네. 이거 참 재미있네.

- 나의원이 숟가락을 들어 주전자를 탁탁, 친다. 그 소리에 우춘자가 다시 다가온다.

우춘자　의원님, 뭐가 또 필요하십니까?

나의원　아니, 아니. 하도 재미있어서 따라 해 봤어. 미안해.

- 나의원은 한 번 더 주전자를 치고, 우춘자가 다시 온다. 겸연쩍은 나의원. 그러나 재미지다.

우춘자　괜찮아요. 우리는 그 소리가 돈 버는 소린게 듣기 좋네요.

- 우춘자가 주방으로 가려고 하면, 나의원이 주전자를 다시 치려다가 눈치 보며 웃고, 다시 치려다가 눈치 보며 웃는 장면이 몇 차례 반복된다. 마치 춤처럼. 다들 나의원이 괘씸하지만 시의원이라서 별수 없다. 분하다.
- 대학생들은 이 모습이 재미있기도 하지만 시한폭탄처럼 불안하다. 지들끼리 눈치 봐 가면서 건배를 한다.
- 손에 막걸리채를 든 이영감이 문 앞에서 서성인다. 들어가고 싶지만, 선뜻 용기가 나지 않는다.
- 김시인과 백인철은 잠에서 깨지만, 계속 졸고 자는척한다.

우춘자　의원님, 자꾸 장난치믄 써비스 안 줘요.

나의원 (툭, 던지며) 써비스는 무슨, 엘비스다, 엘비스. (엘비스 노래 흉내) …. 후졌구만, 후졌어. 우리 처제 가게는 활어회에 전복까지 주데. 어떤 날은 아예 옻닭 한 마리를 통째로 주고.

우춘자 (조금 화가 나서) 그럼 그 집 가서 먹지, 뭐 하러 여그 와서 술 자셔요?

나의원 내가 여기서 먹든, 다른 데서 먹든 당신이 무슨 상관이야.

주명창 그만헙시다, 나의원. (혼잣말로) 저놈은 어찌 술만 처먹으면 개가 된다니?

나의원 (주명창 보고) 너, 가만 안 있냐? (인사불성 단계) 옳아, 당신이 이 집 기둥서방이시구만.

주명창 이 새끼가 술을 똥구멍으로 처먹었나? 또 한 볼따귀 해야 정신을 차리겠어? (다가가서 멱살을 잡으려고 하면)

나의원 (주명창 보고, 자신의 왼쪽 뺨을 만지작거리며 뒷걸음질 친다) 너, 한 발만 더 오믄, 너 죽고 나 죽자 이거여.

최주사 주명창님, 나의원님, 왜 그러세요. 좀 참으세요. (혼잣말로) 에잇, 막걸리 마시고 취하면 어미 애비도 못 알아본다더니….

주명창 그거야 막걸리가 귀한 것인게 젊은 놈들 못 마시게 하려고 한 말이지. 막걸리든 소주든 맥주든, 많이 마시면 다 개여, 개.

- 나의원이 탁자의 안주들을 밀어 떨어트린다.
- 주방에서 이옥자 나온다. 문 앞에 서성이던 이영감이 유리문 쪽으로 몸을 기대 딸을 본다.

이옥자   참다 참다 더는 못 참겠네. 높은 양반 마음 씀씀이가 그리 하면 못써요.

나의원   어? 조미료?

- 스스로 주체 못 하는 나의원의 몸이 이옥자에게 쓰러지면. 이영감이 문을 열고 달려 들어와 나의원의 뺨을 때린다.

이영감   야, 이놈아! 얻다 대고 행패여, 행패가!

나의원   뭐야? 당신!

이영감   당신? 이런 호래자식을 봤나? 너는 애비 에미도 없냐?

나의원   나 자수성가한 사람이야.

이영감   야, 이놈아! 술 처먹었으면, 집이 가서 잠이나 자!

나의원   야, 이 영감탱이야, 당신이나 집이 가서 잠이나 자.

- 나의원이 이영감 밀치면. 이영감 힘없이 나가떨어지고. 이옥자는 그 모습이 안쓰럽다. 그러나 다가가지 못하고.
- 주명창이 나의원에게 달려들면, 나의원은 갑자기 구토 증세가 심해지고. 결국, 뛰쳐나간다. 최주사 따라간다.
- 그사이 화사한 꽃다발을 들고, 정교수 들어온다. 정교수 상황 파악이 아직 안 된 상황.
- 힘에 겨운 이옥자가 퍼질러 앉으면, 정교수는 무작정 이영감의 멱살을 잡는다.

주명창   교수님, 왜 이러십니까?

정교수   대체 우리 옥자 누님에게 뭔 짓을 한 거야!

- 정교수가 이영감을 엎치락뒤치락하면, 이영감은 힘없이 당하고. 주명창과 우춘자, 대학생들이 달려들어 떼 놓으려고 하지만 소용없다.

이옥자 (놀라서) 이것이 시방, 뭐 허는 거여!

- 이옥자는 정교수를 떼어 놓고, 뺨을 때린다. 놀란 정교수. 이옥자, 그 자리에 퍼더버리고 앉는다. 우춘자는 정교수에게 달려간다.

이옥자 (이영감을 보고, 허탈하게) 왜 나를 그리 못살게 허는 거요?
이영감 못살게 굴기는. 밥집이 맛있응게 또 오고 싶고, 또 오고 싶고 흐는 거지.
이옥자 언제 여그서 밥 드셨소?
이영감 내가 안 그려. 탁주 반 되는 밥 한 그릇이라고. 혼자 사는 늙은이가…, 어째.
이옥자 (놀랐지만 감추며) 왜 혼자 산다요?
이영감 허. 그게 언젯적 얘긴디. 벌써 한 3년 돼야.
이옥자 딸보다 시 살 많은 젊은 각시는 어쩌고?
이영감 그렇게 말이다. 나야 천년만년 잘 살 줄 알었지. 아내 여럿이면 늙어서 생홀아비 된다더니만.
이옥자 젊은 각시한테 바람나, 정치한다고 정치병 나, 그나마 양조장 하나 남은 것도 다 말아먹었다, 그거지요? 엄니랑 나는 뼈 도드라지게 살었어요.
이영감 (툭 던지며) 니그 어머니 죽은 것은 알았다만 못 가 봤다.
이옥자 무슨 염치로?
이영감 근디 여그는 자주 올란다. 니가 니 엄니 음식 솜씨를 받아

선지 참 맛나더라. 아까 그 머웃대 삶은 것은 꼭 나 먹으라고 헌 것 같드만.

정교수　(놀라서) 영감님이 아버님?

이옥자　(툭, 던지며) 아버님은 무슨.

김시인　(놀라서) 아줌마가 따님, 이신가 봐요?

이영감　딸은 무신. 쉰 줄 넘도록 처녀로 늙어 죽것다는 것이 무신 딸이여.

김시인　처녀?

이옥자　내가 그 꼴을 보고 무신 결혼을 혀? …. (그래도 아쉽다는 듯) 이제 쭈구렁방탱이가 됐는데 시집은 무슨….

이영감　아녀. 니가 느그 엄니 닮아서 외모가 나쁘든 않혀. 누룩에 꽃 핀 것멩이로 아주 예뻐. 기억 안 나냐? 니 열아홉 먹었을 적으 나랑 저 은행나무 아래서 쌀막걸리 만들고 그랬잖여. 그때 봤지? 막걸리 독아지에 쌀뜨물멩이로 핀 누룩꽃.

이옥자　(기가 막히는지 헛웃음을 치다가) 누룩꽃? 참 오랜만에 듣는 말이요.

・ (E) 보골보골. 술 익어 가는 소리.

이영감　(모두에게) 쉿! 잘 들어 봐. 뭔 소리 안 들려? 부글부글 보글보글, 뭔가 끓어오르쟈?

・ 이영감이 무대 구석, 고운 이불로 덮어 놓은 막걸리 항아리를 앞쪽으로 끌어낸다. 사람들 따라간다.

이옥자 (사람들을 제지하며) 가만, 그대로 계세요.

이영감 (이불을 걷어내고) 수불이다. 수불. (냄새를 맡고)

학생들 밥 냄새가 나요.

이영감 옳거니. 옳거니. 잘 익은 막걸리는 쌀밥 뜸 들이는 냄새가 나지. (독에다 손을 넣는다)

이옥자 누룩을 바꿨는데, 어때요? 바람에 꽃 이파리가 귓불을 톡톡 건들듯이, 쳐요?

이영감 암만. 암만. 막걸리 꽃. 고봉으로 퍼 담은 허연 쌀밥 같은 꽃이 피었다.

이옥자 쌀밥 같은 꽃이요? 손으로도 만져지고, 눈에도 뵈고, 귀로도 들리고, 냄새도 맡아지고 혀요?

우춘자 어디서 다디단 사과 향기가 나는 것 같으디!

이영감 (한 바가지 퍼서 마시고는 이옥자에게 다가와 건넨다) 그려. 그려. 내가 만들었던 것보다 훨씬 낫구나.

이옥자 (조심스럽게 마시고) 이제 내 집에서는 내가 만든 술을 팔 거예요.

이영감 (눈물이 맺히고) 고맙다. (새삼 잔소리를 하듯이) 헌데 술은 말이다… 누룩도 물도 중요하지만, 무엇보다 만드는 사람의 마음가짐이 중요헌 거다. 그 마음에 미움이나 원한이 있으면 맛이 쓰고, 즐거움이 있으면 단 겨.

이옥자 (이영감에게 다가가며) 아버지가 허실 말은 아닌 것 같소.

이영감 그런가.

- 이영감, 눈물을 글썽이며 딸의 손을 잡으려고 하면 정교수가 먼저 다가간다.

정교수 옥자 누님, 누룩꽃이 뭔지는 몰라도 누님은 지금도 아주 아주 예뻐요. (꽃다발 보이며) 누님 좋아하는 꽃이요. 이제 어디로 사라지지만 마요.

이옥자 너도 참, 교수란 사람이 철딱서니가 없다.

- 이옥자가 정교수가 내민 꽃다발을 받으면, 모두 박수.
- 김미숙, 해맑은 얼굴로 〈결혼행진곡〉을 부르면.

우춘자 잠깐! 잠깐! 시끄런 소리들은 마셔. 우리 정 교수님이랑 언니가 어찌된 인연인지는 모르겠지만, 정 교수님은 내가 양보를 못 혀. (과장되게 매달리며) 언니, 안 되는 일이여.

이영감 아이구야. 너나 나나 참말로 쑥대머리가 됐구나. (쑥대머리 앞부분) '쑥대머리 귀신형용 적막옥방으 찬자리에 생각난 것은 임뿐이라….' 나 우선 급한 대로 전주막걸리 한 사발만 좀 주라. 하도 고함을 질렀더니 목이 말라 죽것다.

- 정교수 옆에서 눈물 바람을 하던 우춘자, 들어가서 북을 들고 나온다.

우춘자 (이런 건 일도 아니라는 듯) 에라, 운다고 팔자가 바뀐다더냐. (벌떡 일어서며) …. 나도 오늘은 북채나 잡고 놀라요. 언니 노래 한 가락 허쇼.

  ○ **노래** 〈꽃날맞이〉 (기쁘게)

  (이옥자)   꽃맞이 가세 꽃맞이 가세
             꽃물결 꽃보라 꽃잠처럼 설레는 꽃맞이 가세

술도 안주도 꽃이라 아들딸 눈웃음 같은 꽃이라
꽃술 한 잔 꽃눈이 트고 꽃단풍 한 점 꽃비가 내
리네
꽃노을 홀딱 젖어 발그레 꽃물이 들면
꽃마음 만발하여 춤을 춰도 꽃춤이요 노래해도
꽃노래라
꽃바다 덩더꿍이 덩더꿍이 꽃내미장단

에필로그 〈막걸리 한 잔〉

- 조명 밝아지면, 주명창.

주명창   막걸리는 달고 쓰고 시고 맵고 걸쭉하고 텁텁한 맛을 가지
고 있다고 합니다. 우리네 인생사와 똑같지요. 기쁘거나 슬
프거나 성낼 일이 있거나 노여워할 일이 있거나, 모두 막
걸리 한 사발에 담았습니다. 그래서 막걸리는 밥이고, 누군
가에게는 또 생명인가 봅니다. 아무리 몸부림쳐도 텁텁하
기만 한 우리네 인생. 전주막걸리 한잔하면 달착지근하게
바뀔지도 모릅니다. 꽤 오래 묵은 사랑도 이뤄지게 하는
것이 막걸리 아닙니까? 자, 시원하게 오늘 전주막걸리 한
잔 받으시죠?

- 관객과 막걸리 나누기

    ○ **노래** 〈전주고을 막걸리〉
    (1)   술독아지 누룩누룩 거품물고 술익는소리
                보골보골 뽀글뽀글 버금버금 뻐끔뻐끔
                사발사발 받쳐들어 한호흡에 맛나는술
    (2)   차고차고 넘치는정 목울대로 넘는소리

	동동동동 찰랑찰랑 꿀꺽꿀꺽 벌컥벌컥
	감미산미 고미삽미 걸걸하게 감치는술
(3)	전주고을 막걸리라 온고을의 건강한술
	알싸하고 쌉쌀하고 달큰허고 시원허고
	허기진배 불쑥불쑥 올라오면 우쭐우쭐 세상모
	두 내것이라
(후렴)	아랑아랑 아랑아랑 아리랑가락으로 잘도 넘어
	간다

덧대는 글

오래 묵은 희곡을 꺼냈다. 전주시립극단과 함께 한 「누룩꽃 피는 날」(2010)과 극단 까치동과 호흡을 맞춘 「교동스캔들」(2013), 「은행나무꽃」(2014), 「수상한 편의점」(2015), 「조선의 여자」(2020)이다.

부지런하게 썼으나, 책 내는 일은 게을렀다. 게으르기도 했지만, 짐짓 모른척했다. 희곡은 공연을 위한 대본이다, 문학인도 읽지 않는 장르다, 희곡집은 팔리지 않는다, 도서관 서가에서도 찾기 힘들다, 작가가 이삼백 권 사는 것이 관례다, 문화체육관광부·한국문화예술위원회·출판문화산업진흥원 등 공공기관의 지원사업도 희곡집 선정은 배제하거나 극소수다…. 출판을 가로막은 핑계가 많았다. 10여 년 전에 낸 희곡집 『상봉』(연극과인간·2008)과 『춘향꽃이 피었습니다』(연극과인간·2009)가 지인들의 책장에서 먼지만 뒤집어쓴 채 꽂혀 있는 것을 확인하던 씁쓸한 기억도 한몫했다.

기억은 흐릿해지고, 추억은 아련해진다. 희곡은 혼자 썼지만, 희곡이 무대에 오른 연극은 연출과 배우와 관객 모두의 것이며, 희곡집 발간은 문학사와 연극사를 기억하고 되새기기 위한 작업이다.

기록의 의미로 책을 엮는다. 내 오랜 기억을 나누는 일. 바르게 기록해 후세에 전하는 것이 작가의 몫이다. 지역의 삶과 문화가 오롯이 담겨 있는 문학작품은 허허로운 지역의 역사와 문화를 채우는 것이며, 지역의 생태를 온전하게 세우는 주춧돌이다. 인간 생활의 모순과 사회의 불합리를 풍자적으로 표현한 「수상한 편의점」을 모두 전주(전북)의 역사 · 문화와 관계가 깊다.

여전히 설익어 보이는 희곡이지만, 각 작품의 단어와 문장과 문단과 행간의 사연들이 이 땅의 역사를 더 풍성하고 당당하게 하길 바란다. 여러 사람의 손길을 거치고 입말을 타면서 근사하게 익어 가길 소망한다.

○ '은행나무꽃'의 내력

전주한옥마을에 잘 삭고 잘 늙은 은행나무가 있다. '전주 최씨 종대(宗垈) 은행나무'라 불리는 이 나무는 꾸밈없이 수수하다. 비라도 내리면 오래 묵은 향이 코끝을 애련케 한다. 긴 세월 한자리에서 묵묵히 보고 들으며 품은 사연과 깊이 간직한 것들이 잘 익은 것이다.

이 나무에 전해 오는 속설은 여럿이다. '은행나무 곁을 지날 때는 심호흡을 다섯 번 해서 정기를 받아라.', '과객들이 은행나무 앞을 지나면서 (최덕지의 학문을 숭상하는) 묵념을 올렸다.', '은행나무에 제사를 지내면 떡두꺼비 같은 사내아이를 낳을 수 있다.', '정월 초하루에 아들을 점지해 달라고 기도를 올리는 여인들이 줄을 이었다.' 등이다. 오랜 세월 세간에 전해진 이런 이야기는 분명 이유가 있다. 은행나무 속설은 은행나무를 심었다고 알려진 최담(1346~1434)과 그의 아들 최덕지(1384~1455)의 삶과 인품, 그리고 집안 내

력과 관련이 깊다.

전주 출신으로 완주에 묘가 있는 최덕지는 '사제학가(四提學家)'로 칭하던 가문의 일원이다. 전주 한벽당을 건립한 최담의 넷째 아들이며, 고산현감·장수현감으로 완주에 삼기정·비비정을 세운 최득지의 아우다. 또한, 전주의 고서(古書)에서 효자 이야기로 잘 알려진 박진의 조카다. 최담은 태종 16년(1416년) 임금의 부름을 받아 71세 나이에 세 번째 관직으로 통정대부 호조참의 집현전 제학을 제수받았다. 네 아들 중 세 아들 광지·직지·덕지가 집현전 제학을 지냈고, 셋째 득지는 전농소윤 사헌부 대사헌이기에 네 명의 제학이 탄생한 제학 집안이라 칭한다.

'최고'와 '최초'라는 수식어가 꽤 많이 붙을 만큼 최덕지의 삶과 인품은 대단했다. 대표적인 수식어는 '존심양성을 자경문(自警文)으로 순덕 고절한 삶을 살았던 정학지사'. 최덕지는 전라도의 유학 정신, 의리와 성리학 두 방면에 탁월한 성과를 거둬 전국적인 반열에 오른 유학자다. 현존하는 가장 오래된 조선시대 초상화의 주인공이기도 할 만큼 임금의 총애와 후학·후손의 극진한 대접을 받았다. 1405년 문과에 급제해 옥당을 역임했고, 삼사 요직을 거쳐 여러 주·군을 다스렸다. 세종대왕 때 집현전 학사로 선임돼 문화를 꽃피우는 데 이바지했고, 청도군수·함양군수·김제군수 등 외직에 있을 때는 공법(貢法) 정비에 일익을 담당해 경륜을 떨쳤다. 남원부사를 끝으로 20대에 재혼한 아내의 고향인 전남 영암의 영보촌에 머문다. 또한, 그는 수양대군의 쿠데타에 가장 먼저 저항해 일어선 강단 있는 정치인이었다. 수양대군의 행위를 비난하는 저술을 남겼고, 후세의 석학들은 '연촌의 충절은 사육신에 비해 더 높다.'라는 평가를 남겼다.

최덕지와 은행나무를 소재로 「은행나무 연가」(2012), 「교동스캔들」(2013), 「은행나무꽃을 아시나요」(2014), 「은행나무꽃」(2014) 네 편의 희곡을 썼고, 극단 까치동이 연극으로 제작했다. '은행나무'를 제목으로 한 세 작품의 배경은 성리학이 삶과 국가 통치 이념으로 굳어지며 권문세가와 사대부가 대립하던 1400년대 고려 말과 조선 초. 힘이 있으면 거짓도 참으로, 참도 거짓으로 만드는 세상이다. 세 작품 모두 최덕지와 그의 첫 번째 아내인 이이화(가상 인물)의 절절한 사랑 이야기가 바탕이다. 「은행나무연가」는 두 사람의 사랑에 초점을 맞췄고, 「은행나무꽃을 아시나요」는 부조리한 사회의 모습을 좀 더 세밀하게 담고, 전주의 지역성을 강화했다. 「은행나무꽃」은 시사성 있는 대사와 상황을 더 추가하며 성장하는 최덕지와 민중의 모습을 넣었다. 「은행나무꽃을 아시나요」는 제30회 전북연극제에서 최우수작품상·희곡상·연출상·최우수연기상을, 「은행나무꽃」은 제32회 전국연극제에서 작품상(은상)과 희곡상을 받았다.

제32회 전국연극제의 전북 대표 참가작인 '은행나무꽃'은 가벼운 듯하지만, 결코 가볍지 않은 주제 의식을 담아내고 있다. (중략) 담백한 연출과 소소한 웃음 장치를 적절히 활용, 무겁지 않게 이야기를 풀어낸 점이 돋보인다. 한바탕 웃음과 깊은 생각을 동시에 갖게 한 작품이다. 특히 이 공연은 지역에 대한 섬세한 감성과 세심한 이해가 돋보이는 작품이다. 최근의 지역 공연들이 화려함을 앞세워 관객을 압도하려 하는 것과는 달리, '은행나무꽃'은 소담하고 정겨운 우리네 삶과 이야기로 더없는 공감을 불러일으킨다. 화려한 무대 세트도, 의상도, 조명도 없지만, 간결하고 담백한 무대와 이야기에 지역적 특색과 전통 민속놀이 등을 더해 저만의 개성과 매력을 갖췄다. 자극적이지는 않지만, 따뜻한 정겨움을 느낄 수 있는 공연인 셈이다. 이는 곧 지역적 색깔과 특색을 담은 공연물을 어떻게 만드는지 보여주는 전범(典範)과 같았다. 지역 설화와 연극적 상상력의 조화로움이 빚어낸 결실일 테다.

— 전북도민일보 2014년 6월 18일 자 〈[리뷰] 극단 까치동 '은행나무꽃', 지역 설화와 연극적 상상력의 조화로운 결합〉

수(壽)·부(富)·강녕(康寧)·유호덕(攸好德)·고종명(考終命)의 오복을 다 갖추었고, 여인네들이 상사병을 앓을 만큼 남자다운 기상이 넘쳤다는 최덕지. 창작의 시작은 '그는 처음부터 완벽한 인간이었을까?' 하는 물음이었다. 누구나 아픈 사연이 있고, 그 아픔으로 성장한다. 그의 성장점은 무엇이며, 언제일까?

최덕지는 두 번 혼인했다. 그러나 『초성일권』을 비롯한 전주 최씨 족보는 후비(後妣)인 평양 조씨만 적혀 있고 전비(前妣)는 밝히지 않았다. 다만, 은행나무를 심은 것으로 알려진 1402년 무렵 최덕지가 전비와 혼인했거나 전비가 후손 없이 일찍 죽었다는 설이 있다. '은행나무' 이야기들은 1401년과 1402년에 주목했다. 약관에 이르기 전인 18세에 혼인하고, 19세에 아내가 죽고, 최덕지가 태어날 무렵 최담이 심은 은행나무가 죽고 그 후손인 은행나무가 태어났다…. '은행나무 격이다.'라는 말이 있다. 암수딴그루인 은행나무처럼 서로 사랑하면서도 맺어지지 못하는 남녀의 처지를 비유적으로 이르는 것이다. 사랑을 틔우기도 전에 이별한 최덕지와 첫 아내의 삶이 은행나무의 생태와 닮은 것은 아닐까? 질문을 구체화하면서 작품도 성장했다. 잘 묵고 삭았을 이야기를 한 꺼풀씩 벗겨 보았다.

"책을 많이 읽는다고 백성의 아픔을 아는 것은 아닙니다. 백성들 생활 가까이에서 그들과 많은 이야기를 나눠야지요."(희곡 「은행나무꽃」 중에서 이화의 대사)

"사대부가 섬겨야 할 것은 백성입니까, 임금입니까? 책임과 권력은 무엇이 다른 겁니까? 출사는 위민입니까, 치국입니까?"(희곡 「은행나무꽃」 중에서 최덕지의 대사)

세상이 속수무책 꽃물이 들면 은행나무도 제각기 꽃을 피운다. 그러나 아름답고 화려한 꽃잎을 가지지 않았기에 은행나무에 꽃이 피었음을 아는 사람은 많지 않다. 삶도, 사랑도 그렇다. 애절한 그 마음을 알기는 쉽지 않다. 「은행나무꽃」에는 마주 보며 사랑을 나누고 싶어 했던 남녀가 사랑을 틔우기도 전에 이별해야만 했던 사무치게 아름다운 사랑이 있다. '벼꽃과 감자꽃이 펴야 백성의 삶이 평안하고 사대부의 시문보다 백성의 태평가가 나라를 더 강성하게 한다.'라고 믿는 이이화와 상하·존비·귀천의 명분과 이상과 현실의 괴리에서 방황하며 인화(人和)의 참뜻을 찾아가는 최덕지. 그리고 지난 왕조에 대한 미련과 새 왕조에 대한 기대 속에서 방황하는 민중이 있다. 이들은 이이화와 최덕지가 들려준 "모두 똑같은 사람"이라는 말에 감격하며 소박하게 평등한 세상을 꿈꾼다. 이들의 마음과 마음은 오래 묵은 나무의 향을 닮았다.

○ '교동스캔들'의 인연
전주한옥마을을 배경으로 한 〈교동스캔들〉은 과거에 인연을 맺지 못한 남녀가 전주한옥마을에서 다시 만나 은행나무를 매개로 진정한 사랑의 의미를 깨닫고 인연을 잇는 내용이다. 은행나무가 늘 사람들 곁에서 자라듯이 여전히 은행나무에 깃들여 사는 사람들의 이야기. 땅과 하늘의 기운을 모아 인간의 염원을 더 간절하게 하는 나무의 바람이다.

극단 까치동이 '교동스캔들'(연출 전춘근)로 다시 은행나무에 걸터앉았다. 은행나무가 까치동의 단골 주제가 된 것은 오랜 시간 호흡을 맞춘 극작가 최기우 씨 덕분이기도 하다. 최 작가는 "전주와 함께 나이를 먹어가고 있는 나무인 데다 어떤 장소에 가든 가장 가까이에서 사람들의 숨소리와 발소리를 듣고 있는 게 은행나무"라고 봤다. 결국, 그는 지난해 '은행나무연가'에서 다룬 조선 시대 절절한 로맨스의 주인공 최덕지와 이화를 환생시키는 대신 2013년 30대 남녀 최현우(과거 최덕지·신유철 역)와 이화(박현미 역)의 달콤한 사랑으로 맺혔던 한(恨)을 풀어줬다.
— 전북일보 2013년 3월 16일 자 〈은행나무가 맺어준 사랑, 연극으로〉

"전주의 600년 된 은행나무가 아들을 얻었다."라는 기사에 흥미를 느낀 작가 지망생 최현우가 글감 수집차 전주에 오고, 한옥민박에서 대학 시절 좋아했던 이이화를 만난다. 표면적으로는 두 사람의 사랑과 이별과 해후를 그리지만, 그 속에 세상과 인간의 근본에 대한 물음이 깊게 배어 있다. 문화해설사가 이야기하는 부분을 넣어 장면 변환을 맞췄고, 은행나무 설화가 자연스럽게 버무려지도록 했다. 한국문화예술위원회가 주관한 '2013 공연예술창작지원사업'에 선정됐으며, 그해 언론사와 문화계에서 '가장 전주다운 연극'으로 평가를 받았다. 2013년 초연은 젊은 배우들의 생기발랄한 모습이 인상적이었으며, 2015년 공연은 20년 이상 연기 공력이 쌓인 이들이 출연해 원숙미를 더했다.

○ '누룩꽃 피는 날'의 사연

막걸릿집에서는 누구나 수다쟁이가 된다. 목청이 커지고, 손짓·발짓도 다양해진다. 막걸릿집 안주는 사람 씹는 맛이라고 했던가? 들리는 소리는 대개 씹고 씹히는 이야기다. 이상하게도 막걸리를 나누는 자리는 그래야 더 흥겹다. 그러다 보면 괜스레 분했던 마음이 누그러질 때도 있다. 옆 사람도 금세 친구가 될 만큼 실실 웃음이 난다. 시시껄렁하지 않고, 푸짐하고 유쾌한 뒷말 세상!

「누룩꽃 피는 날」은 전주시립극단의 창단 25주년 기념공연이자 제88회 정기공연 작품으로, 극단이 전주의 자산을 소재로 한 연작을 무대에 올리기로 마음먹고 시작한 한(韓)스타일 세계화의 첫 시도였다.

막걸리를 소재로 한 글을 여러 편 썼지만,「누룩꽃 피는 날」은 만만치 않았다. 막걸리와 막걸릿집, 술자리에서 나누는 갖가지 이야기와 끊임없는 사건들…. 값도 다르고 안주가 나오는 방식도 다르고 분위기도 다른 전주의 막걸릿집들처럼 쓰고 싶은 이야기와 꼭 써야만 하는 이야기들이 얼마나 많은가? 취향에 맞는 막걸리 골목을 찾아 '일당'들의 방식대로 취하고 싶어 하는 '주당'들처럼, 연출과 기획자·배우들도 하고 싶은 이야기가 철철 넘쳤으리라. 관객들은 또 어쩌리.

최종 대본 확정까지는 험난했다. 첫 대본은 〈전주막걸리박물관 건립위원회〉가, 두 번째 대본은 〈전주막걸리 빚기 대회〉를 소재로 했다. 위원들과 대회 참가자들은 생각만 해도 가슴이 설레는 이름들을 꺼내놓는다. 60·70년대 신석정 시인과 문학청년들, 극작가 박동화와 연극인들, 하반영·권경승 화백과 미술인들, 80년대 동문거리를 휘젓던 박봉우 시인, '정읍대학원'이라고 불렸던 〈정읍집〉과 〈세종집〉·〈경원집〉·〈한성집〉·〈덕집〉·〈후문집〉·〈신후문집〉·〈원조 후문집〉 등 전주에서 주객들의 발길을 붙잡았던 수많은 선술집과 학사주점. 막걸릿집보다 더 부산했던 백반집과 닭내장탕집들…. 그들의 구수한 이야기를 흥에 겨워 따라가다 보면 더 아련한 기억들이 꺼내졌다. 두레와 새참의 정겨운 풍경, 양조장과 정미소, 심부름 길에 슬쩍 마시는 막걸리, 판소리 명창들과 쑥대머리 한 대목, 정부의 막걸리 규제와 과보호, 주방에 선 채로 막걸리 한 사발을 들이켜고 불콰하게 돌아가던 어느 영감님, 치기 넘치는 대학생들의 목청 높은 논쟁과 웃음소리, 탁자를 두드리며 불러 젖히는 민중가요, 움푹움푹 찌그러진 노란 양은 주전자, 와자지껄한 술꾼들, 재빠른 주인장의 손놀림과 한정식 못지않은 푸짐한 상차림, 삼천동·평화동의 막걸리골목, 막쿠르트, 막걸리 마시기 대회…. 막걸릿집 안주를 몰래 담아가는 자취생은 시대 불문 그때나 지금이나 변함이 없다.

최종 대본을 넘길 때, 연습하면서 극의 상황과 대사 등을 마음껏 바꿔도 된다고 말했다. 막걸릿집 풍경인 만큼 연출, 상대 배우와 약속된 경우라면 애드리브를 충분히 활용해야 극의 감칠맛이 더할 것이기 때문이다. 그래서 무대에 오른 「누룩꽃 피는 날」은 작가 한 사람이 쓴 작품이라기보다 전주시립극단의 작품이라고 해야 할 것이다. 연출 조민철의 작품이며, 기획자 박영준의 작품이다. 배우 고조영(이영감 역)의 작품이며, 전춘근(우춘자 역), 염정숙(여배우 역)… 참여한 모든 이의 작품이다. 또한 이 작품을 통해 더 푸짐한 추억과 기대와 상상으로 막걸리 한 상을 차려낸 관객 아무개들의 작품이다.

공연 당일 무대에 오른 대본은 최종 대본을 바탕으로 두 번째 대본에 썼던 외국인(막걸리에 매료된 프랑스 입양인 시몬드 브루니와) 등이 등장하면서 조금 어리숙하고 싱거워졌지만, '작가'는 절대 삐지지 않았다. 허허로운 심사를 막걸리 한 사발로 달래며 근거 없는 뒷말도 날리지 않았다. 빈 주전자가 늘어날수록 더 근사한 안주들이 나오는 것처럼, 막걸릿잔 돌리듯 여러 사람의 입맛이 더해지면, 더 감칠맛 나는 작품이 될 것이라는 믿음이 있기 때문이다.

작품이 끝나면 관객들이 막걸리 한잔 간절했으면 좋겠다고 생각했다. '마누라님' 눈치 보지 않고, 혹은 '마누라님'과 다정하게 손잡고 어느 막걸릿집 문을 활짝 열고 들어섰으면 좋겠다. 선술집 특유의 정감 어린 소음이 몇 평의 가게를 가득 채우고, 이윽고 찌그러진 노란 양은 주전자가 배달되면…, 막걸리 장단에 소리 한바탕 들리리라.

"온 고을의 건강한 술 전주 고을 막걸리라. 사발사발 넘치는 술 차고차고 넘치는 정. 알싸하고 쌉쌀하고 달큰허고 시원허고 허기졌던 배 불쑥불쑥 테이블을 툭툭 치면 너도나도 기분 좋아 우쭐우쭐 우쭐우쭐 세상 다 내 것이라 누룩꽃 환하게 피겠네."

각박한 세상, 누룩꽃 피는 날은 철철 넘치게 따라주는 막걸리 한 사발에 호기를 부려도 좋으리라.

○ '수상한 편의점'과 귀싸대기

「수상한 편의점」은 첫 작품인 「귀싸대기를 쳐라」(2001)의 2015년 버전이다. 극단 까치동 전춘근·정경선과의 술자리. 두 사람은 시대가 하 수상하니 「귀싸대기를 쳐라」를 다시 올리겠다고 말했다. 나는 2001년이나 2015년의 수상한 놈들은 변치 않았으나, 2015년 버전으로 금방 다시 써서 보내겠다고 답했다.

이 작품은 출연 배우 이름을 등장인물 이름으로 했다. 술자리의 허언(虛言)을 타박하는 사이 배우들이 섭외됐고, 배우들은 이름을 활용하겠다는 말을 무척 반겼다. 이야기의 바탕에 말투와 몸짓이 눈에 선한 배우들까지 있으니, 작품은 쉽게 나왔다. 3일 밤을 바쳤고, 첫 대본 읽기가 끝난 뒤 배우·제작진과 유쾌하게 소주를 나눴다. 안타까운 것은 본래 편의점 여주인으로 예정됐던 배우 김수진 씨가 공연을 앞두고 교통사고를 당해 정경선 씨로 바뀐 것이다. 기획자로 연습을 지켜봤던 경선 씨는 불과 며칠 만에 그 역을 멋지게 소화했다.

귀싸대기를 때리고 싶을 때가 있다. TV나 신문을 통해 들리는 세상사는 그 마음을 더 간절하게 한다. 서민이 불행한 나라, 갑질에 주눅이 든 세상, '정말 먹고살기 힘들다!' 하는 생각이 들 때, 가끔은 귀싸대기의 짜릿함을 느끼고 싶다…. 그러나 소시민은 소심한 복수만 할 뿐이다.

2015년 봄날, 경찰서 앞 편의점. 이곳 주인인 경선과 호영 부부, 시간제 직원인 유정과 희찬, 단골손님인 성후는 우연히 가게에서 벌어진 바바리맨과의 촌극으로 귀싸대기 때리는 맛을 알게 되고, 편의점을 찾은 무례한 손님들과 법망을 피해 가면서 나쁜 짓을 벌이는 사람들을 찾아가 몰래 귀싸대기를 때리는 황당한 일을 벌이기 시작한다. 귀싸대기를 때려야 하는 사건들은 갈수록 늘어만 가고 이들은 더 큰 일탈을 꿈꾸지만, 현실은 쉽게 바뀔 수 없다는 듯 꿈쩍도 하지 않고 그들을 대한다.

말 한마디, 몸짓 하나에도 마음이 보인다. 경선은 입버릇처럼 "나 그런 여자 아니야."라고 말하는 도도한 허세녀이고, 호영은 직원들에게 '친절한 호영 씨'로 불릴 만큼 성실하고 진실해 보이지만 자신을 무시한 사람들에게 한 방 먹이고 싶은 마음을 품고 사는 소심남이다. 40대인 유정은 산전수전 다 겪은 사연 많은 아줌마이며, 20대인 희찬은 대학등록금을 벌기 위해 가리지 않고 아르바이트를 하는 휴학생이다. 고시생인 성후는 자신이 깨어 있는 진보적 지식인이라고 말하지만, 말과 행동이 일치하지는 못한다. 즉흥적이고 완전하지 못한 모임이었기에 여러 모순에 시달리던 이들은 결국 자신의 한계에 부딪히게 된다. 그리고 학생들에게도 맞고 다니는 어리바리한 형사로 알았던 어 형사가 이 사건을 캐기 시작하면서 이들에게 직접적인 위기도 찾아온다.

작품을 새롭게 쓰겠다고 말했던 이유는 꼭 넣고 싶은 말이 있어서였다. 배는 침몰하고 물은 들어오는데, 가만히 있어, 가만히 있어, 친절하게 안내했던 악마의 속삭임과 깊은 바닷속으로 사라진 우리 아이들을 잊지 말아 달라는 어머니들의 절규다. 아무도 반성하지 않는 덧없는 세월. 극 중 미혼모 서유정의 대사로 꺼내는 이 말은 작품의 전개에 잘 어울리지는 않았지만, 고집하고 싶었다. 어른들이 꼭 해야 하는 말. 아무도 하지 않는 말을 작품으로 전하고 싶었다. 그것이 내가 작품을 쓰는 이유이기 때문이다.

「수상한 편의점」은 제31회 전북연극제에서 희곡상을 받았다. 2016년에는 전라북도 대표 희곡을 영화화하는 전주영상위원회의 '전북 문화콘텐츠 융복합 사업'에 선정돼 도희·박효주 주연의 영화 〈아지트〉(감독 강경태)의 원작이 되었다.

○ 분노하라, '조선의 여자'

「조선의 여자」는 다 아는 것 같으면서도 실상은 아무것도 모르는 우리 곁의 여성들에 관한 이야기다. 소리를 좋아하는 열일곱 살 처녀 송동심. 그녀는 밝게 살고 싶지만, 그를 둘러싼 이들의 삶은 언제나 그를 옥죈다. 도박판을 전전하는 아버지 송막봉과 본처인 반월댁, 아들을 얻기 위해 들였지만, 자신을 낳고 식모처럼 사는 어머니 세내댁, 철없는 언니 순자, 횡령으로 직장을 잃은 형부 백건태, 일본에 충성을 다하는 남동생 종복… 이들은 한집안이라고 말하기에 너무나 불편한 가족이다. 아버지는 돈에 현혹돼 딸을 팔아넘기고, 반월댁은 아들 종복이 황군에 끌려가는 것을 막기 위해 동심이 위안부로 가는 것을 허락하고, 형부 건태도 직장을 얻기 위해 처제를 넘긴다. 하지만 운명은 순자와 동심 자매 모두를 위안부로 끌려가게 한다.

태평양전쟁과 위안부, 창씨개명, 신사참배, 미군정 등 1940년대 해방을 전후로 긴박하게 살았을 우리의 거친 가족사와 그 속에서 여전히 고통을 안고 사는 우리의 자화상을 살피고 싶었다.

> 최기우의 손끝에서 야무지게 기록되는 것들은 진부한 가난 서사가 아니다. 먹고사는 문제로부터 발생하는 인간적 윤리와 역사적 성찰의 부재야말로 뼈아픈 인간적 실책이라는 것이 〈조선의 여자〉에 기록된 기억이다. (중략) 기억은 기억하는 사람과 함께 희미해지다가 종국에는 사라지고 만다. 이것이 기억을 기록해야만 하는 이유다. 중요한 것은 기억을 기록으로 옮기는 과정에서 누락되는 진실을 얼마나 간절하게 지켜내느냐이다. 기록하는 사람의 양심과 기록하고자 하는 의도가 중요하다는 뜻이다. 그런

점에서 〈조선의 여자〉는 작가 최기우가 기록한 우리 시대의 진심이고자 한다. 그 진심 속에 역사와 시대의 양심이 뜨겁게 살아 있다.

— 전북일보 2021년 4월 15일 자 〈문신 시인이 추천하는 이 책: 최기우 희곡 '조선의 여자'〉

일제강점기 여성들의 삶을 떠올리면 눈시울이 뜨거워지다가 두 주먹을 불끈 쥐게 된다. 〈일본군 위안부 피해자 e역사관〉 홈페이지를 통해 피해자들의 증언을 읽기 전까지는 잘 몰랐다. 위안부 문제가 더 비극적인 이유는 가족이 가족을 파는 것을 넘어 평범한 한 가정의 딸이었던 여성이 국가의 폭력에 희생되었다는 것. 작품은 일개 가족의 이야기로 그려지지만, 속내는 국가의 폭력이며, 시대의 아픔이다. 이 작품은 2020년 대한민국연극제 작품상(은상)과 전북연극제 희곡상·최우수작품상을 받았다.

짓뭉개진 오욕의 역사. 누르면 솟구치고, 썩히면 발효하는 것이 세상의 이치이다. 여성이여, 노동자여, 소시민이여, 결단코 무익하게 부서지지 말라!

2021년 여름 전주 따박골에서 최기우

최기우 희곡집 3

은행나무꽃

초판 1쇄 인쇄일   2021년 8월 25일
초판 1쇄 발행일   2021년 8월 30일

지 은 이   최기우
교   정   정혜인
만 든 이   이정옥
만 든 곳   평민사
          서울시 은평구 수색로 340 〈202호〉
          전화 : 02) 375-8571
          팩스 : 02) 375-8573
          http://blog.naver.com/pyung1976
          이메일 pyung1976@naver.com
등록번호   25100-2015-000102호
ISBN   978-89-7115-777-0 03800
정   가   17,000원